HAYMON taschenbuch 203

MIX
Papier aus verantwortungsvollen Quellen
FSC® C083411
www.fsc.org

Auflage:
4 3 2 1
2018 2017 2016 2015

HAYMON tb **203**

Originalausgabe

www.haymonverlag.at

ISBN 978-3-7099-7834-4

Umschlag- und Buchgestaltung nach Entwürfen von hœretzeder grafische gestaltung, Scheffau/Tirol
Umschlag: Eisele Grafik · Design, München,
unter Verwendung folgender Bildelemente: depositphotos/egal (Marillenplantage); Bigstock/Stefan Schierle (Fenster); Bigstock/Jeni Foto (Turm von Schloss Dürnstein)
Satz: Da-TeX Gerd Blumenstein, Leipzig
Autorenfoto: Thomas Schenk

Gedruckt auf umweltfreundlichem, chlor- und säurefrei gebleichtem Papier.

Lisa Lercher

Faule Marillen

Ein Wachau-Krimi

Lisa Lercher

Faule Marillen

Für meine Eltern

Der Platz lag verlassen da. Ein Bretterzaun grenzte die aufgebrochene Erde von den Rieden am Ortsrand ab. Zur Donau hin hatte man Gitter aufgestellt, die an Metallpfosten befestigt waren, Werbetransparente dienten als Sichtschutz. Die Luft war feucht und roch ein wenig modrig, wie meist, wenn es länger geregnet hatte. Nebel zog in feinen Gespinsten vom Wasser über die Marillenplantagen und Weinstöcke bis hin zum Dunkelsteinerwald. Das ganze Tal war in fahles Grau getaucht, das wie ein Weichzeichner vor das Auge des Betrachters glitt und die Konturen der Bäume und Häuser verwischte.

Obwohl die klamme Herbstkälte unter die Kleidung kroch, ließen sich die Buben in ihrem Erkundungsdrang nicht bremsen. Das Verbotsschild verstanden sie als Einladung. Eltern haften für ihre Kinder, war am unteren Rand zu lesen. Selbst wenn die Buben darauf geachtet hätten, ihre Abenteuerlust hätte es ihnen wohl kaum genommen. Die Gitter stellten kein Hindernis dar. Als Jüngster und Kleinster der Gruppe brauchte Simon etwas länger, bis er die Barriere überwunden hatte. Den Spott der anderen ertrug er mit zusammengebissenen Zähnen. Irgendwann würde er es ihnen schon noch zeigen! Jackie hatte sich durch eine Lücke im Bauzaun gezwängt und wartete nun schwanzwedelnd auf ihn.

Simons Schuhe schmatzten im aufgeweichten Boden, als er den anderen zum Baucontainer folgte. Er war mit einem großen Vorhängeschloss gesichert. Kevin und Johannes rüttelten erfolglos daran. Dann spähten sie der Reihe nach durch das dreckverschmierte Fenster. Markus hauchte auf die Scheibe und wischte mit dem Ärmel darüber. Auf einem Metalltisch stand ein voller Aschenbecher, daneben lagen eine angebissene Wurstsemmel und eine aufgeschlagene Mappe. In der Ecke stand eine Kiste Bier. „Mmh“, sagte Kevin und kramte eine zerdrückte Zigarettenpackung aus seinem Anorak.

„Von deinem Alten?“, fragte Markus.

Kevin nickte.

„Merkt der nichts?“

Kevin zuckte die Achseln, zündete sich eine Zigarette an und nahm einen tiefen Zug.

„Traust dich?“ Kevin hielt Simon den Glimmstängel mit dem Filter voran hin, musterte ihn spöttisch und spuckte schließlich Richtung Baucontainer.

Simon starrte konzentriert auf seine schmutzigen Schuhe und tat, als hätte er die Frage nicht gehört. Letzten Sommer hatte er gesehen, wie es Markus nach seinem ersten Mal ergangen war. Der hatte in der Bäckerei auf die Budl gespieben. Seither durfte er nicht mehr ins Geschäft. Dabei gab es dort das beste Eis der Umgebung.

„Baby“, spottete Kevin und trat gegen die Wand des Containers.

Laurenz hatte irgendwo eine Eisenstange gefunden und schwang sie drohend über seinem Kopf. Dazu schnitt er Grimassen und grunzte. Simon war Markus und Johannes zur Baugrube gefolgt und starrte ins Loch. Er spürte die Kälte nun deutlicher in den Zehen, die gefühllos geworden waren. Er steckte die Finger in die Jackentasche und trat von einem Fuß auf den anderen. Seine Sneakers waren feucht. Tante Hanni, die eigentlich seine Großtante war, hatte gesagt, er solle ordentliche Schuhe anziehen, einen Schal nehmen und die Haube nicht vergessen. Ihre gut gemeinten Ratschläge waren ihm bei einem Ohr hinein- und beim anderen gleich wieder hinausgegangen. Sie hatte, wie alle Frauen ihres Alters, seine Mutter eingeschlossen, keine Ahnung, was es hieß, cool zu sein. Sich eingemummt wie ein Kleinkind mit den anderen zu treffen, gehörte eindeutig nicht dazu. Dann schon lieber frieren.

In der Mulde ganz unten war eine Lache. Markus und Johannes kickten Erdklumpen in die Grube. Kevin, der Älteste und gleichzeitig Anführer der Truppe, zielte mit Steinen auf den Verteilerkasten, der an einem Mast hing. Ein helles Pling markierte seine Treffer. Laurenz hatte genug vom Schwertschwingen und untersuchte einen Bretterhaufen nach Brauchbarem.

„Schau ma zum Wasser?", fragte Johannes, dem offenbar fad wurde.

Simon sah sich nach seinem Hund um. „Jackie!" Normalerweise folgte der Hund aufs Wort. Simon rief erneut.

„Ist der Köter abgepascht?"

Simon wurde unruhig. „Jackie! Jackie! Da komm her!"

Kevin steckte zwei Finger in den Mund und ließ einen grellen Pfiff hören.

Wenig später tauchte der Kopf des Jack Russel Mischlings hinter einem Schotterhaufen auf. Simon klopfte auf seinen Schenkel. „Hier!"

Jackie rannte schwanzwedelnd in seine Richtung.

„Was hast du denn da?" Simon ging in die Hocke und griff nach dem Ding, das der Hund im Maul trug. „Wääh", rief er gleich darauf und ließ Jackies Mitbringsel angeekelt fallen.

„Pfoa", sagte Laurenz.

Kevin schlenderte langsam näher. Er stieß das Ding mit der Schuhspitze an und beugte sich darüber. „Ist von einem Menschen", sagte er und räusperte sich.

„Echt?" Johannes ging neben ihm in die Hocke.

***

Es gab aufgeschnittenes Geselchtes und die Reste des Krautstrudels vom Mittagessen. „Wir haben ohne dich angefangen“, sagte Hanni, als ihr Bruder, Major Paul Eigner, die Küche betrat.

„Ich bin aufgehalten worden, und dann war da auch noch ein Unfall auf der Autobahn und ich bin im Stau gesteckt.“

Jackie begrüßte den Major mit Freudengeheul und versuchte, an ihm hoch zu springen. „Gib Ruh, du Flohbeutel“, wehrte er ab. Sein Verhältnis zu Tieren war von seiner Seite her ein klares: Man hielt Abstand und ließ sich gegenseitig in Ruhe. Warum sich die meisten Hunde und Katzen nicht daran hielten, war ihm schleierhaft. Er schob Jackie mit dem Schuh zur Seite und setzte sich zu Hanni und seinem Enkel Simon an den Tisch. Der Bub war in ein Spiel auf seinem Nintendo vertieft. Das Gerät piepste in unregelmäßigen Intervallen. Eigner wuschelte dem Kleinen durchs Haar.

„Nicht!“, wehrte sich das Kind. „Ich muss das vierte Level ...“ Simon war dermaßen in sein Spiel vertieft, dass er nicht einmal den Satz zu Ende sprach.

„Der Vater hat sich schon niedergelegt. Dem tut der Fuß wieder so weh. Wahrscheinlich spürt er den Wetterumschwung“, berichtete Hanni. Die Eltern der Geschwister hatten im oberen Stockwerk des Hauses gewohnt. Die Mutter war vor einigen Jahren gestorben. Der Vater, der schon ein Stück über achtzig war, hatte nur das Schlafzimmer behalten und hielt sich sonst im Haushalt seiner Tochter und des Schwiegersohns auf.

Eigner belegte eine Scheibe Schwarzbrot mit Fleisch. Er hatte in der Autobahnraststätte einen kleinen Kaffee getrunken und spürte nun ein leichtes Brennen in der Speiseröhre. Das Geselchte würde es bestimmt nicht besser machen. Er nahm sich vor, nachher einen Löffel Zucker zu essen. Das half meistens gegen sein Sodbrennen.

„Willst ein Mineral oder lieber einen G'spritzten dazu?"

„Hast ein Bier?" Er machte Anstalten aufzustehen. Jackie hockte neben dem Tisch und sah sehnsüchtig zu ihm auf. Ab und zu winselte sie fordernd.

„Lass nur", sagte Hanni und ging zum Kühlschrank. Der Hund folgte ihr. „Jackie, aus! Platz!" Hanni zog den Hund am Halsband zu dem Korb, den sie ihm als Schlafplatz eingerichtet hatte. „Noch einen Marillensaft, Simon?"

Der Bub reagierte nicht. Eigner stieß seinen Enkel mit dem Ellenbogen an. „Die Tante Hanni fragt dich was!"

„Nein, danke", antwortete das Kind wohlerzogen.

„Na, was hast heut angestellt?"

Hanni stellte Flasche und Glas auf den Tisch. „Mit den Buben war er wieder unterwegs. Ich glaub nicht, dass die die richtige Gesellschaft für deinen Enkel sind. Da sind ziemliche Rotzlöffel darunter, und die bringen unserem Simon sicher nichts G'scheites bei."

Eigner klopfte seinem Enkel auf die Schulter. „Ist es dir lieber, wenn er den ganzen Tag daheim vor dem Fernsehkastl hockt? Sind wir doch froh, dass er Freunde hat."

„Die Verena hat angerufen", wechselte Hanni das Thema. „Sie holt den Buben am Sonntag am Abend und wollte wissen, ob er nächstes Wochenende hier sein kann. Sie hat momentan so viel zu tun und muss auch am Feiertag arbeiten."

Eigner zuckte die Achseln. „Von mir aus", sagte er mit vollem Mund. „Ich hab meinen Resturlaub genommen und bin sowieso die meiste Zeit da." Im Grunde freute er sich, dass Simon so oft in seiner Nähe war. Als Verena, die Mutter des Buben, ein Kind gewesen war, hatte er wenig Zeit für die Familie gehabt. Vor allem, wenn ein Fall zu klären war, war er oft nächtelang im Büro geblieben und hatte seine Frau mit der Organisation des Familienalltags allein gelassen. Eigner hatte sich vorgenommen, es bei Simon besser zu machen, zumindest ein guter Großvater zu sein.

„Ich hab gesagt, dass ich dich erst fragen muss, ob du Zeit hast. Ich helfe nämlich am Feiertag bei den Vorbereitungen für den Weihnachtsbasar. Den Vater nehm ich mit. Der soll Holzperlen für die Rosenkränze auffädeln, dann ist er wenigstens beschäftigt. Außerdem müssen wir die Sachen, die im Pfarrheim abgegeben worden sind, noch aussortieren. Da kann ich den Buben nicht brauchen."

Eigner nickte. Er stupste seinen Enkel in die Seite. „Dann machen wir zwei Männer uns einen schönen Tag, gell?"

„Coolo!", gab das Kind, immer noch ins Spiel vertieft, abwesend zur Antwort.

Hanni pickte mit der Fingerspitze ein paar Brösel vom Tisch und ließ sie auf ihren Teller fallen. Obwohl sie demnächst sechzig wurde und als Obstbäuerin schwere Arbeit verrichtete, sah man ihr das Alter nicht an. Sie war groß und kräftig, ohne dick zu wirken, und immer noch eine attraktive Frau. Durch ihr dichtes schwarzes Haar zogen sich Silberfäden.

„Was war denn eigentlich?"

„Wieso?" Eigner schenkte sich Bier nach. Das Kondenswasser auf der Flasche hatte einen dunklen Ring auf der Eichentischplatte hinterlassen.

„Na, weil du gesagt hast, du bist aufgehalten worden." Hanni sah auf die Küchenuhr, die über der Tür tickte.

„Ein Kollege wollt noch was zu einem alten Mordfall wissen."

„Mord?", fragte das Kind, ohne von seinem Nintendo aufzuschauen.

„Da schau her. Da passt einer ja ganz genau auf", sagte Hanni. „Es ist dann Zeit zum Waschen und Umziehen, Zähneputzen nicht vergessen!"

„Nur mehr das Level fertig", bettelte der Kleine.

„Fünf Minuten!", sagte Hanni streng. Ihr Tonfall erinnerte Eigner an seine eigene Kindheit. Hanni, die sechs Jahre älter war als er, hatte oft auf ihn aufgepasst. Das hatte mit zu ihren Pflichten gehört.

„Was tut sich bei deiner Versetzung?"

„Eine Stelle im Innenministerium haben sie mir angeboten. Aber die letzten zehn oder elf Berufsjahre in einem Büro sitzen, Akten schupfen und in Sitzungen meine Zeit verplempern, das kann ich mir wirklich nicht vorstellen." Eigner zog eine Grimasse. Hanni hatte sich noch ein Brot genommen und bestrich es dünn mit Butter. „Wieso geben sie dir keinen Posten in Krems oder meinetwegen in St. Pölten? Du willst doch sicher nicht jeden Tag zum Dienst von Klein Dürnspitz nach Wien pendeln?"

Eigner drehte sein Glas zwischen den Fingern. „Angeblich haben sie dort keine Planstellen. Ich glaub, es wäre ihnen am liebsten, wenn ich in Frühpension gehe. Dann hätten sie ein Problem weniger, weil sich manche angeblich schon Sorgen gemacht haben, was ich im Innenministerium alles anstellen könnt." Er grinste.

„Versteh ich nicht! Zuerst hat man gemeint, dass die Kriminalpolizei zusperren muss, wenn du einmal nicht da bist, und jetzt wollen sie dich lieber heute als morgen loswerden?"

Eigner trank den Rest seines Biers aus und wischte sich mit dem Handrücken über den Mund. „Wundert dich das wirklich?"

Hanni deutete auf die Küchenuhr. „Die fünf Minuten sind vorbei. Schalt jetzt das Kastl aus, geh dich umziehen und Zähne putzen."

Simon kannte seine Großtante inzwischen gut genug, um zu wissen, wann er sich zu fügen hatte. Er legte seinen Nintendo zur Seite und rutschte die Bank entlang bis zur Kante. Jackie war aus ihrem Körbchen aufgesprungen und wedelte erwartungsvoll.

„Opa, kann ich heut bei dir schlafen?", fragte der Bub, die Türschnalle bereits in der Hand.

Eigner seufzte. „Geht nicht, Simon. Bei mir ist immer noch so ein Saustall und die Heizung funktioniert auch nicht richtig."

„Willst da schlafen?", fragte Hanni ihren Bruder. „Das Zimmer von der Mama ist hergerichtet. Und dann könntest mir noch das Auto einladen helfen. Morgen ist Markttag. Da seids ihr zwei dann bis zum Nachmittag mit dem Urli allein. Ihr könnts euch das Gulasch aufwärmen oder die Saftschnitzel. Erdäpfel kochen müssts euch halt selber, und für den Vater hab ich eine Gemüsesuppe."

„Simon, geh dich waschen!", ermahnte Eigner das Kind.

Hanni hatte begonnen, das Geschirr abzuräumen. Sie holte ein braunes Emailreindl aus der Kredenz und legte zwei Strudelstücke hinein.

„Wo ist eigentlich der Roman?" Eigners Schwager war nur selten zu den Essenszeiten daheim, was den Major im Grunde nicht störte.

„In irgendeinem Ausschuss, was weiß ich. Wahrscheinlich sitzen sie wieder beim Wirten und finden kein Ende!" Hanni legte einen Deckel auf den Topf und stellte ihn zum Herd. Dann riss sie einen Zettel vom Block, den sie aus der Tischlade nahm, und kritzelte etwas darauf. Als fürsorgliche Ehefrau kümmerte sie sich natürlich darum, dass ihr Mann ein Nachtmahl vorfand, falls er, wenn er heimkam, noch Hunger hatte. Eigner runzelte die Stirn. Hatte nicht beim letzten Mal, als er da gewesen war, der Hund aus diesem Reindl gefressen? Da hatte er sich nämlich noch gewundert, dass seine sonst so auf Ordnung und Sauberkeit bedachte Schwester dem Tier das Futter in einem Kochgeschirr hingestellt hatte.

Simon stürmte in die Küche zurück. Er war nicht gern allein im Badezimmer, stritt aber ab, dass er sich dort fürchtete. „Fertig!" Auf seinem Pyjamaoberteil war ein nasser Fleck. „Liest du mir noch was vor?"

„Ich hab geglaubt, du kannst schon selber lesen?", neckte Eigner das Kind.

„Bitte, Opa!"

„Der Hund bleibt aber in der Küche!" Hanni lockte Jackie mit einem Blatt Wurst und schlichtete dann die restlichen Teller in den Geschirrspüler.

Wie versprochen, hatte Eigner dem Buben ein ganzes Kapitel vorgelesen. Er legte das Lesezeichen zwischen die Seiten und klappte das Buch zu. „Gute Nacht, schlaf gut!" Er ging zur Tür und wollte eben das Licht abdrehen, als der Bub fragte: „Opa, woran erkennt man Menschenknochen?"

Eigner hielt die Frage zunächst für reine Verzögerungstaktik, denn er wusste, dass der Bub oft Einschlafschwierigkeiten hatte. Doch irgendetwas am Tonfall des Kindes ließ ihn stutzen. „Das sieht man."

„Woran?"

„Na, wenn es zum Beispiel ein Oberschenkelknochen ist, dann schaut der ganz anders aus als der von einem Hund. Ist ja logisch. Wie kommst du darauf?"

„Nur so", sagte Simon und beobachtete seinen Großvater aus den Augenwinkeln.

„Nur so. So, so", sagte Eigner streng. „Also, raus mit der Sprache. Warts ihr auf dem Friedhof? Du weißt schon, dass man da nichts mitnehmen darf!"

„Eh nicht." Simon hatte den Kopf gesenkt. „Wir waren bei einer Baustelle", sagte er leise. „Aber eigentlich darf ich es gar nicht erzählen. Ich hab es versprechen müssen. Alle haben geschworen."

Eigner schloss die Tür und setzte sich zu seinem Enkel ans Bett. „So! Jetzt red! Was habt ihr gefunden?"

„Knochen halt", sagte der Kleine und zuckte die Achseln. „Der Kevin hat gesagt, dass die sicher von einem Menschen sind. Wahrscheinlich ist er ermordet worden. Stimmt das, Opa?"

„Ich glaub, dass sich der Kevin zu viele Horrorfilme im Fernsehen anschaut." Eigner strich seinem Enkel über den Schopf. „Vielleicht sollte ich einmal mit ihm reden?"

Simon fuhr aus dem Polster hoch. „Nein!", rief er beschwörend. „Dann weiß er ja, dass ich gepetzt habe und dann ..." Die dunklen Augen des Buben schwammen in Tränen. „Außerdem haut ihm sein Vater dann eine runter, dass der Kopf wackelt und die Ohren klingeln."

„Dann zeigst mir morgen am besten selber, was ihr wo gefunden habt, und dann werden wir weitersehen", beruhigte Eigner das Kind. Er war überzeugt, dass Simon übertrieb, und den Buben beim Spielen einfach nur die Fantasie durchgegangen war. „Jetzt schlaf aber!" Er zog die Tuchent über Simons Schulter. Das Kind hatte so gar keine Ähnlichkeit mit Verena. Angeblich glich Simon mehr seinem Großvater – das behauptete jedenfalls Hanni. Wie aus dem Gesicht geschnitten, hatte sie gesagt.

Als Eigner zurück in die Küche kam, saß Hanni mit der Handkasse beim Tisch und zählte das Kleingeld. Daneben lagen eine Abrechnungsliste und ein Taschenrechner. „Beim Vater oben ist alles in Ordnung. Hilfst mir noch beim Einräumen?"

„Ja, ja." Eigner überlegte, ob er das Übernachtungsangebot seiner Schwester annehmen oder doch lieber heimfahren sollte. Eine weitere Nacht im erst teilweise renovierten Haus, in dem noch jede Menge Umzugskartons herumstanden und Gerümpel herumlag, das er ausmisten wollte, erschien ihm wenig attraktiv.

Er zog sich an und begleitete seine Schwester in den Keller hinunter. Der vertraute Duft der Äpfel, die hier gekühlt bis weit ins Frühjahr hinein gelagert wurden, stieg ihm in die Nase. Die Kisten, die Hanni morgen in aller Herrgottsfrüh auf den Markt mitnehmen würde, waren schon gefüllt. Auch die Flaschen mit dem selbstgemachten Marillen- und Johannisbeernektar standen bereit. Die in Zellophan verpackten getrockneten Apfelringe und Marillenhälften hatte er im Vorhaus in einer Schachtel gesehen. So wie die Walnüsse, die sich in der Adventszeit besonders gut verkauften. Als sein Vater noch besser beisammen gewesen war, war es seine Aufgabe gewesen, die Nüsse zu sammeln, im Heizraum zum Trocknen aufzulegen und sie dann an den kalten Spätherbstabenden vor dem Fernseher zu knacken. Jetzt waren seine von der Gicht verkrüppelten Finger zu schwach dazu und auch das Schneiden der Apfelringe überstieg inzwischen seine Fähigkeiten.

Hanni hatte den Bus aus der Garage geholt und vor der Halle geparkt. Mit vereinten Kräften luden sie die Waren auf die Ladefläche.

Eigner war müde. Auch seine Schwester sah erledigt aus. „Mein Zahnbürstel ist im Bad?“

„Auf der rechten Seite vom Alibert. Ich hab ein Leukoplast um den Griff gewickelt und deinen Namen darauf geschrieben.“

Eigner wandte sich zum Gehen.

„Du Pauli, noch was. Geh bitte noch eine Runde mit dem Hund!“

Eigner grunzte. „Ist gut!“ Seine Freude über den erzwungenen Abendspaziergang hielt sich in Grenzen. Warum konnte sich Simon nicht wie früher mit einem Plüschtier begnügen?

***

Sie waren gleich nach dem Frühstück aufgebrochen, weil Simon keine Ruhe gegeben hatte. Von den aufgeworfenen Erdwällen sah einer aus wie der andere. So dauerte es eine Weile, bis Simon die Stelle wiedergefunden hatte. Dass Jackie danach suchte, hatte Eigner abgelehnt, und stattdessen bestimmt, dass der Hund angeleint blieb. Mit dem Baustellenleiter hatte es zunächst keine Probleme gegeben. Eigner hatte seinen Dienstausweis gezückt, ohne zu erwähnen, dass er eigentlich im Urlaub war. Erst als der Mann die Knochen sah, die teilweise aus dem Erdreich ragten, war er nervös geworden. Auch Eigner hatte geschluckt und sich vorgenommen, den Geschichten seines Enkels in Zukunft mehr Glauben zu schenken. Dann hatte er die Kollegen informiert.

Die Polizeiinspektion in Klein Dürnspitz war nur zu den üblichen Bürozeiten besetzt. Außerhalb davon wurden die Anrufe zu den umliegenden Dienststellen weitergeleitet. Dort würde man auch nichts anderes tun, als das Landeskriminalamt zu verständigen, wie Eigner wusste. Um Zeit zu sparen, hatte er deshalb gleich direkt beim LKA Meldung erstattet. Man hatte ihm gesagt, dass es eine Weile dauern würde, bis jemand vor Ort sein könne. Er war angewiesen worden, an der Fundstelle auf die Einsatzkräfte zu warten und dafür zu sorgen, dass keine Spuren verwischt wurden.

Eigner hatte Simon aufgetragen, mit dem Hund nach Hause zu gehen und dem Urgroßvater Gesellschaft zu leisten. Die beiden konnten sich ja etwas im Fernsehen anschauen oder Radio hören. Wenn es ein Problem gab, sollte Simon ihn am Handy anrufen oder zur Nachbarin gehen. Hanni würde erst am späteren Nachmittag heimkommen.

Er war froh, als endlich mehrere Wagen mit Blaulicht beim Baugrundstück eintrafen. Gleich darauf kam auch der Kollege vom LKA, ein schlanker, junger Mann mit einer markanten Hakennase im scharf geschnittenen Gesicht. Er stellte sich als Leutnant Kummer vor und fluchte gleich darauf: „Verdammt! Diese Provinzler können nicht einmal einen Tatort ordentlich absichern."

Die Kollegen, deren fachliche Qualifikation Kummer anzweifelte, standen in Hörweite. Eigner musterte Kummer von der Seite. Seinem Alter und Dienstgrad nach zu schließen, war er noch nicht lange bei der Kriminalpolizei.

„Sind Sie der Wiener?", wandte sich Kummer nun wieder an Eigner.

Der Major unterdrückte den Impuls, den Kollegen über seine Wachauer Wurzeln aufzuklären.

„Die Spurensicherung wird gleich da sein. Ich möchte mit den Verantwortlichen von der Baustelle reden. Wer, haben Sie gesagt, hat das Skelett gefunden, Kinder?“

Eigner, der seinen Enkel möglichst aus der Sache heraushalten wollte, zeigte auf den Container. „Der Bauleiter und zwei seiner Arbeiter sitzen dort drin und warten.“ Er sah auf die Uhr. „Brauchen Sie mich noch? Ich bin eigentlich im Urlaub und habe hier sowieso keine Befugnisse.“

„Mir wäre es sehr recht, wenn Sie noch dableiben, bis die Techniker kommen!“ Kummer stakste zum Container. Sein heller Mantel war mit Dreck bespritzt und auch die maßgefertigten Lederschuhe hatten gelitten.

Graue Wolken waren aufgezogen. Es sah nach neuem Regen aus. Aber das hatte der Kollege vom Landeskriminalamt sicher schon selber bemerkt. Eigner würde ihn jedenfalls nicht darauf aufmerksam machen. Es war schließlich nicht sein Fall!

Der Major hatte den Kragen seiner Jacke hochgeklappt und die Finger in die Taschen geschoben. Am Rand des Baugrundstücks hatten sich die ersten Schaulustigen eingefunden. Die Polizisten aus Mautern waren vollauf damit beschäftigt, die Neugierigen von der Fundstelle fernzuhalten.

Von den Gaffern drangen Gesprächsfetzen zu Eigner herüber, die er jedoch ausblendete, weil er in Gedanken war. Um eine Einvernahme würde Simon nicht herumkommen. Vielleicht konnte er es so einrichten, dass Verena nichts davon erfuhr. Seiner Ansicht nach konnte das Kind sowieso nichts Maßgebliches zur Aufklärung beitragen. Außerdem fürchtete er sich ein wenig vor den Vorwürfen seiner Tochter. In Sachen Kindererziehung hatten sie sehr unterschiedliche Ansichten, was schon öfter zu Meinungsverschiedenheiten geführt hatte. Verena schätzte es nicht, wenn Eigner den Kleinen ermutigte, sich wie andere Buben auszutoben, auf Bäume zu klettern und im Wald zu spielen. Verena meinte, das sei viel zu gefährlich. Eigner hatte Simons Abenteuerlust trotzdem gefördert, wann immer er Gelegenheit dazu bekam. Der Bub sollte lernen, sich im Leben zu behaupten. Das war wichtig für einen Mann, wie Eigner fand. Man muss der Mama ja nicht immer alles auf die Nase binden, hatte er zum Kleinen gesagt. Dann hatten sie sich verschwörerisch angegrinst und sich die Hand auf ihr Geheimnis gegeben.

Eigners Blick glitt suchend über das furchige Erdreich. Die Hoffnung, dass Stofffetzen, Münzen oder Tonscherben auf eine historische Fundstätte hinweisen würden, schwand immer mehr, denn außer Matsch, Steinen und einem Zuckerlpapier konnte er nichts entdecken. Auch schienen ihm die Knochen, die bleich aus dem Erdreich ragten, für ein Skelett aus der Römerzeit zu gut erhalten. Doch der Major war überzeugt, dass der Körper einige Jahre im Boden gewesen war. Er dachte an Simmerl, den hinkenden Totengräber, dem er als Bub öfter bei der Arbeit zugeschaut hatte. Besonders interessant war es gewesen, wenn Simmerl ein frisches Grab ausgehoben hatte und dabei menschliche Überreste zum Vorschein kamen. Bei deren Anblick hatte es Eigner gegruselt, und er hatte Simmerls stoische Art, mit der er die Knochen zur Seite räumte, irgendwie bewundert, obwohl sie ihm auch unheimlich war. Der Totengräber, der inzwischen selbst bei seiner Kundschaft ruhte, war kein studierter Pathologe oder Forensiker gewesen. Trotzdem hätte er aus jahrelanger Erfahrung bestimmt recht genau schätzen können, wie lange das Gerippe bei der örtlichen Beschaffenheit des Bodens in seinem Grab gelegen war.

Eigner beneidete die Ermittler nicht um ihre Arbeit. Auf einer Baustelle nach Spuren zu suchen, war ein schwieriges Unterfangen. Auch die Liegezeit würde die Erhebungen erschweren. Vermutlich würde man ein Gewaltverbrechen in Betracht ziehen. Ein Skelett auf einem Grundstück zwischen Weingärten und Marillenplantagen legte solche Überlegungen nahe.

Er betrachtete die Fundstücke der Reihe nach. Das eine war bestimmt ein Oberschenkelknochen, das andere vermutlich eine Beckenschaufel, weiter drüben lag ein kleiner Knochen. Wahrscheinlich von einem Fuß oder einer Hand? Hoffentlich hatten die Buben nichts mitgehen lassen. Simon hatte erzählt, dass Kevin unbedingt den Schädel haben wollte. Um ihn herauszubekommen, hatten sie auf der Baustelle nach passendem Werkzeug gesucht. Dabei waren sie gestört worden. „Diese große Frau, weißt eh, die immer gleich schimpft und dabei mit dem Kopf so komisch zuckt, hat über den Zaun geschaut“, hatte Simon berichtet. „Sie hat gesagt, sie ruft die Polizei, wenn wir nicht gleich verschwinden.“

Es hatte zu nieseln begonnen. Aus einzelnen Kaminen der Häuser drüben beim Ortskern quoll Rauch. Eigners Ohren schmerzten von der Kälte. Er zog ein Taschentuch aus seiner Hose und schnäuzte sich. Wer der oder die Tote wohl gewesen war? Jemand aus Klein Dürnspitz? Am Ende hatte er ihn oder sie sogar gekannt? Motorengeräusch unterbrach seine Überlegungen. Wenig später tauchten die Kollegen von der Spurensicherung auf. Wie Außerirdische kamen sie Eigner in ihrer weißen Schutzkleidung vor. Das waren sie in gewisser Weise auch – Eindringlinge aus einer anderen Welt, Fremdkörper, die nicht in die Wachauer Idylle passten.

„Dort drüben“, sagte Kummer und deutete in Eigners Richtung. Er ging vorsichtig, um nicht auf dem angefrorenen Matsch auszurutschen. Die Schuhe sind auf jeden Fall zum Wegschmeißen, dachte der Major.

„Na bravo“, sagte einer der Kriminaltechniker, nachdem er die Fundstelle gesehen hatte. „Hopp, hopp, Jungs. Wir brauchen die Planen, bevor uns der Regen noch mehr davonschwemmt.“

„Der Kollege aus Wien hat die Knochen entdeckt“, wandte sich Kummer an einen der Männer, der der Chef der Truppe zu sein schien, und wies auf Eigner.

„Irgendwas verändert, herausgezogen, berührt?“, fragte der.

„Kann ich so nicht sagen. Die Buben, die die Knochen gefunden haben, haben da sicher herumgewerkt und auch probiert, den Schädel auszugraben“, fasste Eigner zusammen. „Einen Hund haben sie übrigens auch dabei gehabt. Der hat einen Knochen im Maul dahergebracht. Dadurch sind die Buben überhaupt erst aufmerksam geworden. Der Knochen, es muss was Kleineres gewesen sein, liegt da irgendwo beim Container. Ich hab ihn aber nicht gefunden.“

„Was sagt der Doktor?“

„Der Arzt ist verständigt, oder?“, rief Kummer zu den Kollegen aus Mautern hinüber.

„Sie haben gesagt, dass wir die Anweisungen von Ihnen kriegen!“, gab ein älterer Beamter zurück.

Kummer verdrehte die Augen. „Wenn man nicht selber an alles denkt“, murrte er und tippte ungehalten eine Nummer in sein Handy.

***

Als erstes drehte Hanni den Fernseher leiser. Ihr Vater schlief mit offenem Mund auf dem Diwan. Auf dem Couchtisch stand eine halb volle Flasche Steinfeder, daneben lag seine Zahnprothese. Hanni wusste, dass er sie gern herausnahm, weil sie ihn drückte. Wenn Pauli dem Vater in der Früh die Tabletten gegeben hatte, dann hatte der Wein vermutlich die doppelte Wirkung gehabt. Eigentlich müsste sie den Hausarzt rufen. „Mannsbilder", schimpfte sie. „Immer das Gleiche!" Sie beobachtete den Brustkorb ihres Vaters, der sich regelmäßig hob und senkte. Wenn sie den Arzt holte, hatte sie auf jeden Fall Erklärungsbedarf. Doktor Berghofer hatte eine belehrende Art, die ihr ziemlich auf die Nerven ging. Aber der alte Eigner bestand auf diesem Hausarzt, weil er schon bei Berghofers Vater Patient gewesen war. Wo steckte eigentlich das Kind und wo war ihr Bruder Pauli? Er hatte versprochen, sich um alles zu kümmern, während sie auf dem Markt war.

Als sie die Küchentür öffnete, schlug sie die Hände über dem Kopf zusammen. Sie rannte zum Herd, dessen hintere Platte glühte. Die alte Eisenpfanne stand glücklicherweise auf der Arbeitsplatte. Sie war mit angebranntem Teig verkrustet. Hanni hob sie hoch und begutachtete den dunkelbraunen Fleck auf dem Resopal. Offenbar war die Pfanne heiß gewesen, als man sie dort abgestellt hatte. In der Schüssel daneben war noch Teig. Mehlstaub bedeckte den halben Küchenboden. Auf dem Tisch lagen Eierschalen und ein verschmierter Schneebesen. Den Deckel des Marillenmarmeladenglases fand sie auf der Bank.

Hanni kämpfte mit den Tränen. Sie war hundemüde. Während der ganzen Heimfahrt hatte sie sich auf ihren Kaffee und das Stück Nusstorte gefreut, dass sie sich am Bauernmarkt bei ihrer Standnachbarin gekauft hatte.

Jackie zwängte sich durch die angelehnte Küchentür und begrüßte Hanni freudig kläffend. „Du hast mir gerade noch gefehlt!", sagte sie und beugte sich hinunter, um das Tier zu streicheln.

„Servus Tante. Ich hab Hunger", hörte sie von der Tür her.

„Simon, was ist denn das für ein Tohuwabohu?"

Der Bub schaut betreten zu Boden. „Der Urli wollte mir Palatschinken kochen, aber die sind ihm nicht gelungen."

Hanni seufzte. Das Kind konnte schließlich nichts dafür. „Und wo ist der Opa?"

„Bei einem Einsatz. Wir haben ein Skelett gefunden."

„Aha", sagte Hanni lakonisch. Das „Wir" überhörte sie geflissentlich. Für den Augenblick war ihr Bedarf an Aufregung gedeckt. „Magst ein Wurstbrot?"

***

Eigner erschrak, als er auf sein Handy sah. Zum einen, weil es schon viel später war, als er angenommen hatte. Zum anderen, weil das Display drei Anrufe in Abwesenheit zeigte. Er hatte es nicht läuten gehört, weil das Gerät auf lautlos gestellt war. Hanni – stand in der Anrufliste. Es war die Festnetznummer. Wahrscheinlich hatte Simon versucht, ihn zu erreichen.

Er hatte nicht damit gerechnet, so lange im Freien zu sein, und wäre gern noch daheim vorbeigefahren, um sich umzuziehen. Seine Hose war feucht, auch die Jacke war für das Wetter nicht ideal gewesen. Eine Erkältung war das Letzte, was er gebrauchen konnte.

Hoffentlich war mit seinem Vater und dem Buben alles in Ordnung. Ihn plagte ein schlechtes Gewissen. Der Vater hatte heute einen seiner guten Tage gehabt, beruhigte er sich. Außerdem war Hanni inzwischen längst daheim.

Er drückte auf die Taste mit dem grünen Hörer. Das Telefon wählte die Nummer automatisch. „Nothnagl?“ Schon an ihrer Stimme hörte er, dass sie verärgert war. Hanni erzählte in knappen Worten, was daheim passiert war. Sie machte ihm keinen Vorwurf. Das war nicht ihre Art. „Wir müssen demnächst einmal reden. Das mit dem Vater wird schlimmer“, sagte sie.

„Sicher! Aber mach dir jetzt keine Sorgen wegen dem Rausch. Der Alte verträgt einiges!“

„Aber nicht, wenn er die Pulver nimmt“, rief ihm Hanni in Erinnerung.

„Mhm“, sagte Eigner und ärgerte sich über seine Gedankenlosigkeit. Dann erzählte er ihr von dem Skelett.

Hanni unterbrach ihn nach wenigen Sätzen. „Der Simon hat es mir schon gesagt. Reden wir später. Ich kann jetzt nicht.“

„Ich bin ohnehin schon auf dem Weg“, sagte Eigner und beschleunigte seine Schritte. Wenn er das geahnt hätte, hätte er einen Kollegen gebeten, ihn mit dem Auto zu bringen.

Als Eigner bei seiner Schwester eintraf, stand Simons gepackter Trolley schon im Vorhaus bereit. Verena würde jeden Moment kommen und ihren Sohn abholen. Diesmal ausnahmsweise schon am Samstag, weil für Sonntag ein Besuch bei Verenas Schwiegereltern auf dem Programm stand.

Der Kleine saß mit seiner Großtante in der Küche und trank Kakao. Es sah aus wie immer. Hanni hatte die Spuren des Fiaskos längst beseitigt. Jackie begrüßte Eigner mit freudigem Gebell und sprang an ihm hoch. „Bist eh brav.“ Er tätschelte dem Hund halbherzig den Kopf.

„Was hab ich gehört, ihr habt der Tante Hanni heute die Küche versaut?“, wandte sich Eigner an seinen Enkel.

„Sie hat aber nicht geschimpft“, antwortete das Kind.

„Wozu auch? Was hätte das geändert?“, sagte Hanni.

„Ich hab nicht gedacht, dass das so endet.“ Eigner berührte entschuldigend den Arm seiner Schwester.

„Ist schon gut. Das nächste Mal schraub ich die Sicherung vom Herd heraus.“

„Ein nächstes Mal wird es hoffentlich nicht geben.“ Eigner nahm sich ein Glas und drehte den Wasserhahn auf. „Wie geht's dem Vater?“

„Sitzt eh im Wohnzimmer.“ Hanni hatte Simon einen Teller mit Weihnachtsbäckerei hingestellt. Er griff nach einem Schokoladenkeks und schleckte genüsslich mit der Zunge über die Glasur.

„Grüß dich!“ Eigner war ins Wohnzimmer gegangen, wo sein Vater vor dem Fernseher saß und sich eine Volksmusiksendung ansah. Den Major überkam ein Anflug von Abschiedsschmerz, der sich ab und zu einstellte, wenn er den Vater schlafend oder selbstvergessen vorfand. Manchmal befremdete ihn der Anblick des runzeligen Gesichts und des faltigen Halses, der ihn an einen Truthahn erinnerte. Jahrelange harte Arbeit hatte ihre Spuren hinterlassen, und aus dem einst stattlichen Mann, der mühelos eine Waschmaschine gestemmt hatte, einen Greis mit Witwenbuckel gemacht. Die letzten verbliebenen gelblichen Haarsträhnen waren penibel über den kahlen Schädel des alten Mannes gekämmt. Der Alte hatte seine Kopfhörer aufgesetzt und nahm seinen Sohn erst wahr, als dieser direkt vor ihm stand. Er zog die Hörer von den Ohren. „Ah, der Fritz, schön. Auch wieder einmal daheim? Was tut sich draußen in der weiten Welt?“

Eigner schluckte. Fritz, sein älterer Bruder, war vor vielen Jahren als Jugendlicher bei einem Verkehrsunfall gestorben. „Ich bin der Paul!“, sagte er zu seinem Vater. „Wie geht es dir? Ich hab gehört, du hast dir ein paar Vierterln gegönnt.“

„Ah, der Pauli!“ Der Vater winkte ihn näher zu sich heran. Er flüsterte: „Aber sie ist es mir schon wieder neidig. Die ist schlimmer als die Gretl. Die war nie so streng mit mir.“

Eigner nickte, obwohl er bezweifelte, dass Gretl, seine Mutter, so nachsichtig gewesen war, wie der Vater behauptete. Er erinnerte sich recht deutlich, dass die Mutter ein strenges Regiment geführt hatte.

„Ich geh zurück in die Küche und wart, bis die Verena kommt.“ Eigner nickte seinem Vater zu.

„Die Verena? Da komm ich gleich mit.“ Freude spiegelte sich auf dem Gesicht des Alten.

„Sie ist noch nicht da. Ich schick sie dann zu dir herein. Schau inzwischen ruhig deine Sendung weiter.“

Der alte Mann lehnte sich in seinem Fauteuil zurück und streifte die Kopfhörer wieder über.

In der Zwischenzeit war auch Eigners Schwager eingetroffen. Er schien leicht angeheitert zu sein, was sich gleich darauf bestätigte, als Eigner seine Hand zur Begrüßung schüttelte und dabei seinen Atem roch. Nothnagl war einen halben Kopf kleiner als der Major und stämmig gebaut. Sein dichtes schwarzes Haar war an den Schläfen leicht angegraut. Er trug es glatt zurückgekämmt, was bei seiner hohen Stirn nicht unbedingt von Vorteil war, und hielt es mit Gel in Form.

„Diese Geschichte mit dem Gerippe kommt auch zur Unzeit daher. Seids ihr euch sicher, dass es nichts Historisches ist?“, begann Roman Nothnagl ohne Umschweife.

„Woher weißt du das schon wieder?“

„Glaubst du wirklich, dass sich so was in dem kleinen Ort nicht gleich herumspricht? Da ist eine ganze Menschentraube beim Zaun draußen. Sogar Kisten haben sie dabei, damit sie hinüberspechteln können. Deine Kollegen sind schon ziemlich genervt!“ Nothnagl hängte seinen Kalmuck-Janker über die Sessellehne. „Ist es wirklich nicht historisch?“, hakte er nach.

„Ich bin kein Fachmann, aber für mich schaut es nicht danach aus.“ Eigner setzte sich an die Seite seines Enkels, der, auf der Suche nach weiteren Schokoladenkeksen, Vanillekipferln und Kokosbusserln zur Seite schob. Jackie, die schwanzwedelnd unter dem Tisch darauf wartete, dass vielleicht auch etwas für sie abfiel, drängte sich an Eigners Hosenbein.

„Weißt schon, dass man das isst, was man angreift?“, belehrte Hanni das Kind. Der Kleine steckte sich gehorsam einen Anisbogen in den Mund. Eine Entscheidung, die er, seiner Miene nach zu schließen, gleich darauf bereute.

„Das wär aber gut für den Fremdenverkehr in Klein Dürnspitz gewesen. Irgend so ein Römerfund, eine alte Grabstätte, was weiß ich ...“ Roman sah sich nach seiner Frau um. „Geh Hannerl, bring mir einen G'spritzten.“

„Du bist da nicht beim Wirten. Weißt eh, wo der Wein steht. Mineralwasser ist im Kühlschrank“, antwortete seine Frau und putzte das Gemüse weiter.

Unwirsch stand Nothnagl auf. „Trinkst einen mit, Paul?“

Eigner winkte ab.

„Wir könnten dringend mehr Attraktionen brauchen. Die Übernachtungszahlen sind im letzten Jahr zurückgegangen. Die Radfahrer und Wanderer lassen nicht viel Geld da, und die Kulturangebote ziehen bei uns auch nicht so recht“, beklagte sich Nothnagl.

Eigner kannte die Leier und schwieg, denn jeder Kommentar war Wasser auf den Mühlen seines Schwagers.

„Da sind wir ein Weltkulturerbe und was haben wir davon? Gar nichts!“, fuhr Roman fort. Er füllte sein Glas mit Mineralwasser auf. „Unsere Venus kann sich mit der von den Willendorfern nicht messen, weil sie kleiner und schäbiger ist, für das Anmalen vom Kirchturm hab ich im Gemeinderat keine Mehrheit bekommen und der Gebetspichler, dieser Trottel, hat beim Renovieren die einzige Rauchkuchl, die wir herzeigen hätten können, demoliert.“ Romans honigbraune Augen glänzten feucht in seinem länglichen Gesicht.

„Was regst du dich so auf?“ Hanni stand mit erhobenem Gemüsemesser am Küchenschrank. „Nächstes Jahr wird die neue Wallfahrtskapelle eingeweiht, und immerhin haben wir heuer das große Adventkonzert im Schloss. Da wird sich schon was tun.“

„Hoffentlich!“ Ein boshaftes Grinsen huschte über sein Gesicht. „Hast du schon mit dem Pfarrer geredet? Ich wette, der ärgert sich ordentlich. Die Eröffnung von seinem Begegnungszentrum im Sommer kann er sich vermutlich in die Haare schmieren. Wer weiß, wie lange es dauert, bis das Grundstück wieder freigegeben wird.“

„Du bist ja nur schadenfroh, weil du deine Pläne nicht im Gemeinderat durchgebracht hast“, sagte Hanni.

Er maß sie mit einem bösen Blick. „Das Römerzentrum wäre besser für den Ort gewesen. Glaub es mir.“

„Was für ein Römerzentrum?“, fragte Eigner.

„Einen Erlebnispark mit einem Römerdorf, wo die Leute Urlaub machen und quasi wie die alten Römer leben können, mit einem Forum, einer Therme, einem Amphitheater und allem, was es halt sonst noch so braucht. Das hätte in der Region eingeschlagen, ein Kassenmagnet wär das geworden. Aber bring eine neue Idee, die ein Eitzerl Risikobereitschaft verlangt. Das funktioniert vielleicht in Wien, aber bei uns ...", Nothnagl fuhr sich vielsagend mit der Handkante über den Hals. „Abgewürgt haben sie die Debatte, nicht einmal das Konzept wollten sie prüfen, dabei ist der Architekt wirklich ein Ass, hat schon jede Menge Preise eingeheimst." Sein Blick fiel auf den Keksteller. „Was gibt's heut eigentlich zum Essen?"

„Eine Gemüsesuppe kannst du haben. Der Vater kriegt auch eine, oder du isst was Kaltes. Fleisch und Wurst sind im Kühlschrank, der Krautstrudel von gestern ist auch noch im Reindl."

Nothnagl rümpfte die Nase.

Simon hatte seinen Kakao ausgetrunken und griff nach seinem Nintendo, der auf der Fensterbank lag.

„Wenn die Geschichte nur nicht nach hinten losgeht. Das könnten wir jetzt am allerwenigsten brauchen!"

„Was meinst du?", fragte Eigner.

Sein Schwager zögerte. „Das weiß doch jeder, dass so ein Gerippe im Advent keine gute Werbung für Touristen ist, die sich auf die besinnliche Zeit einstimmen wollen", blaffte er dann.

„Du, es gibt viele, die sich gern einen Tatort anschauen." Eigner wusste, dass sein Schwager das nicht witzig fand.

„Weiß man wenigstens schon, wer es ist?", fragte Hanni, während sie Zwiebel anröstete.

Eigner schüttelte den Kopf. „Gar nichts, die sichern ja grad erst die Spuren."

„Aber man kennt doch wenigstens, ob es ein Manderl oder ein Weiberl ist." Roman grinste.

„Abgenütztes Kiefergelenk, ich weiß schon." Eigner zog eine Grimasse.

Romans Grinsen erlosch. Eigner hatte ihn um die Pointe gebracht. Wieder einmal wünschte sich Roman, sein Schwager wäre in Wien geblieben. Er trank seinen Gespritzten in einem Zug aus und stand auf. „Touristen, die zum Mörderschauen kommen, brauchen wir nicht", sagte er und stellte das Weinkrügerl mit Schwung ab.

„Mörder?" Simon sah von seinem Spiel auf.

„Roman!", sagte Hanni scharf. Sie deutete mit dem Kinn in Richtung ihres Großneffen.

„Und schon gar keine negativen Schlagzeilen", fuhr Nothnagl fort.

„Also nichts über die Arbeitsbedingungen unserer Erntehelfer?", fragte Eigner mit Unschuldsmiene.

„Was?", fuhr Nothnagl auf.

„Na, wer weiß, am Ende gehört das Skelett einem von diesen armen Teufeln, die bei uns um einen Hungerlohn schuften müssen, weil sich kein Hiesiger findet, der die schwere Arbeit um das Geld macht. Vielleicht war es ein Unfall, den man vertuschen musste?"

„Da kann man ja von Glück reden, dass du in dem Fall nicht ermittelst", schimpfte Pauls Schwager.

„Das ändert nichts an den Fakten. Es wäre nicht das erste Mal, dass sich ein paar faule Marillen in einem schönen Obstkorb verstecken", entgegnete der Major.

Nothnagl tippte sich an die Stirn, was Eigner mit einem sarkastischen Grinsen quittierte. Unten war das Hupen eines Autos zu hören. Simon sprang auf. „Die Mama, die Mama!"

„Schuhe anziehen", mahnte Hanni.

„Ich geh was Ordentliches essen!" Roman hatte seine Joppe geschnappt und folgte dem Kind, das aus der Küche gestürmt war.

***

Am Vormittag war Eigner bei seinem Vater geblieben. Das war das Mindeste, was er als Wiedergutmachung nach dem Chaos, das der Alte und Simon bei ihrem Kochversuch angerichtet hatten, leisten konnte. Hanni war sehr froh darüber gewesen, denn sie hatte, wie immer in der Vorweihnachtszeit, alle Hände voll zu tun.

Um sich mit dem Vater die Zeit zu vertreiben, hatte Eigner ihm die Pläne gezeigt und über seine nächsten Sanierungsvorhaben gesprochen. Der Alte hatte sich gefreut, einige Anregungen geliefert und ihm sogar seine Hilfe angeboten. „Schau ma mal", hatte der Major gesagt und seinem Vater aufmunternd zugenickt. Früher wäre der Alte, der als geschickter Handwerker gegolten hatte, eine unverzichtbare Hilfe gewesen. Doch nun war er gebrechlich und würde auf einer Baustelle mehr Aufsicht benötigen als er selber von Nutzen war.

Das Haus war in einem furchtbaren Zustand gewesen, als Eigner es im Sommer übernommen hatte. Nicht ganz zu Unrecht hatte sein Schwager Roman gesagt, dass man eine solche Bruchbude am besten mit dem Bagger wegschieben und einen Neubau hinstellen sollte. Aber Eigner mochte das alte Haus, das er von seiner Tante geerbt hatte. Außerdem lenkte ihn die Arbeit ab.

Hanni löste Eigner nach dem Mittagessen ab. Das Gespräch mit dem Vater hatte seinen Tatendrang geweckt. Er fuhr direkt zum Haus, entschlossen, den abgenutzten PVC-Boden aus seinem zukünftigen Schlafzimmer zu entfernen. Davor wollte er aber noch in Ruhe einen Tee trinken.

Er kniete gerade vor dem gusseisernen Ofen, der eine der Hinterlassenschaften seiner Tante war, als das Telefon läutete. Das Zeitungspapier hatte zwar die Holzspäne zum Glosen gebracht, zu Flammen, die auf die Scheite übergriffen, hatte es nicht gereicht. Er blies vorsichtig auf die Späne. Anstelle eines lodernden Feuers brachte er nur Rauch zustande, der seine Augen tränen ließ. Nach fünf Klingelzeichen schaltete sich die Mailbox ein. Wenig später läutete es erneut. Genervt schlug er das Ofentürl zu und riss das Fenster auf. Dann hob er endlich ab.

Es war die Sekretärin seines Vorgesetzten. Sie entschuldigte sich für die Störung im Urlaub, der Chef wolle ihn dringend sprechen, ob sie ihn durchstellen dürfe?

Oberst Müllner kam sofort zur Sache. „Ich habe eine erfreuliche Mitteilung für dich."

„Aha", kommentierte Eigner und griff nach seiner Weste.

„Deinem Versetzungsgesuch wird stattgegeben."

„Aha", wiederholte Eigner.

„Das ist doch in deinem Sinn?", versicherte sich der Oberst.

„Natürlich." Eigner klemmte das Telefon zwischen Ohr und Schulter und schlüpfte in die Weste. „Wo komm ich hin? Nach Krems oder St. Pölten? Und wieso hat das nicht Zeit bis nach meinem Urlaub?"

„Wie immer, gleich am Punkt", antwortete Müllner und räusperte sich. „Du bist mit sofortiger Wirkung in Klein Dürnspitz dienstzugeteilt. Den Anlass kannst du dir sicher denken."

„Der Knochenfund?"

„Genau."

„Wieso das?"

„Weil alles ziemlich schwierig ist, die lange Liegezeit, fehlende Knochenteile, kein Schmuck, keine Kleidung ..." Der Oberst klang frustriert. „Die Kollegen vom LKA werden dich genauer ins Bild setzen."

„Aber wenn eh schon die Kremser dran sind, wozu brauchts dann mich?“ Eigner war ins Badezimmer gegangen und hatte sich auf den Klodeckel gesetzt. Hier war es wärmer als im Zimmer, wo noch immer das Fenster zum Lüften offen stand.

„Solche Sachen hat man überall gern schnell wieder vom Tisch, schon gar im Advent und in der Wachau“, sagte der Oberst. „Die Niederösterreicher haben erst kürzlich wieder über den chronischen Personalmangel gejammert und Unterstützung angefordert. Da ist mir dein Versetzungsantrag eingefallen. Außerdem schadet es nicht, wenn einer mit deiner Erfahrung die Ermittlungen leitet.“

Eigner betrachtete seine große Zehe, die durch das Loch im Socken lugte, und schwieg. Er wusste nicht so recht, was er von all dem halten sollte. Gerne hätte er die Angelegenheit in Ruhe überdacht, andererseits gab es bei einer Weisung nichts zu überlegen, und außerdem hatte er selbst die Versetzung nach Niederösterreich betrieben. Warum freute er sich also nicht?

„Bist noch da?“ Die Stimme des Majors riss ihn aus seinen Gedanken.

„Ja.“

„Noch was. Die Polizeiinspektion bei euch und das LKA in Krems sind schon informiert. Du setzt dich am besten gleich mit denen in Verbindung. Deinen Urlaub musst du verschieben. Ewig wird die Sache ja nicht dauern.“

„Und ihr seids mich los“, konnte sich Eigner den Kommentar nun doch nicht verkneifen.

„Was regst du dich auf? Du willst doch in die Provinz. Oder gefällt es dir am Ende jetzt doch nicht bei den G’scherten?“ Der Oberst lachte trocken auf. „Mach dir keine Sorgen, die Dienstzuteilung ist vorläufig befristet.“

Eigner blieb noch eine Weile auf dem Klo sitzen, nachdem das Telefonat beendet worden war. Müllner hatte versucht, ihm den Auftrag als Entgegenkommen zu verkaufen. Der Major war sich nicht sicher, ob es sich wirklich so verhielt, oder ob man nur eine Möglichkeit gefunden hatte, ihn auf elegante Weise zu entsorgen. Oberst Müllner war einiges zuzutrauen, wenn es um seine Karriere ging, und noch mehr, wenn er sich irgendwo einen Vorteil erhoffte.

Der Major schüttelte seinen eingeschlafenen Fuß und humpelte zurück ins Zimmer. Dort schloss er das Fenster und machte sich erneut am Ofen zu schaffen. Nach einer Weile gelang es ihm endlich, ein Feuer zu entfachen. Er setzte den Teekessel auf. So viel Zeit musste sein. Dann zog er sich um und wartete, bis das Wasser kochte.

***

Die Polizeiinspektion von Klein Dürnspitz lag direkt an der Hauptstraße. Man teilte sich das gelbe Haus mit einem Versicherungsmakler und dem örtlichen Bestatter. Zu Fuß brauchte Eigner bis zum Posten bestimmt eine Dreiviertelstunde. Er hatte sich deshalb für das Auto entschieden und parkte den Wagen gleich neben dem Einsatzfahrzeug. Die Jalousien des Wachzimmers waren geschlossen. Durch die Lamellen drangen Lichtstreifen, was ihn nicht weiter verwunderte. Erstens war es erst knapp vor fünf, und zweitens waren die Kollegen informiert, wie ihn der Oberst hatte wissen lassen. Er drückte die Schnalle hinunter und stellte fest, dass die Tür versperrt war. Nachdem er geläutet, seinen Namen genannt und in die kleine Kamera geschaut hatte, die in die Gegensprechanlage integriert war, ertönte ein Summer. Er durchquerte den Gang, die Tür zu den Büroräumen der Polizeiinspektion stand bereits offen. Eine junge Kollegin, die sich als Inspektorin Dorothea Dürr vorstellte, erwartete ihn mit einem freundlichen Lächeln. Ihr braunes Haar war zu einem Pferdeschwanz gebunden. Sie war fast ebenso groß wie Eigner und sehr schlank. Der Major schätzte sie auf Mitte dreißig, also etwa gleich alt wie seine Tochter. Vom Typ her war sie allerdings ganz anders als Verena. Inspektorin Dürr strahlte die ruhige Gelassenheit eines buddhistischen Mönchs aus. Eigner registrierte einen festen Händedruck. Er sah sich neugierig um.

„Soll ich Ihnen alles zeigen?", bot die Kollegin an. „Oder möchten Sie vielleicht zuerst einen Kaffee?"

Eigner entschied sich für den Rundgang.

Vom vorderen Raum ging ein weiterer, deutlich kleinerer ab. Der war das Büro von Inspektionskommandant Meier gewesen, der sich seit Anfang Dezember im Ruhestand befand und seit zwei Wochen mit seiner Frau auf einem Kreuzfahrtschiff unterwegs war, und sich damit einen langgehegten Traum verwirklicht hatte, wie Dorothea Dürr ihn ausführlich informierte. Hier konnte Eigner sich einrichten. Der Schreibtisch war ausgeräumt. Auf der leeren Tischplatte stand ein Telefon. Einen Laptop mit Netzwerkzugang würde man noch heute anfordern. Kommandant Meier hatte keinen Computer besessen. „Dieses neumodische Zeug hat ihn nicht interessiert, und als Chef hat er sich auch nicht damit befassen müssen", sagte Dürr.

Im vorderen Raum standen zwei Schreibtische mit Standcomputern, ein hoher und ein niedriger Aktenschrank sowie ein Regal mit Ordnern und Gesetzbüchern. Neben der Garderobe führte eine schmale Tür in die kleine Teeküche, auf die Dorothea besonders stolz zu sein schien. Sie hatte sogar ein Fenster mit Aussicht. Wobei die Bezeichnung „Aussicht“ ein wenig übertrieben war, weil der Wald unmittelbar hinter den Scheiben begann. Wer weiß, ob man das Fenster im Sommer überhaupt öffnen konnte, ohne dass das Gestrüpp in die Teeküche wucherte?

Der Raum war so klein, dass er mit zwei Menschen darin schon überfüllt wirkte. Auf einem alten Küchenunterschrank stand eine elektrische Kochplatte. Daneben surrte ein Minikühlschrank. Die Kaffeemaschine fand auf einem Hocker Platz. Ein Waschbecken vervollständigte die Einrichtung.

Als letztes zeigte Dorothea ihm die Toiletten. Sie waren am Gang und wurden von den Angestellten der Versicherung und des Bestatters mitbenutzt. Der Kloschlüssel hing an der Garderobe. Auch hatte man eigenes WC-Papier, das in einem der Aktenschränke verwahrt wurde.

Eigner hatte genug gesehen. „Wenn der Kommandant im Ruhestand ist, wer ist dann eigentlich der Chef?“

Inspektorin Dürr schien verwirrt. „Nicht Sie?“

„Da wissen Sie mehr als ich.“ Eigner rekapitulierte in Gedanken, was Oberst Müllner am Telefon gesagt hatte. Von der Leitung einer Polizeiinspektion war keine Rede gewesen. Da war er sich sicher. „Sind wir die zwei einzigen auf der Dienststelle?“

Wie auf Kommando betrat in dem Moment ein ziemlich beleibter Mann den Raum. „Was ist so dringend, dass ich von einer Geburtstagsfeier weggerufen werde?“, fragte er unwirsch und musterte Eigner von oben bis unten. Im Gegensatz zu seinem mürrischen Gesichtsausdruck klang seine Stimme überraschend melodisch. Die Speckfalten in seinem runden Gesicht und das mächtige Doppelkinn machten es dem Major schwer, das Alter des Mannes zu erraten. Irgendetwas zwischen Ende dreißig und Mitte vierzig, entschied er schließlich.

„Abteilungsinspektor Stierschneider. Ernstl, das ist unser neuer Chef, Major Paul Eigner, ein Kollege aus Wien", stellte Dürr die beiden einander vor.

Stierschneider rang sich ein schiefes Lächeln ab. „Neuer Chef, so, so", sagte er. „Ich bin der Ernstl." Er streckte Eigner seine mächtige Rechte entgegen.

„Zu mir könnts Eigner sagen." Der Major schüttelte die Hand des Kollegen.

„Ich bin die Dorothea", schloss sich Inspektorin Dürr den Duzangeboten an. „Jetzt sind wir komplett", fügte sie hinzu.

Es drängte den Major, sich zuallererst einen Überblick über die Fakten zu verschaffen. „Ich weiß, dass normalerweise um sechs Dienstschluss ist, aber ich muss euch bitten, noch ein bisserl dazubleiben und mich über alles zu informieren, was wir bereits haben. Auch bei der EDV brauch ich eure Unterstützung."

Stierschneider ließ sich auf seinen Bürosessel fallen, der unter seinem Gewicht ächzte. Er hatte einen Lebkuchen aus seiner Jackentasche gezogen. „Ich muss zuerst was essen. Den Schweinsbraten hab ich ja im Gasthaus stehen lassen müssen. Ich darf gar nicht an die flaumigen Erdäpfelknödel denken." Abschätzig musterte er den Lebkuchen, der sich in seiner Pranke wie ein Gustohappen ausnahm. „Lieber wär mir eine ordentliche Leberkässemmel." Das Zellophan raschelte, als Stierschneider die mit Dörrobst gefüllte Köstlichkeit auspackte und herzhaft hineinbiss.

„Wir haben mit den Vermissten angefangen. Es geht um die letzten zwanzig Jahre. Den Zeitraum kann man eingrenzen, wenn die Untersuchungsergebnisse da sind“, sagte Dürr. Sie hatte den Computer eingeschaltet. Es dauerte eine Weile, bis das Gerät hochgefahren war. Eigner hatte sich hinter sie gestellt und schaute zu, während sie sich in die Datenbank einloggte. Sie wandte den Kopf und deutete auf einen Sessel. „Setz dich ruhig neben mich. Wenn du da hinter mir stehst, macht mich das nervös.“ Dorotheas direkte Art gefiel Eigner. Außerdem hatte er selber gern den Rücken frei.

Inspektorin Dürr drehte den Bildschirm in Eigners Richtung, damit er mitlesen konnte. Es roch dezent nach Käsesocken.

„Da hat es vor zwölf Jahren einen Ausbruch gegeben“, sagte sie. „Drei schwere Burschen, die lebenslänglich in Stein ausgefasst hatten. Zwei davon haben sie oben an der tschechischen Grenze erwischt, aber vom Dritten fehlt bis heute jede Spur.“

Eigner sah die grauen Mauern der Strafanstalt Stein vor sich, in der Schwerverbrecher aus ganz Österreich ihre Strafen abbüßten.

„Das war eine ziemliche Aufregung damals“, sagte Stierschneider mit vollem Mund. Er hielt den Lebkuchen in Eigners Richtung. „Hättest auch wollen?“

„Danke, nein.“

„Und zwei Jahre vorher war da eine Frau. Ihr Mann hat sie als abgängig gemeldet. Nach dem, was ich noch gefunden hab, war sie in psychiatrischer Behandlung. Ein Selbstmord ist damals nicht ausgeschlossen worden.“

Stierschneider war schwerfällig aufgestanden und in die Teeküche gegangen. Man hörte die Kühlschranktür. „Das wird sie sein. Zuerst hat sie sich ihr Grab geschaufelt, dann hat sie sich hineingelegt, Tabletten geschluckt und bevor sie hinübergedämmert ist, hat sie noch schnell ...“, witzelte Stierschneider aus der Küche.

Dorothea verdrehte die Augen.

Stierschneider kam mit einer Coladose zurück. Es zischte, als er den Verschluss öffnete. Er nahm einen großen Schluck, wischte sich mit dem Handrücken über den Mund und rülpste anschließend herzhaft. „Tschuldigung."

„Hier ist der Landfunk, es spricht die Sau." Dorothea verzog angewidert das Gesicht.

„Kollegen, bitte!", kehrte Eigner nun doch den Dienstälteren heraus. „So abwegig finde ich Dorotheas Überlegung gar nicht. Es wäre nicht das erste Mal, dass ein Mann seine Frau beseitigt, weil sie ihm lästig geworden ist."

Inspektorin Dürr warf Eigner einen dankbaren Blick zu.

„Kann sein, wäre möglich ...", spottete Stierschneider. „In unserem Beruf braucht's Beweise. Aber ich prophezeie es dir. Wir werden das lösen, zicki, zacki. Wirst schon sehen. Auch in der Provinz machen wir Nägel mit Köpfen. Nicht umsonst ist unsere Statistik eins a."

Eigner musterte Stierschneider. Warum war der Kollege so aggressiv? Bevor er eine Antwort auf diese Frage fand, läutete das Telefon auf seinem neuen Schreibtisch. Nachdem keiner seiner Kollegen Anstalten machte, den Hörer abzunehmen, griff er selbst danach. „Aha. Gut", sagte er und winkte nach Blatt und Bleistift. Er kritzelte etwas auf den Zettel, den Dorothea ihm hingeschoben hatte. „Sie sind wer?" Er starrte auf den Hörer. Dann legte er auf.

„Was ist passiert?", fragten Dürr und Stierschneider wie aus einem Mund.

***

Die Straßenlaterne gab spärliches Licht. Im Haus selbst war alles dunkel. „Wer hat eigentlich angerufen? Die Mitzi selber?“, fragte Stierschneider.

„War anonym!“ Das stimmte. Die Person am Telefon hatte zwar keinen Namen genannt, trotzdem hatte Eigner einen Verdacht, denn die Stimme war ihm bekannt vorgekommen.

„Aber nicht wieder die verrückte Conny? Die ruft oft an, meistens um Vollmond herum. Sie sagt nie, wer sie ist. Aber wenn du sie schief anredest, fängt sie zu schimpfen an und dann ist eh alles klar. Ist irgendeine Krankheit.“

„Tourette-Syndrom“, sagte Eigner.

„War sie’s?“

Der Major schwieg.

„Also doch“, folgerte Stierschneider. „Und wegen der müssen wir uns die halbe Nacht um die Ohren schlagen“, murrte er.

„Wir sind gerade erst eine Viertelstunde unterwegs.“

„Da ist alles ruhig. Vielleicht ist gar niemand daheim? Das hättest du ruhig den Kollegen von der Bereitschaft überlassen können“, grantelte Stierschneider weiter.

„Warum tu ich mir das an? “, dachte Eigner. Obwohl ein solcher Einsatz gar nicht zu seinen Aufgaben zählte, hatte er angeboten, Stierschneider anstelle von Inspektorin Dürr zu begleiten. Die musste nämlich pünktlich weg und hatte ziemlich verzweifelt dreingeschaut, als der Major angekündigt hatte, dass man ausrücken müsse.

Eigner griff über das Lenkrad und schaltete das Fernlicht ein. Das schwere hölzerne Eingangstor des alten Hofs wurde vom Lichtkegel angestrahlt. Täuschte er sich oder hatte sich der Vorhang beim Fenster über dem Tor bewegt?

„Ich glaub, wir fahren wieder. Da ist nichts“, sagte Stierschneider.

„Ich schau zur Sicherheit einmal nach.“ Eigner öffnete die Autotür.

Stierschneider seufzte ergeben.

Eigner ging zum Tor und drückte die Klinke hinunter. Es war abgeschlossen. Die Klingel schien nicht zu funktionieren. Er klopfte an die Fensterscheibe und wartete. Nichts regte sich.

„Fahr ma!“, rief Stierschneider aus dem Auto.

So schnell gab Eigner nicht auf. Er klopfte erneut, diesmal heftiger.

Der Vorhang bewegte sich leicht, dann waren Schritte zu hören und schließlich wurde der Schlüssel im Schloss umgedreht.

Inspektor Stierschneider wuchtete sich aus dem Wagen.

„Ja?“ Die Stimme klang belegt. Das Gesicht konnte Eigner nicht ausmachen. Die Tür war nur einen Spalt breit geöffnet worden.

„Ist alles in Ordnung? Wir würden gern einen Augenblick hineinkommen.“

Die Frau schielte zu dem Einsatzfahrzeug hinüber, das mit Blaulicht in der Einfahrt stand. „Wieso?“

„Ist der Sepp da?“, schaltete sich Stierschneider ein.

„Nein.“

Eigner drückte die Tür mit der Hand ein Stück weiter auf. Die Frau wich ins Halbdunkel des Vorhauses zurück. Eigner folgte ihr. Trotz der spärlichen Beleuchtung konnte man sehen, dass sie geweint hatte. „Geht es Ihnen wirklich gut?“

„Passt schon.“ Die Frau wich seinem Blick aus und hielt sich eine Hand vor die Stirn, als ob sie Kopfschmerzen hätte.

„Wir haben eine Anzeige bekommen, Mitzi. Bei euch soll es laut gewesen sein." Stierschneider war den beiden gefolgt und stand nun ebenfalls in dem düsteren Vorhaus.

„Von wem?", schnappte die Frau.

„Das tut jetzt nichts zur Sache", sagte Eigner resolut. „Ist Ihr Mann noch im Haus?"

Die Frau schwieg.

„Ist er drinnen?", fragte Stierschneider nach.

„Beim Gebetspichler wird er sein und weitersaufen, bis er nimmer stehen kann!" Die Frau drehte sich um und ging über die Stufen zu einem angrenzenden Raum hinauf. Sie wirkte erschöpft und hinkte, wie Eigner auffiel.

Die Kücheneinrichtung war abgewohnt. Auf der Resopalplatte des Esstisches standen eine Flasche Wein und ein mit Weinlaub verziertes Glas. Die Zigarette im Aschenbecher daneben war verglüht. „Ich brauch das für die Nerven. Wollts auch einen Schluck? Einen G'spritzen vielleicht?" Mitzi Weißenböck öffnete den Küchenkasten über der Abwasch und nahm zwei Gläser heraus. Dann holte sie eine Flasche Soda aus dem Kühlschrank.

„Setzts euch nieder!", sagte sie und wies auf die Eckbank.

Eigners Blick war an den beiden panierten Schnitzeln hängengeblieben, die neben einer braunen Emailkasserolle mitten auf dem Küchenboden lagen. Zwischen den Scherben eines Tellers erkannte er Krautund Kartoffelsalat. Auch die Wand neben dem Herd zierte ein dunkler Fleck. Der Major war sich nicht sicher, ob der vom selben Exzess stammte.

„Wenn er zu viel trinkt, dann schmeißt er gern mit den Sachen herum. Aber sonst ist er harmlos", sagte Frau Weißenböck, die Eigners prüfenden Blick bemerkt hatte.

Der Major nickte wortlos. „Setzen Sie sich, bitte!“, wiederholte Mitzi Weißenböck und deutete zum Tisch hin.

Eigner zögerte. Er wäre lieber stehen geblieben. Stierschneider hingegen kam der Aufforderung sofort nach, sodass auch Eigner sich entschloss, Platz zu nehmen. Er registrierte, dass die Flasche auf dem Tisch noch fast voll war. Frau Weißenböck wirkte auch weder angeheitert noch betrunken. Bei näherer Betrachtung kamen dem Major ihre Gesichtszüge bekannt vor. Wenn ihn nicht alles täuschte, waren sie in dieselbe Schule gegangen. Mitzi war eine oder zwei Klassen unter ihm gewesen. Dass sie in jungen Jahren hübsch gewesen war, konnte man immer noch erahnen, auch wenn sie nun verhärmt wirkte. Ihr linkes Auge war zugeschwollen. Die ausgewachsene Dauerwelle hatte sie zu einem Zopf gebunden. Der Nachwuchs am Scheitel war grau und lang genug, um sich vom blondgefärbten Rest ihrer Frisur abzuheben. „Sie sind der Wiener?“ Es war mehr eine Feststellung als eine Frage.

„Wie man's nimmt.“ Der Major wusste, dass im Ort über die Gründe seiner Rückkehr spekuliert wurde. Dass er das Haus seiner Tante bezogen hatte, war von mehreren Seiten kommentiert worden, wie er von Hanni gehört hatte.

Die Tür zum Nebenraum wurde geöffnet, ein Bubengesicht lugte neugierig in die Küche. „Geh was spielen, Kevin! Von mir aus kannst auch den Computer aufdrehen.“

„Hab ich schon“, antwortete der Bub. Eigner sah, dass dem Kind ein Vorderzahn fehlte.

„Dann Abmarsch!“ Mitzi Weißenböck ging zur Tür und zog sie energisch zu.

„War das ...?“, Eigner zögerte, er war sich nicht sicher, ob Frau Weißenböck die Großmutter oder die Mutter des Kindes war. Beides ging sich vom Alter her aus.

„Mein Jüngster, ja. Ein Nachzügler. Die zwei anderen sind schon aus dem Haus und leben in Wien.“ Mitzi Weißenböck setzte sich wieder zu den beiden Polizisten an den Küchentisch.

„Haben Sie Eis im Kühlschrank? Das hilft gegen die Schwellung.“

„Ich hab mir eh schon ein kaltes Schnitzel drauf gehalten“, antwortete sie.

„War das Ihr Mann, der Sepp?“ Eigner deutete auf ihr Gesicht.

Frau Weißenböck zögerte. „Ich bin gegen das Küchenkastl gerannt.“ Ihre Miene blieb ausdruckslos. „Manchmal bin ich wirklich patschert“, fügte sie hinzu.

„Soll vorkommen!“, sagte Stierschneider lakonisch und griff nach der Weinflasche.

Eigner war schneller und zog sie zur Seite. „Wir sind im Dienst und du musst noch fahren“, erinnerte er den Kollegen. Dann wandte er sich wieder an die Frau: „Und der Bub?“

„Was ist mit ihm?“

„Ihm fehlt ein Vorderzahn.“

„Vom Raufen“, beeilte sie sich zu versichern. „Weißt eh, wie die Buben in dem Alter sind“, sagte sie in Stierschneiders Richtung.

Eigner entschloss sich zu klareren Worten. „Sie wissen schon, dass Sie Ihren Mann nicht selber anzeigen müssen? Es reicht, wenn Sie uns sagen, dass er Sie bedroht hat und dass ihm die Hand ausgekommen ist. Dann müssen wir tätig werden. Wir könnten darauf schauen, dass ein Betretungsverbot verhängt wird und dass man ihn wegweisen kann, wenn er ins Haus will. Dann hätten Sie eine Weile Ruhe und könnten in Ruhe nachdenken, wie es weitergehen soll. Wenn er das Kind haut, dann ist wirklich Feuer am Dach!“

„Der Bub hat gerauft, der Sepp hat damit nichts zu tun“, verteidigte Frau Weißenböck ihren Mann. Sie fingerte eine Zigarette aus der Packung und drehte sie unschlüssig zwischen den Fingern. „Das andere weiß ich eh“, seufzte sie. „Ich werde es mir überlegen.“ Eigner gab ihr Feuer. Sie inhalierte tief.

Obwohl Stierschneider wenig begeistert gewesen war, hatte Eigner entschieden, dem Gebetspichler noch einen Besuch abzustatten. Die Heurigenschenke lag außerhalb des Orts und war ein beliebter Treffpunkt für trinkfeste Einheimische.

„Glaub mir, das bringt nichts. Schade um die Zeit!“ Stierschneider warf einen demonstrativen Blick auf seine protzige Armbanduhr.

„Was ist, wenn er sie beim nächsten Mal krankenhausreif prügelt? Hast du nicht gesehen, dass sie gehumpelt ist? Wer weiß, was da genau passiert ist. Außerdem bin ich mir nicht sicher, ob der Bub den Zahn tatsächlich bei einer Rauferei verloren hat.“

Stierschneider schnaubte. Er war nicht angeschnallt. Der Gurt saß einfach zu straff und war für Menschen mit seiner Leibesfülle eine Tortur. Wieder kroch dem Major dieses leichte Schweißfußaroma in die Nase. Er ließ die Scheibe einen Spalt hinuntergleiten.

„So einem wie dem Weißenböck muss man beizeiten erklären, wo der Bartl den Most holt. Wenn er mit seinen Wutausbrüchen immer durchkommt, wird sich nie was ändern.“

„Das ist der Schnaps!“ Stierschneider zwang den Schaltknüppel in den Gang, sodass es im Getriebe krachte.

„Haut er seinen Chef auch, wenn er zornig ist, oder kann er sich da zusammenreißen?“

„Das ist was anderes“, konterte Stierschneider. „Auf seinen Chef braucht er nicht eifersüchtig sein und außerdem sauft er in der Arbeit keinen Hochprozentigen.“

Eigner dachte an die verhärmte Erscheinung Mitzi Weißenböcks. „Solche finden immer einen Grund!“

Stierschneider parkte vor dem Tor. Gerade, als sie das Lokal betreten wollten, kam ihnen ein Betrunkener schwankend entgegen.

„Na Sepp, wo geht's denn hin?“, fragte Stierschneider und stellte sich dem Mann in den Weg.

„Heim, was sonst?“, lallte dieser. Jahrelanger Alkoholkonsum hatte ihn gezeichnet. Rote Äderchen zogen Spuren über Wangen und Nase. Er hatte Schwierigkeiten, seinen Blick zu fokussieren. Dieser Zausel haut seine Frau?, dachte Eigner. Wenn Mitzi Weißenböck schon keine rechtlichen Schritte setzen wollte, könnte man ihr vielleicht mit einem Selbstverteidigungskurs oder einem Boxtraining helfen? Obwohl, der Kerl wirkte zäh, war wahrscheinlich kräftiger, als man auf den ersten Blick vermutete. Vom Typ her erinnerte er Eigner an ein Wiesel. Er würde Inspektorin Dürr auf Mitzi Weißenböck ansetzen, nahm er sich vor. Ein Gespräch von Frau zu Frau wirkte manchmal Wunder.

„Aber nicht mit dem Auto!“, sagte Stierschneider streng.

Weißenböck versuchte, sich an dem dicken Inspektor vorbeizuquetschen. „Ich hab nicht viel getrunken, zwei Achterl, höchstens!“

„Das glaub ich dir sogar!“ Stierschneider machte sich extra breit. „Und wie viel Schnaps?“

„Geh, lass mich in Ruhe." Weißenböck stemmte sich gegen Stierschneiders Bauch.

Eigner unterdrückte ein Grinsen. Stierschneider war gewichtsmäßig eindeutig im Vorteil, obwohl er sich anstrengte, wie der Major bemerkte.

„Nichts da. Du gibst mir jetzt den Autoschlüssel und dann bringen wir dich ..."

„... zum Ausnüchtern in den Gemeindekotter!", fiel Eigner Stierschneider ins Wort. Dieser wandte verdutzt den Kopf.

„Das ist ihm bestimmt eine Lehre!" Der Major war entschlossen, seine Ankündigung durchzusetzen. Wenn er jetzt nachgab, würde das seine Autorität beschädigen, davon war er überzeugt. Ein Gemeindegefängnis gab es hoffentlich. Ansonsten konnte man den betrunkenen Mann mit einem Sessel und einer Decke in den Keller sperren.

Stierschneiders Miene spiegelte seinen inneren Kampf wider. „Freunde machst du dir mit so was aber nicht!", sagte er schließlich verärgert. „Und auf deine Verantwortung. Das Auto putzt du, wenn er uns hineinspeibt!" Er schob den protestierenden Weißenböck mit Eigners Hilfe an den Schultern vor sich her zum Einsatzwagen. Der Major überlegte, ob er dem Betrunkenen beim Einsteigen eine kleine Lektion mit seinem Ellenbogen erteilen sollte. So ein Missgeschick passierte schnell einmal. Denn seiner Ansicht nach musste man deutliche Zeichen setzen, wenn einer Frauen und Kinder schlug.

***

Eigners Verhältnis zum Fluss war gespalten. Kurz nach seinem sechsten Geburtstag wäre er beinahe darin ertrunken. Hanni hatte ihn aus dem Wasser gezogen und ihm so das Leben gerettet.

Seither hatte er großen Respekt vor den dunklen Fluten, die ihn dennoch magisch anzogen. Schon in seiner Jugend war er gern hierhergekommen, wenn er nachdenken wollte. Auch heute hatte er auf dem Heimweg einen Abstecher zu einem seiner Lieblingsplätze gemacht. Er hatte sich eine Packung Zigaretten gekauft und war mit dem Wagen bis zu den Marillenplantagen gefahren. Von dort ging er das letzte Stück zu Fuß.

Nebelschwaden lagen wie feine Schleier auf dem Wasser. Die Donau schickte kleine Wellen, die sich gurgelnd und glucksend zwischen den Steinen am Ufer verloren. Die Lichter von Dürnstein drangen fahl durch das Gespinst feiner Wassertropfen. Sogar die Ruine war beleuchtet.

Eigner steckte sich eine Zigarette an und nahm einen tiefen Zug. Eigentlich hatte er Ruhe und Frieden gesucht, als er sich entschlossen hatte, seine Zelte in Wien nach und nach abzubrechen. Doch der Knochenfund, seine ersten Stunden auf der Polizeiinspektion und der Einsatz bei den Weißenböcks hatten ihn in ein Leben zurückkatapultiert, das er längst hinter sich gelassen glaubte. Und noch etwas Anderes kam hinzu. Etwas, das er tief in seinem Inneren vergraben und längst vergessen geglaubt hatte. Sicher gab es Ehen wie die der Weißenböcks auch in der Stadt. Trotzdem gingen die Uhren hier anders, wie ihm heute Abend wieder einmal in Erinnerung gerufen worden war.

Die Narbe auf seinem Brustkorb schmerzte. Wahrscheinlich spürte er den angekündigten Wetterumschwung. Der Schatten eines Asts, der sich gespenstisch im Wind bewegte, brachte den Anblick der bleichen Knochen im Erdreich zurück. Das war es also, was von einem Menschen blieb. Bald jährte sich sein Schicksalstag. Er sah dem Rauch seiner Zigarette nach und zwang sich, die Bilder, die sein Innerstes quälten, unter Verschluss zu halten. Es würde immer schlimm sein – besonders um diese Jahreszeit.

Dabei hatte er damals nur helfen wollen. Die junge Kollegin war augenscheinlich überfordert gewesen. Sie hatte ihm leidgetan, so wie die alte Frau, die verzweifelt geweint hatte. Vielleicht hatte er die Kollegin auch nur beeindrucken und ihr zeigen wollen, wie man mit solchen Leuten richtig umging. Sie hatte sympathisch gewirkt, erinnerte er sich. Auch wenn er sie heute nicht mehr beschreiben könnte. Oder war es der Gesichtsausdruck der alten Frau gewesen, der ihn an seine Mutter erinnert hatte? Egal, was ausschlaggebend gewesen war – er hatte sich eingemischt, war dort geblieben, obwohl er etwas anderes versprochen hatte. Die alte Frau hatte sofort Vertrauen zu ihm gefasst, sich an ihn geklammert und ihn einfach nicht gehen lassen. Ihr Kater sei entführt worden, war sie felsenfest überzeugt gewesen und hatte eine Reihe von Verdächtigen genannt, die für eine solche Schandtat infrage kamen. Es hatte gedauert, bis man endlich Name und Adresse der Frau herausgefunden und festgestellt hatte, dass sie aus einem Altersheim im Bezirk ausgebüxt war. Der Kater war schon seit Jahren tot.

Eigner verstand heute besser, warum man sich mit manchen Fakten einfach nicht abfinden wollte. Die beißende Kälte, die ihm unter die Kleidung gekrochen war, ließ ihn frösteln. Im Haus seiner Tante, das er im Sommer übernommen und zu renovieren begonnen hatte, würde es auch frisch sein – zumindest, bis er den alten Ofen eingeheizt hatte.

Er schnipste den Zigarettenstummel ins Wasser. Als er sich umdrehte, um zu seinem Wagen zurückzukehren, nahm er oben am Wegrand einen Schatten wahr. Er bewegte sich nicht, selbst als Eigner näher kam. „Guten Abend“, grüßte er.

„Der Fluss hat immer seinen Reiz“, bekam er zur Antwort. Die dunkle Stimme war ihm bekannt. Von der Gestalt selbst konnte er in der Finsternis nicht viel ausmachen. Auf ihrem Kopf wippte ... er überlegte, ein Vogel würde es wohl nicht sein? „So spät noch unterwegs?“

„Ist nicht verboten“, antwortete die Frau schnippisch.

„Gute Nacht!“ Eigner wandte sich ab. Er hatte keine Lust auf solche Debatten, doch dann fiel ihm doch noch etwas ein. „Sie haben die Buben verscheucht. Warum eigentlich?“ Kaum hatte er die Frage gestellt, bereute er es auch schon. Denn er erinnerte sich, dass die Frau empfindlich reagierte, wenn man ihr zu nahe trat.

Tatsächlich begann sie gleich darauf zu zucken und das Ding auf ihrem Kopf bewegte sich im Rhythmus. Dann entfuhren ihr einzelne Silben. Es klang wie Sa, Sa. Ehe Eigner nachfragen konnte, was sie denn meinte, eilte sie davon, ohne sich noch einmal nach ihm umzudrehen. „Sau, Depp, Sau“, hörte er schließlich aus einiger Entfernung.

Er zuckte die Achseln. Damit war zu rechnen gewesen. Er war selber schuld.

Während er zu seinem Wagen ging, wanderten seine Gedanken zu Hanni. Sie hatte es nicht leicht. Sein Schwager Roman machte sich lieber in Gremien wichtig, als ihr im Haus oder beim Obstbau zu helfen, dazu kam noch die Betreuung des Vaters, die immer anstrengender wurde. Er hatte versprochen, ihr so gut er konnte zu helfen. Aber wenn er ehrlich zu sich war, ertrug er kaum, dem Vater beim Altwerden zuzusehen. Vielleicht war es aber auch nur der Blick auf seine eigene Vergänglichkeit, der ihm zusetzte.

Wie er befürchtet hatte, war es im Haus kalt und ungemütlich. Eigner warf einen Blick in den Kühlschrank, ohne rechten Hunger zu verspüren, nahm ein Bier aus der Gemüselade, drehte unschlüssig eine Runde durchs Zimmer, das er als Wohn- und Schlafraum nutzte, und blieb bei der Stereoanlage stehen. Sie stand auf einem Hocker, von dem die Farbe abblätterte. Die CD fand er sofort und legte sie ein. Die Fernbedienung behielt er in der Hand, als er sich in den Sessel fallen ließ. Das kalte Bier prickelte in seinem Mund.

Sein Blick glitt zu dem Foto, das in einem Rahmen auf einer Kiste stand. Jung sah sie darauf aus. Er konnte sich nicht mehr erinnern, wann es aufgenommen worden war. Glücklich waren sie gewesen und unbeschwert – so kam es ihm jedenfalls vor.

Er schloss die Augen, ließ die Musik auf sich wirken, die sie so oft gehört hatte. Ihm selbst hatten sich nur wenige klassische Stücke erschlossen. Er spielte die CD immer dann, wenn er ihre Nähe spüren wollte. Manchmal hörte er in solchen Momenten sogar ihre Stimme in seinem Kopf, und noch seltener kam es ihm vor, als könne er ihr Parfum riechen. Das Auftauchen aus solchen Tagträumen war stets grausam, hinterließ eine Art Phantomschmerz, wie bei einem Invaliden, dem ein Körperteil fehlt. Und doch war ihm der Schmerz lieber als die Angst, die ihn befiel, wenn ihre Gesichtszüge vor seinem inneren Auge verschwammen, er fürchtete, den Klang ihrer Stimme aus seiner Erinnerung zu verlieren.

Er drehte die Musik lauter, um seine Gedanken zu übertönen. Dann stand er auf und holte sich noch ein Bier. Die Flasche mit dem Dirndlschnaps, den er von den Kollegen zum letzten Geburtstag geschenkt bekommen hatte, griff er sich mit der anderen Hand. Nur einen Kleinen! Er wusste, dass er Schnaps besser mied, wenn er in dieser Stimmung war. Die Wärme, mit der sich der Hochprozentige in seinem Magen ausbreitete, brachte ein wenig Erleichterung. Er griff nach der Flasche und füllte das Schnapsglas erneut.

***

Eigner hatte kalt geduscht. Seine Kopfschmerzen waren auf ein erträgliches Maß geschrumpft. Um die Reste seines Katers zu vertreiben, entschied er sich für einen flotten Fußmarsch entlang des Treppelwegs.

Planen schützten den Tatort vor neugierigen Blicken. Obwohl es noch sehr früh war, standen ein paar Schaulustige beisammen und besprachen den grausigen Fund. Die meisten von ihnen waren schon älter und hatten wohl bei ihrer morgendlichen Einkaufsrunde einen kleinen Umweg gemacht.

Eigner grüßte, ging zu den Abdeckplanen, schlüpfte dahinter und machte sich bemerkbar. Der ältere der beiden Männer, der mit einem Metalldetektor den Boden absuchte, fuhr ihn an: „Zutritt verboten! Können Sie nicht lesen?“

Eigner gab sich als Polizist zu erkennen.

„Die Bilder haben wir schon nach Krems geschickt. Aber da brauchen wir noch ein bisserl. Ich schätze, dass wir am frühen Nachmittag fertig sind“, fasste der Kollege von der Spurensicherung zusammen.

„Was genau suchts ihr?“

„Uns ist alles recht, was uns irgendwie weiterbringt. Am liebsten wär uns natürlich die Tatwaffe.“ Der jüngere der beiden hatte sich hingehockt und schob ein paar Erdbrocken mit einer kleinen Schaufel zur Seite.

„Wäre ich ein Mörder, hätte ich das Tatwerkzeug in der Donau versenkt. Vermutlich treibt es inzwischen längst im Schwarzen Meer.“ Der ältere der beiden hatte seine Brille auf die Stirn geschoben und rieb sich die Augen. „Der Bericht kommt dann morgen.“

„Kleidungsreste habt ihr keine gefunden?“

„Kein Fuzerl, gar nichts, nicht einmal ein Stück von einem Sack.“

„Komisch.“ Eigner strich sich über seinen Schnauzer. Die Kollegen hatten sicher ihr Bestes getan und gründlich gearbeitet. Es war ärgerlich, dass man kein brauchbares Material gefunden hatte. Nun hing es von den Forensikern ab, die Todesursache festzustellen, und Eigners Aufgabe beschränkte sich auf solide Ermittlungsarbeit, um den Tathergang zu klären. Er beschleunigte seine Schritte, um seine Gehirnzellen auf Trab zu bringen.

Der Rückweg führte ihn an der Riede entlang, die an das Grundstück grenzte. Gleich daneben verlief ein Bretterzaun. Dort stand eine Frau mit rotem Daunenmantel bei ihrem Auto und hob eine Trittleiter aus dem Kofferraum. Die trug sie zum Zaun und stieg eilig hinauf.

Die Frau war so in ihre Tätigkeit vertieft, dass sie Eigner erst bemerkte, als er schon beinahe vor ihr stand.

„Presse“, murmelte Eigner. Das Logo der Wachau-Post auf dem Wagen war ihm nicht entgangen. Das Klatschblatt, das als Gratiszeitung im Bezirk verteilt wurde, finanzierte sich hauptsächlich durch Werbeeinnahmen. Er hatte manchmal durch die Seiten geblättert, wenn es sich gerade ergab. „Grüß Gott!“

Die Frau auf der Leiter hielt einen Augenblick inne. „Gleich, ich hab's gleich!"

„Was tun Sie denn da?"

„Wieso?"

Eigner zückte seinen Dienstausweis.

Die Frau kniff die Augen zusammen. Er schloss daraus, dass sie kurzsichtig war.

„Die Polizei, dein Freund und Helfer", sagte sie. „Immer zur Stelle, auch wenn man sie gerade einmal nicht braucht." Sie lächelte kokett und streckte Eigner ihre Hand entgegen, damit er ihr von der Leiter half.

„Ihren Ausweis bitte", sagte er.

„Gleich, gleich", trällerte sie und fingerte eine Plastikkarte aus ihrer Manteltasche.

„Susanna Mühlfeld", las er. „Sie arbeiten für die Wachau-Post?"

„Stimmt genau. Ich recherchiere in Sachen dieses ungeklärten Mordfalls. Können Sie mir da schon Näheres sagen? Einen Moment." Sie zog ein Diktiergerät aus ihrer anderen Manteltasche und hielt es Eigner unter die Nase.

„Erstens wissen wir noch gar nicht, ob es sich um einen Mord handelt, und zweitens bin ich nicht befugt, Auskünfte zu geben. Da müssen Sie sich schon an die Pressestelle des LKA in Krems wenden." Eigner musterte die Journalistin. Sie war schlank und hatte ein ausgesprochen hübsches Gesicht. „Sie sollten hier schleunigst wegfahren. Der Grundstückseigentümer ist mit Besitzstörungsklagen nicht zimperlich."

Er warf einen Blick auf den Zaun. Soweit er feststellen konnte, war er unbeschädigt. Dann half er der Journalistin mit der Leiter. Als sie endlich im Wagen saß, glitt die Scheibe mit leisem Surren hinunter. Die Reporterin schwenkte eine Visitenkarte in Eigners Richtung.

„Rufen Sie mich an, wenn Sie mir was erzählen dürfen!", schäkerte sie, wendete und fuhr zügig über den Feldweg Richtung Kirchengasse.

Was wir da morgen wohl in diesem Revolverblatt lesen werden? Mordalarm in Klein Dürnspitz, Polizei tappt im Dunkeln oder so ähnlich, mutmaßte er. Die Leute wollen Sensationen. Das ist auf dem Land nicht anders als in der Stadt.

Als er das Büro betrat, saß Stierschneider schon am Computer. Vor ihm stand ein großes Häferl mit Kaffee. Auf dem Teller daneben lagen zwei Kipferl und eine Portion Marmelade. Eines der Gebäckstücke war angebissen.

„Die Dorli kommt später, irgendetwas Familiäres", sagte Stierschneider mit vollem Mund. „Wenn du Kaffee willst, es ist noch welcher in der Kanne", fügte er hinzu.

Der Major hängte seine Jacke an die Garderobe. „Wie steht's mit unserem Häftling? Hast du schon nach ihm geschaut?" Eigner wollte Weißenböck nicht länger als nötig in der Arrestzelle lassen. Der Raum war feucht und hatte nach Schimmel gerochen. Das Klima dort unten war bestimmt gesundheitsschädlich. Aber das war die Sauferei schließlich auch. Als Stierschneider gestern den fensterlosen Raum, von dem nur ein vergitterter Lüftungsschlitz auf den Gang hinaus führte, aufgesperrt hatte, hätte der Major beinahe einen Rückzieher gemacht. Vielleicht hatte dieser Gemeindekotter den Anforderungen im 19. Jahrhundert genügt, heutzutage entsprach so etwas gewiss nicht mehr der Menschenrechtskonvention. Der herausfordernde Blick Stierschneiders hatte schließlich den Ausschlag gegeben. Traust dich?, schien er zu fragen. Auf eine solche Frage hatte es für den Major schon immer nur eine Antwort gegeben.

„Den hab ich gleich in der Früh zicki zacki nach Hause geschickt. Zahm wie ein Lamperl war er, richtig zwider war ihm die Sache“, gab Stierschneider bereitwillig Auskunft. „Er hat mir in die Hand versprochen, dass so etwas nicht mehr vorkommt. Dass er sich von seiner Alten nie mehr derart provozieren lässt.“

„Wer’s glaubt“, sagte Eigner. „Vielleicht hätten wir ihm g’scheiter den Führerschein abnehmen sollen. Das tut den meisten Männern mehr weh als eine Nacht im Arrest.“

Stierschneider tunkte sein Kipferl in die Marmelade. „Der ist von Beruf Fernfahrer. Willst wirklich, dass er seine Arbeit verliert? Dann versauft er sich komplett und niemandem ist geholfen, schon gar nicht der Mitzi und dem Kind.“

Da hatte der Abteilungsinspektor wohl Recht, gab sich Eigner innerlich geschlagen.

„Haben sich die Kremser gemeldet?“, wechselte er das Thema.

Sein Kollege verneinte.

Er griff nach dem Telefon. Dass er als leitender Ermittler den Informationen hinterherrennen musste, ärgerte ihn. Kummer war gestern nicht erreichbar gewesen und auch heute wurde er von einer Sekretärin vertröstet. Jedoch wurde ihm versichert, dass der Kollege noch am Vormittag zurückrufen werde, und natürlich könne er die Tatortfotos anfordern. Man werde sie ihm in der nächsten Stunde übermitteln. Eigner ließ den Hörer unwirsch auf die Gabel fallen, was Stierschneider einen belustigten Grinser entlockte. Der Major hasste es, wenn er von anderen abhängig war, und vermisste die vertraute Infrastruktur seines ehemaligen Büros in Wien. Er überlegte, gleich direkt nach Krems zu fahren, verwarf den Gedanken aber wieder.

Während er unschlüssig mit den Fingern auf die Schreibunterlage trommelte, kam Inspektorin Dürr zum Dienst. Ihr Gesicht war gerötet, ob von der Kälte oder weil sie sich so beeilt hatte, war auf den ersten Blick nicht zu erkennen. „Tschuldigung“, grüßte sie. „Es hat ein wenig gedauert.“

Eigner nickte ihr zu.

Als sie ihre Jacke auszog, klingelte das Telefon. Eigner schnappte sich den Hörer. „Genau. Ich hab Sie schon ein paar Mal zu erreichen versucht.“ Er klang erleichtert und lauschte konzentriert. „Okay. Klar. Mhm!“ Stierschneider und Dürr beobachteten ihn gebannt. „Männlich, zwischen fünfunddreißig und fünfundvierzig, Liegezeit etwa acht bis fünfzehn Jahre“, sagte der Major und machte sich Notizen. „Genauer wisst ihr es nicht?“ Er musterte seine Kollegen mit gerunzelter Stirn. „Gut, verstehe“, sagte er dann und legte auf.

„Damit fällt die Frau Schöberl aus“, sagte Dorothea.

„Wer?“, fragte Eigner.

„Die Frau, von der Dorli vorgestern geredet hat. Weißt eh, die, die sich umbringen wollte und dann in der Psychiatrie war. Aber ich hab eh gleich gesagt, dass es die nicht sein kann.“ Stierschneider stopfte sich den Rest seines zweiten Kipferls in den Mund.

„Das war immerhin eine Möglichkeit“, widersprach Inspektorin Dürr.

„Wenn man den Schöberl kennt, nicht.“ Stierschneider hatte sich in seinem Sessel zurück gelehnt und fuhr sich mit der Zunge über die Zähne. „Der ist so was von beschränkt. Wenn der seine Alte wirklich umgebracht hätte, wären wir ihm dahintergekommen.“

„Oft sind es genau die, denen man es am wenigsten zutraut“, entgegnete Dürr.

„Ehemänner, Lebensgefährten, Väter, das nahe Umfeld, Beziehungstaten, wissen wir eh“, ratterte Stierschneider herunter. „Und immer sind es die Männer!“

„Hörts bitte mit dem Blödsinn auf!“ Eigner hatte die Stimme erhoben. „Das ist ja wie im Kindergarten.“ Er lehnte sich an den Aktenschrank. „Wen haben wir noch auf der Vermisstenliste? Was ist mit diesem Häftling aus Stein? Kommt der infrage?“

„Tja. Der ist momentan der Einzige, der ins Schema passt.“

„Oder doch ein Erntehelfer?“

Stierschneider warf Eigner einen irritierten Blick zu.

„Im Ernst!“, bekräftigte der Major. „Wenn der nicht angemeldet war, was ja vorkommen soll ...“, Eigner machte eine Kunstpause, „ ... und, sagen wir, zum Beispiel vom Baum gefallen ist und sich das Genick gebrochen hat ...“.

„Vorausgesetzt, seine Kollegen haben den Mund gehalten“, gab Stierschneider zu bedenken.

„Schweigegeld?“

„Erpressung?“

Dorothea lachte auf. „Ihr solltet euch hören. Wie war das mit dem Kindergarten?“

Eigner grinste. „Ist gut!“, lenkte er ein.

„Dann wünsch ich dir viel Spaß mit unseren Obst- und Weinbauern.“ Stierschneider wandte sich seinem Computer zu.

„Vielleicht redest du mit ihnen. Du lebst schließlich schon dein ganzes Leben lang hier und kennst die alle. Mit wem würdest du anfangen?“

Stierschneider tat, als hätte er nichts gehört.

„Bei den Bauern braucht man Fingerspitzengefühl, sonst hetzen die einem gleich die ganzen Funktionäre auf den Hals“, gab Dürr zu bedenken.

„Sollen wir deswegen den Kopf in den Sand stecken?“ Der Major stieß sich ungehalten vom Tisch ab.

„Wenn es schon sein muss, dass wir da hineinstochern, sollten wir mit einem anfangen, der sowieso schon Schwierigkeiten gehabt hat. Das Finanzamt hat womöglich Daten von denen, die Schwarzarbeiter beschäftigt haben“, versuchte Dorothea den Major zu beschwichtigen.

„Sehr brav, Dorli“, spottete Stierschneider. „Wie wär's, wenn wir zuerst auf die DNA warten? Dann könnten wir den Fall nämlich wahrscheinlich zicki zacki aufklären.“

„Ernstl, sag einfach Dorothea zu mir, bitte!“ Sie griff nach ihrem Kaffeehäferl.

Stierschneider schnaubte abschätzig durch die Nase.

„Willst auch einen Kaffee, Eigner?“, rief Inspektorin Dürr aus der Teeküche.

„Einen Schluck, ja bitte, schwarz und ohne Zucker.“

„Mir könntest auch noch einen bringen“, schloss sich Stierschneider an. Er wartete, bis seine Kollegin das Häferl vor ihm auf den Tisch stellte. „Mir ist doch noch wer eingefallen“, sagte er dann. Er zupfte an seinem Ohrläppchen und genoss die Aufmerksamkeit, die plötzlich auf ihm ruhte. „Pater Ralf“, sagte er endlich. Dorothea riss die Augen auf. Eigner wartete auf Details. Er hatte nämlich keine Ahnung, von wem da die Rede war.

***

Nachdem Hanni geklopft hatte, öffnete sie sacht die Tür. Die alte Frau saß in ihrem Lehnstuhl vor dem Fenster mit Blick auf den Hang mit den Obstbäumen. Schwester Angela kniete neben der Kranken auf dem Fußboden. Sie betete vor. „... der für uns das schwere Kreuz getragen hat“, stimmte die alte Frau ein.

Hanni knöpfte ihren Mantel auf und löste den Knoten ihres Kopftuchs. Nachdem die beiden Frauen das Gesätzchen des schmerzhaften Rosenkranzes zu Ende gebetet hatten, wandte sich Schwester Angela zu Hanni um. „Schau, wer gekommen ist“, sagte sie zu der alten Frau und strich ihr über die faltigen Finger. „Schön, dass Sie da sind. Sie hat eh schon nach Ihnen gefragt“, fuhr sie an Hanni gewandt fort.

Hanni schüttelte die Hand der Nonne und begrüßte dann ihre Patentante. „Grüß dich, Mali!“

Ein Lächeln glitt über das Gesicht der Alten. Sie streckte die Hand nach ihrem Gast aus. „Die Hanni! Und die Weste hast du auch immer noch.“

Hanni zupfte an der Trachtenweste, die vor vielen Jahren ein Geschenk ihrer Patentante gewesen war. Mali hatte für ihr Leben gern gestrickt und oft bedauert, dass ihre Finger sie nun im Stich ließen.

Die Nonne hatte inzwischen diskret das Zimmer verlassen.

„Wie geht es dir denn?“ Hanni sah der alten Frau beim Reden ins Gesicht. Sie sprach langsam und deutlich, weil sie wusste, dass ihre Taufpatin ein Hörgerät verweigerte und deshalb von ihren Lippen las. Es zahlte sich angeblich nicht mehr aus, hatte sie ihr beim letzten Besuch erklärt. Hanni nahm die Hand der alten Frau und drückte sie. Dann beugte sie sich hinunter und legte ihre Wange an die der Frau. Malis Haut erinnerte sie an zerknittertes Pergament. Schmal ist sie geworden, dachte Hanni. „Du wirst immer weniger. Isst du nicht genug?“

Mali grinste zahnlos. „Aber ja.“ Sie deutete auf einen Vogel, dessen schwefelgelbe Brust ein schwarzer Streifen zierte. „Die Meiserln“, sagte sie. „Meine ganze Freud. So gern tät ich sie füttern, aber ich kann ja nimmer hinaus.“

Hanni warf einen flüchtigen Blick auf den Vogel, der an einem Fettfutterring pickte. „Sollen wir dich in den Rollstuhl packen? Magst ein bisserl durchs Haus fahren?“

„Nein, nein, ist schon recht so,“ antwortete die Greisin.

„Ich hab dir einen Weihnachtsstern mitgebracht.“ Hanni zog das Papier vom Blumenstock und präsentierte ihn ihrer Taufpatin. „Ich stell ihn dir da auf den Tisch.“ Sie hatte vorsorglich einen Untersetzer gekauft und platzierte die Pflanze neben das kleine Adventgesteck, aus dem eine altrosa Kerze ragte.

Hanni zog nun auch ihren Mantel aus und hängte ihn über den Fußteil des Bettes. Man hatte es gegen ein elektrisch verstellbares Pflegebett mit Seiteneinsatz und einem Galgen, damit man sich leichter aufrichten konnte, getauscht. Auf dem Nachtkästchen lag Malis Zahnprothese, daneben stand ein weißer Schnabelbecher mit einer rötlichen Flüssigkeit, wahrscheinlich Hagebuttentee. Die dunklen Flaschen mit den Elixieren, die nach Rezepten der heiligen Hildegard von Bingen zubereitet wurden, waren nirgends zu sehen. Wahrscheinlich waren sie im Kasten verstaut, denn Hanni glaubte nicht, dass Mali auf die Einnahme ihrer Medizin verzichtete. Ihre Taufpatin hielt große Stücke auf die Mittel und schwor, dass sie den Unterleibskrebs, der sie letztendlich doch ereilt hatte, mit den Elixieren über viele Jahre immer wieder aus ihren Zellen vertrieben hatte. Wahrscheinlich hoffte sie sogar, dass ihr das ein weiteres Mal gelingen würde, vermutete Hanni, vermied es aber, Mali darauf anzusprechen.

Hanni nahm einen der beiden Sessel, die den Tisch rechts und links flankierten, und stellte ihn neben Malis Lehnstuhl. Die knochigen Hände der alten Frau lagen auf der beigen Wolldecke, die über ihren Schoß gebreitet war und fast bis auf den Boden hing. Ihre Füße steckten in gewalkten knöchelhohen Patschen mit Reißverschluss. Solche besaß auch Hannis Vater. Sie bückte sich nach dem Rosenkranz, der Malis Fingern entglitten sein musste.

„Ah", sagte die alte Frau und griff danach. Dann saßen die beiden einige Minuten schweigend nebeneinander. Es war trüb, Nebel verhüllte den Kamm des Hügels und den dahinterliegenden Wald. Rechts sah man zum Speisesaal hinüber, dessen Fenster weihnachtlich dekoriert waren.

„Kommt dich der Christian wohl regelmäßig besuchen?", erkundigte sich Hanni, die den Neffen der alten Frau schon länger nicht mehr gesehen hatte. Seit Mali sich nicht mehr selber um ihn kümmern konnte, war er im selben Pflegeheim wie sie untergebracht.

„Ja, ja. Der ist brav und hat sich inzwischen auch eingewöhnt. Die Nonnen loben ihn, weil er so fleißig ist, und seine geliebte Gartenarbeit darf er hier auch machen."

„Das ist gut!" Hanni tätschelte die Hand der alten Frau. Sie stöhnte auf.

„Was ist? Hast du Schmerzen?"

„Geht schon. Wie geht's dem Loisl?", fragte Mali.

Auch wenn sie körperlich in letzter Zeit ziemlich abgebaut hatte, funktionierte ihr Gehirn offenbar immer noch gut.

„Der Papa lässt dich grüßen", schwindelte Hanni. Ihr Vater hatte bestimmt längst vergessen, dass sie heute ihre Taufpatin besuchte, auch war sich Hanni nicht sicher, ob er sich überhaupt an die Frau erinnerte. „Er ist gesund und immer lustig. Die Füße wollen halt nicht mehr, und vergesslich ist er auch geworden“, berichtete sie.

Mali nickte wissend. Sie griff an ihren Hinterkopf und tastete mit zitternden Fingern über ihr Haar. Man hatte den langen Zopf, den sie zu einem Knoten aufgesteckt getragen hatte, erst vor kurzem abgeschnitten. Die Pflege der Altfrauen-Kurzhaarfrisur war für das Personal einfacher.

„Bist eh schön“, sagte Hanni.

Die alte Frau lächelte. „Und sonst?“, wollte sie wissen.

„Der Pauli, mein Bruder, ich weiß nicht, ob du dich an den noch erinnerst, der ist wieder in Klein Dürnspitz. Der hat sich das Haus von der Anna-Tant genommen und richtet es her“, erzählte Hanni.

„Der Polizist!“

„Genau“, bestätigte Hanni.

Mali hustete trocken. Hanni stand auf und holte den Schnabelbecher. „Trink einmal“, forderte sie die alte Frau auf.

„Seine Arbeit in Wien hat er aufgegeben, dafür ist er jetzt bei uns auf dem Gendarmerieposten. Ich glaub, es gefällt ihm hier, obwohl er momentan einen schwierigen Fall zu lösen hat.“

„Gesundheitlich geht es ihm wieder besser?“

„Schon, er muss halt aufpassen. Nach einem Herzinfarkt ist da nicht mehr zu spaßen.“

Mali zeigte zum Kasten hin. „Er müsst halt auch das Elixier nehmen. Die Hildegard-Medizin hilft oft. Wenn auch nicht immer.“ Bedauern war in ihrer Stimme zu hören.

„Ich werde es ihm sagen“, versprach Hanni. Sie hatte den Becher in der Hand behalten und drängte ihrer

Patentante einen weiteren Schluck auf. Trinken war für alte Leute besonders wichtig, wie sie wusste. Die Schwestern hatten sicher nicht genug Zeit, darauf zu achten, dass Mali ausreichend Flüssigkeit zu sich nahm.

„Stell dir vor, bei uns im Ort ist ein Skelett gefunden worden."

Mali wandte den Kopf. „Ein Römergrab? Das wird den Roman freuen."

Hanni schüttelte den Kopf. Der Himmel hatte sich verdüstert, es hatte leicht zu schneien begonnen. Wie Staubzucker bedeckten die Flocken nach und nach die Waschbetonplatten der Terrasse. „Nein. Angeblich sind die Knochen erst höchstens fünfzehn Jahre alt. Buben haben sie beim Spielen bei einer Baugrube, hinten, in der Nähe vom Friedhof, dort, wo einmal die Apfelplantage war, entdeckt."

Die Finger der alten Frau hielten den Rosenkranz umklammert. „Und, weiß man schon, wer es ist?"

Hanni verneinte. „Bis jetzt nicht. Aber wer den Paul kennt, weiß, dass der nicht lockerlässt, wenn er sich einmal in einen Fall verbissen hat. Vielleicht war es ja ein Erntearbeiter, den man nach einem Arbeitsunfall heimlich verscharrt hat. Du weißt eh selber, dass es immer wieder welche gibt, die Ausländer ohne Arbeitserlaubnis beschäftigen."

Mali verlagerte ihr Gewicht. Sie stöhnte mit schmerzverzerrtem Gesicht. Hanni griff besorgt nach ihrer Schulter. „Soll ich nach der Schwester läuten?"

Die alte Frau schüttelte den Kopf. „Lass nur. Für meine Medizin ist es noch zu früh. Aber du solltest dich auf den Weg machen." Sie deutete mit dem Kinn zum Fenster. Das Schneetreiben war heftiger geworden.

„Du hast Recht", antwortete Hanni. „Außerdem muss ich dem Vater ein Nachtmahl kochen."

„Ich krieg auch bald was. Grießschmarrn und ein Apfelkompott. Und dann freu ich mich aufs Niederlegen. Ich bin heut schon wieder so müd." Mali mümmelte zahnlos, die Perlen des Rosenkranzes glitten unablässig durch ihre Finger.

Hanni zog sich an und stellte ihren Sessel zurück zum Tisch. Ihr Blick fiel auf das schlichte Holzkreuz über der Tür. Sie küsste Mali, die ermattet die Augen geschlossen hatte, zum Abschied und versprach, demnächst wieder zu kommen. Das nahm sie sich wirklich vor, denn sie spürte, dass der alten Frau nicht mehr viel Zeit blieb.

***

Eigner musste wohl oder übel selber fahren, denn Kummer hatte dankend abgelehnt, den schon in die Jahre gekommenen Golf der Klein Dürnspitzer Polizei zu chauffieren. Lieber hätte der Major sein eigenes Auto genommen, aber das stand daheim, nachdem er in der Früh den flotten Ausnüchterungsspaziergang unternommen hatte. Kummer hatte sich von einem Kollegen aus Krems bringen lassen, der aber gleich weiter musste. Warum er ihn nicht gleich direkt zum Stift gebracht hatte, war Eigner schleierhaft. Vielleicht wollte Kummer vorab noch etwas mit ihm besprechen?

Der Major zippte seine Jacke zu. Kummer setzte sich auf die Beifahrerseite und legte sein Netbook auf die Knie. Auf der Bundesstraße war kaum Verkehr. Eigner fuhr zügig.

Stift Göttweig thronte über der Wachau. Der majestätische Bau hatte Eigner schon als Kind beeindruckt.

In seiner Volksschulzeit war Göttweig Ausflugsziel eines der ersten Wandertage gewesen. Später, im Gymnasium, hatte der Geschichtslehrer versucht, den pubertierenden Burschen die historische Bedeutung des Klosters zu vermitteln. Doch deren Interesse für das größte Barocktreppenhaus Österreichs, die sogenannte Kaiserstiege, und die Prunksäle mit den berühmten Deckenfresken war begrenzt gewesen. Viel aufregender hatten sie die jungen Frauen gefunden, die aus den Touristenbussen gestiegen waren. Statt ihnen das Vergnügen zu gönnen, hatte sie der Lehrer zu einem besonders langatmigen Vortrag eines ältlichen Mönchs in die Bibliothek des Klosters geführt. Die verklärte Mimik des Ordensmannes rief bei einigen der Burschen spöttische Grimassen hervor, was beim Rest der Klasse hysterisches Gelächter auslöste und den Mönch sichtlich irritierte.

Etliche Jahre später bekam Göttweig eine neue Bedeutung für ihn. Er hatte Michaela, seine spätere Frau, mit einem Abendessen auf der Terrasse des Stiftrestaurants überrascht. Sie hatten sich erst ein paar Monate gekannt, aber bereits damals wusste er, dass er seine Zukunft mit ihr verbringen wollte. Nach dem Essen, als sie den Sonnenuntergang bei einem Glas Wein genossen, hatte Eigner ihr einen Antrag gemacht.

Er zwang sich, seine Erinnerungen zur Seite zu schieben, und warf einen Blick auf Kummer, der mit seinem Netbook beschäftigt war. Er zählte offenbar zu den Glücklichen, denen auf kurvigen Straßen selbst dann nicht übel wurde, wenn sie während der Fahrt lasen.

„Was hat eigentlich die Einvernahme der Bauarbeiter ergeben?“

„Nichts, was uns irgendwie weiterhilft“, sagte Kummer, ohne von seinem Computer aufzuschauen. „Die sind nicht aus dem Ort und waren offenbar genauso überrascht von dem Knochenfund wie die Kinder.“

Der Himmel war noch immer strahlend blau und Eigner hoffte, dass er oben die Gelegenheit bekam, die grandiose Aussicht über das Donautal zu genießen. Selbst wenn es nur für die Länge einer Zigarette war.

„Die Befragung der Buben hat auch nichts gebracht." Leutnant Kummer hatte das Gerät zugeklappt. Sie hatten die engen Straßen von Furth hinter sich gelassen und zweigten von der Oberen Landstraße Richtung Stift ab.

„Sie haben das Protokoll gelesen?"

Kummer tippte mit dem Zeigefinger auf sein Netbook.

„Was hätten die Kinder uns auch schon Neues erzählen sollen?", fragte Eigner, während sie die gemauerten Kreuzwegstationen an der Straße, die durch den Wald führte, passierten. „Wenn sie nicht gestört und verscheucht worden wären, hätten sie vielleicht sogar noch mehr von den Knochen ausgegraben und die Spurenlage wäre noch dürftiger", fügte der Major hinzu. Er dachte an die Bubengruppe, die teilweise in Begleitung ihrer Väter zur Vernehmung erschienen war. Nur Kevin Weißenböck, der Anführer der Bande, war allein gekommen. Er war sehr selbstbewusst aufgetreten. Sein großes Mundwerk war jedoch reine Show gewesen, wie Eigner sofort klar war. Wahrscheinlich hatte sich der Bub Schutzmechanismen zulegen müssen, um sich gegen den gewalttätigen Vater zu behaupten. Dass keiner der Burschen Beweisstücke hatte mitgehen lassen, konnten ihm alle glaubhaft versichern. Der Major hatte sie mit der Ermahnung, sich künftig nicht mehr auf Baustellen herumzutreiben, nach Hause geschickt. Er wusste, dass seine Worte nicht viel bewirken würden, und hatte im Grunde sogar Verständnis für die Kinder. Denn gehörten solche Abenteuer nicht zu einem richtigen Bubenleben?

„Die Person, die die Kinder aufgescheucht hat – wie heißt sie gleich noch einmal? – haben Sie die auch schon einvernommen?“, brachte sich Kummer in Erinnerung.

Die Frage irritierte Eigner. Offenbar war nicht nur der Modus für die Zusammenarbeit mit dem LKA zu optimieren, sondern galt es auch, unterschiedliche Kompetenzauffassungen auszuräumen. Eigner nahm sich vor, das noch heute mit Kummer zu klären. Allerdings von Angesicht zu Angesicht und nicht, während er fuhr. „Alles zu seiner Zeit“, antwortete er kryptisch und steuerte einen der vielen freien Parkplätze vor den Mauern des Stifts an.

Der Pförtner war bereits informiert und erklärte den beiden Polizisten den Weg zum Klosterladen, wo Pater Josef auf sie wartete. Sie überquerten den Innenhof. Rechts lag die Klosterkirche mit ihren altrosa-weißen Türmen. Die Uhr auf dem linken war nur aufgemalt, so wie die Fenster im unteren Drittel. Ein Tourist fotografierte von den Stufen, die zum Tor führten, quer über den Platz. Gegenüber, auf der Anhöhe mit der Erentrudiskapelle, scharte sich eine Gruppe um einen Reiseführer. Das schlichte Gebäude war im Mittelalter Zentrum eines Nonnenordens gewesen, hatte Eigner im Geschichtsunterricht gelernt. Der Hinweis hatte die Fantasie der pubertierenden Bubenschar angeregt und zu Scherzen über Rotlichtviertel und Freudenhäuser geführt.

Das Museum des Stifts war seit Anfang November über die Wintermonate für Touristen geschlossen, doch der Klosterladen hatte noch bis Jahresende offen.

Eigner, der zum ersten Mal in diesem Teil des Gebäudes war, hatte einen schlichten Raum mit Holzregalen voller Kräuterelixiere, Wein, Met, Likör, Tee, Lavendelduftsäckchen und Honig erwartet. Auch hätte er sich nicht über liturgische Klänge und Weihrauchduft gewundert. Denn warum sollten nicht auch Mönche in die Trickkiste moderner Marketingstrategien greifen, um ihre Erzeugnisse ins rechte Licht zu rücken?

Doch die Mönche hatten sich für ein anderes Konzept entschieden. Der Shop, wie sich der Laden bezeichnete, war nicht viel mehr als ein Souvenirgeschäft mit Klumpert, wie seine Schwester den Touristenkitsch bezeichnet hätte. Engelsköpfe lagen neben Kerzenhaltern und Klosterminiaturen, die man in Schneekugeln versenkt hatte. Nur der Tisch in der Mitte des länglichen Raums kam Eigners Vorstellungen von einem Klosterladen nahe. Dort wurden Stiftsweine und Marillenlikör zum Kauf angeboten. Ein Benediktiner im Mönchshabit schlichtete Getränkeflaschen in den Kühlschrank bei der Kassa. Erst als Eigner und Kummer grüßten, wandte er sich ihnen zu.

„Pater Josef?“, fragte Kummer.

„Die Herren von der Polizei?“, mutmaßte der Mönch.

Don Camillo, dachte Eigner, dem das Gebiss des Ordensmannes sofort ins Auge sprang. Das längliche Gesicht und die hohe Stirn mit dem spärlichen Haarkranz über den Ohren verstärkten diesen ersten Eindruck.

„Wie kann ich helfen?“ Pater Josef hatte seine Hände in die Ärmel geschoben und sah die Beamten abwartend an.

„Sollen wir hier ...?“, fragte Kummer und wies in den Shop.

„Bis der nächste Bus kommt, sind wir ungestört. Wenn es Ihnen also nichts ausmacht ...“

Kummer nickte und berichtete in knappen Worten von dem Skelett, das in Klein Dürnspitz gefunden worden war, und dass man nun dabei sei, die Identität des Verstorbenen zu klären. Eigner betrachtete den Mönch aufmerksam, während Kummer ihm den Stand der Dinge auseinandersetzte.

Pater Josefs Miene, die zunächst noch freundlich interessiert gewesen war, wies nun Bestürzung auf. „Sind meine Gebete also doch noch erhört worden. All die Jahre habe ich gehofft, dass wir eines Tages Klarheit haben werden. Schade, dass unsere arme Mutter das nicht mehr erleben darf." Er legte seine schmale Hand auf Kummers Ärmel, was diesem sichtlich unangenehm war. „Sie sind sicher, dass es tatsächlich die Überreste meines Bruders sind?", fragte er, und man merkte deutlich, dass er auf Bestätigung hoffte.

„Deswegen sind wir hier." Kummer wich einen Schritt zur Seite. Von draußen war Stimmengemurmel zu hören. „Wir brauchen eine Probe für einen DNA-Abgleich. Als sein Zwillingsbruder können Sie uns bestimmt ..."

„Absolutely terrific!", wurde der Kriminalbeamte unterbrochen. Eine Gruppe Touristen war wie ein Hornissenschwarm in den Klosterladen eingefallen. Gleich darauf drängte sich eine beleibte Amerikanerin zwischen die Beamten und den Mönch. Sie bombardierte Pater Josef mit Fragen, die der Mönch in flüssigem Englisch gelassen beantwortete.

Eigner und Kummer sahen ein, dass sie sich gedulden mussten, bis der Ordensmann seine Kundschaft abgefertigt hatte. Dem Major war das nur recht.

Die Schiebetür glitt mit einem leisen Schleifgeräusch auf. Eigner ging nach vor zum Geländer der Aussichtsplattform und freute sich, dass er doch noch auf seine Kosten kam. Rechts von ihm sah man auf Mautern hinunter, weiter hinten konnte er Krems und Stein ausmachen. Von der Donau selbst waren nur kurze Abschnitte zu sehen. Wie gern war er mit Michaela am Wasser entlangspaziert, wenn es ihr Zustand erlaubte und er sich von seinen Verpflichtungen frei machen konnte. Immer wieder hatten sie neue Lieblingsplätze entdeckt, saßen dann auf einer Bank oder einem von der Sonne aufgewärmten Stein und schauten schweigend in die Fluten. Die gleichmäßige Strömung hatte etwas Beruhigendes. Michaela wirkte entspannt, lehnte sich an ihn oder griff nach seiner Hand, die sie streichelte und drückte. Besser als jede Therapie schien ihm ein solcher Spaziergang anzuschlagen. Und manchmal war es ihm vorgekommen, als würde doch alles wieder gut.

Leutnant Kummer war ihm gefolgt. Er fröstelte in seinem dünnen Mantel, was ihn aber nicht davon abhielt, Eigner Gesellschaft zu leisten. Der Major tastete nach den Zigaretten in seiner Jacke, entschied sich dann aber, doch nicht zu rauchen, sondern stattdessen die gute Luft zu genießen. Kummer steckte sich einen Zigarillo an.

„Wenn es nicht der Pfarrer ist, ist es am Ende doch ein Erntehelfer. Habt ihr das eigentlich in Betracht gezogen?“ Der Major lehnte sich an die Mauer.

„Na sicher“, nickte Kummer.

„Und, was glaubts?“

„Ich bin Atheist und halt mich an Fakten!“

Der Wind wehte den Rauch, der aus Kummers Mund strömte, in Eigners Richtung. Der belehrende Unterton des Kollegen stieß ihm auf. „So ein ermordeter Erntehelfer würde politisch sicher allerhand Staub aufwirbeln“, stichelte er, um den Kollegen aus der Reserve zu locken.

„Ein ermordeter Pfarrer wäre auch nicht gerade eine Jubelmeldung“, gab Kummer zurück.

„Verstehe schon. Das ist so, als müsste man zwischen Pest und Cholera wählen.“ Eigner hatte die Unterarme auf das Geländer gestützt und beobachtete einen Radfahrer, der sich über die letzte Steigung quälte. „Da werden etliche keine Freude haben.“

Kummer schürzte die Lippen. „Wenn es der Pfarrer ist, dann haben wir die Kirche am Hals, und wenn es ein Erntearbeiter war, die Landwirtschaftskammer, den Bauernbund und den Raiffeisenkonzern – mindestens. Wie man es auch betrachtet, wir können nur verlieren.“

„Also wird man wollen, dass die Sache rasch vom Tisch ist und möglichst bald wieder Ruhe einkehrt“, sagte Eigner und versuchte, in der Ferne den Kirchturm von Klein Dürnspitz auszumachen.

„Vor Weihnachten wäre ihnen am liebsten.“ Leutnant Kummer streifte die Glut von seinem nicht einmal halb gerauchten Zigarillo und steckte ihn zurück in die Packung.

„Wenn wir schon dabei sind“, packte Eigner die Gelegenheit beim Schopf, „wir müssen über unsere Zusammenarbeit reden! Es kann nicht sein, dass ich den Informationen hinterherhecheln muss. Da braucht es einen regelmäßigen Austausch!“

„Wieso?“, konterte Kummer. „Bis jetzt hab ich mich immer noch rechtzeitig gemeldet, wenn es etwas zu berichten gab.“

„Ich hätte trotzdem gern ein tägliches Telefonat, meinetwegen auch zwei, wo wir uns abgleichen“, beharrte der Major.

„Mhm“, knurrte der Leutnant. Es war schwer zu sagen, ob seine Antwort als Zustimmung oder Ablehnung zu interpretieren war. Bevor Eigner nachsetzen konnte, deutete Kummer auf die Schiebetür, durch die die amerikanische Touristengruppe eben das Gebäude verließ. „Wir sollten wieder, bevor die Nächsten kommen“, sagte er.

Kummer wollte die Probe gleich direkt ins Labor bringen. „Je schneller wir es wissen, desto besser“, sagte er, als er sich angurtete. Pater Josef hatte bereitwillig eine Speichelprobe abgegeben. Die Fragen, mit denen er die Beamten bedrängt hatte, konnten sie ihm nicht beantworten. „Zuerst müssen wir wissen, ob er es wirklich ist“, hatte Leutnant Kummer den Mönch zu beschwichtigen versucht. „Es hat keinen Sinn, zu diesem Zeitpunkt weitere Vermutungen anzustellen.“ Sie hatten Pater Josef versprochen, ihn zu benachrichtigen, sobald ein Ergebnis vorlag.

Eigner startete den Wagen und reversierte. Mein Gefühl sagt mir, dass es mein Bruder ist – hatte der Mönch gesagt. Eigner war sich noch nicht im Klaren darüber, was er von dieser Bemerkung halten sollte. Kain und Abel kamen ihm in den Sinn. Wenn der Tote tatsächlich Pater Ralf war, musste man sich auch das familiäre Umfeld genauer anschauen, machte sich Eigner eine gedankliche Notiz. Die Erleichterung, die sich auf Pater Josefs Gesichtsausdruck breitgemacht hatte, nachdem er den ersten Schock überwunden gehabt hatte, hatte den Major irritiert. „Weiß man schon was zur Todesursache?“

„Die Techniker sind dran.“

„Heißt das, sie haben immer noch nichts gefunden?“

Kummer, der ihm bis jetzt sein markantes Profil zugewandt hatte, musterte ihn. „Wir tun, was wir können!“, schnappte er.

Eigner konzentrierte sich auf die Straße und wich einem Reisebus aus. „Genau so etwas habe ich vorhin gemeint. Ich will nicht immer wieder nachfragen müssen, wie der Stand ist, und hoffen, dass man mir alles mitteilt, was ich wissen muss. Schließlich habe ich die Verantwortung für den Fall.“

„Das Labor ist unsere Sache“, gab Kummer aufmüpfig zurück. Er umklammerte den Haltegriff, um bei der engen S-Kurve nicht gegen die Tür gedrückt zu werden. „Das Skelett ist nicht ganz vollständig. Wahrscheinlich haben Tiere Knochen mitgenommen. Ob von früher schon etwas fehlt, kann man nicht eindeutig sagen“, fügte er gleich darauf in einem freundlicheren Ton hinzu.

„Tierfraß an der Leiche?“

„Gut möglich. Nach all den Jahren, die der Körper in der Erde gelegen ist, sind die Ermittlungen doppelt schwierig.“ Kummer warf einen Blick auf sein Handy und steckte es dann zurück in die Tasche.

„Bei bestimmten Todesarten wird man auch schwer etwas feststellen. Er könnte erstickt oder in der Donau ertrunken sein ...“, überlegte Eigner laut. „Hätte man ihn erschlagen, müsste man das an den Knochen rekonstruieren können.“

„Wir haben noch längst nicht alle Möglichkeiten ausgeschöpft, die die Forensik heutzutage bietet. Ich hab zwei Semester in den USA studiert. Es ist unglaublich, was die Kriminaltechniker dort draufhaben. Vielleicht müssen wir so einen Experten anfordern.“ Kummer biss sich auf die Lippen. Tat es ihm leid, aus seinem Nähkästchen geplaudert zu haben? „Aber wie gesagt, noch haben wir nicht alle unsere Trümpfe ausgespielt. Wir lösen den Fall, Sie werden schon sehen!“ Aus Kummers Tonfall war ein Anflug von Trotz zu hören.

„Ist es Ihr erster?“ Eigner wusste sofort, dass die Frage ein Fehler gewesen war.

Kummer richtete sich auf. „Könnten Sie bitte schneller fahren. Ich hab noch einen Termin", wies er Eigner an. Dann starrte er schweigend aus dem Fenster. Eigner wusste nicht, ob er über die Arroganz des jungen Kollegen lachen oder sich ärgern sollte. Er entschloss sich, die Sache nicht persönlich zu nehmen, und behielt die Geschwindigkeit bei. Schließlich wollten sie beide sicher ans Ziel kommen. Wenn es Kummer zu langsam ging, konnte er beim nächsten Mal ja mit seinem eigenen Wagen fahren.

***

Hanni war beim alten Eigner geblieben, bis sie überzeugt gewesen war, dass er sich in der Gruppe zurechtfand. Der Zivildiener hatte sich sofort um ihn gekümmert und ihn nach einem kurzen Rundgang an einen Tisch mit älteren Damen gesetzt, von denen Hanni eine noch von früher kannte. Auch die Frau hatte sich an Hanni erinnert, und erzählte den anderen, wie hübsch Hanni als Braut mit der goldbestickten Wachauer Haube ausgesehen hatte. Hanni hatte freundlich genickt und für sich behalten, dass sie in Weiß geheiratet hatte. Die Frau hatte wohl eine andere Hochzeit im Sinn gehabt.

Die Frauenrunde hatte sich über die männliche Gesellschaft gefreut und Hannis Vater sofort in das Kartenspiel einbezogen. Die Rolle als Hahn im Korb gefiel ihm sehr und er blühte sichtlich auf, als er gebeten wurde, die Karten zu mischen. Hanni hoffte, dass die Eindrücke, die er von diesem Schnuppertag mitnahm, mit dazu beitrugen, dass er auch in Zukunft gern hierher kam, wenn es notwendig war. Am sinnvollsten war es, wenn man zu einer Routine fand, hatte ihr die

Leiterin erklärt. Alte Leute taten sich mit regelmäßigen Abläufen leichter.

Hanni hatte sich lange mit ihrem Bruder beraten und die Für und Wider abgewogen. Roman, ihr Mann, war ihr, wie schon so oft, keine Hilfe gewesen. „Das ist euer Vater. Mir ist das wurscht", hatte er gesagt und sich in das Protokoll der letzten Gemeinderatssitzung vertieft.

Die Tagesstätte war die vernünftigste Lösung gewesen. Dort bekam der Vater auch ein Mittagessen, und sie musste sich keine Sorgen machen, wenn sie für ihre Arbeit einmal länger brauchte. Außerdem gab es einen Fahrtendienst, der den Vater holte und am Nachmittag wieder nach Hause brachte. Ganz in ein Pflegeheim wollte sie ihn auf gar keinen Fall geben. Irgendwie würde es schon noch eine Weile daheim und in der Tagesstätte gehen, und für den Fall der Fälle konnte man beim Hilfswerk einen Pflegedienst zur Unterstützung anfordern.

Sie sah auf die Uhr. Paul sollte längst hier sein. Er hatte den Vater an seinem ersten Tag begleiten wollen, um sich selbst einen Eindruck von der Einrichtung zu verschaffen. Wahrscheinlich war er in der Arbeit aufgehalten worden.

Sie wartete im Eingangsbereich des Zentrums auf ihn. Der Kaffee, den sie sich aus dem Automaten gezogen hatte, schmeckte leicht verbrannt und war viel zu süß.

Ein Pflegling zappelte mit seinem Rollator an ihr vorbei und beäugte sie neugierig. Sie grüßte, ließ sich jedoch auf kein Gespräch ein, sondern stellte sich ans Fenster und schaute zur Römerhalle hinüber. Dort hatte man eine mächtige Fichte aufgestellt. Die Lichterkette wurde erst in der Dämmerung eingeschaltet. Ob das Blechbläserquartett am Heiligen Abend wieder im Kirchhof spielen würde? Einmal war sie mit Paul und ihrer Schwägerin bei einem dieser Weihnachtskonzerte gewesen. Sie erinnerte sich an die feierliche Stimmung und daran, wie schön es gewesen war. Sogar den Streit mit ihrem Mann hatte sie darüber vergessen. Ob auch Paul je vergessen würde? Nein, bestimmt nicht! Hoffentlich kann er hierbleiben, dachte Hanni. Eine Versetzung auf Dauer wäre wahrscheinlich die beste Lösung. Auch wenn Paul mittlerweile ein g'standenes Mannsbild war, blieb er in ihren Augen trotzdem auch ihr kleiner Bruder.

„Da bist du", hörte sie seine Stimme.

Sie trank den Rest des scheußlichen Kaffees in einem Zug aus.

„Tut mir leid. Ich hab es nicht früher geschafft. Wie geht's dem Vater?"

„Er spielt mit einer Damenrunde Karten." Sie winkte mit dem Becher und steuerte den Abfalleimer, der direkt neben dem Automaten stand, an.

Eigner begleitete sie. „Dann will ich ihn nicht stören. Ich kann ihn ja am Nachmittag abholen."

„Fein. Da wird er sich freuen." Hanni ließ den Becher in den Eimer fallen. „Hast noch Zeit? Ich tät gern zur Plantage beim Wasser hinunter fahren." Sie kontrollierte ihre Obstbäume regelmäßig. Das Feld in unmittelbarer Nähe der Donau hatte sie erst vor zwei Jahren in Pacht übernommen und mit alten Marillensorten bepflanzt.

Eigner stimmte zu. Er hatte ohnehin ein wenig Kopfweh, was ihm eine willkommene Ausrede war, die Rückkehr ins Büro noch ein wenig hinauszuzögern.

Sie hatten die Autos am Rande des Obstgartens abgestellt. Die Bäume standen in Reih und Glied, dazwischen wuchs Gras, wie es für den Biolandbau vorgeschrieben war. Die Stämme waren weiß gekalkt, um die Rinde vor hungrigen Mäulern zu schützen. Hanni hatte Arbeitsschuhe angezogen, die sie aus dem Kofferraum ihres alten Golfs geholt hatte. Eigner drängte sie einen Schal auf, die schwarze Wollhaube wehrte er erfolgreich ab, ließ sich aber überreden, sie sich in die Jackentasche zu stopfen.

„Geht was weiter bei euren Ermittlungen?"

Eigner, der mit seiner Schwester die Baumreihen entlangging, schüttelte den Kopf. „Es dauert einfach, bis die Analyseergebnisse da sind. Das Skelett war in einem ziemlich schlechten Zustand. Ich bin ja neugierig, bis wann sie die Todesursache herausfinden."

„In diesen amerikanischen Serien können sie aus einem winzigen Knochensplitter die ganze Lebensgeschichte eines Menschen herauslesen."

Eigner lachte. „Das glaubst du?"

Seine Schwester zwinkerte. „Aber im Ernst. Ich hab darüber nachgedacht, was du über die Erntehelfer gesagt hast. Möglich wäre es schon. Unter den Bauern gibt es immer wieder schwarze Schafe, die sich mit Ausländern helfen. Sie melden sie nur für einen Teil der Zeit oder auch gar nicht ordentlich an. Aber dass man einen toten Menschen wie einen Hund verscharrt? Traust du das wirklich einem von den Hiesigen zu?"

Eigner seufzte. Natürlich konnte er sich so etwas vorstellen. Er hatte in seinem Berufsleben noch ganz andere Dinge erlebt, die seine Schwester vermutlich nicht für möglich halten würde. „Wenn der direkt dort oder ganz in der Nähe gestorben ist, war es bestimmt am einfachsten, ihn gleich auf dem Grundstück einzugraben. Hätte man ihn erst weiß Gott wohin geschleppt, dann wäre auch das Risiko gestiegen, dabei erwischt zu werden."

„Also ich hätte ihn in die Donau geschmissen“, sagte Hanni nachdenklich.

„Hättest du?“

Seine Schwester schüttelte sich. „Wenn ich ein Mörder wäre! Du weißt, wie ich es meine!“

„Hätte so ein Körper in dem Loch Platz, das bleibt, wenn man einen Wurzelstock ausgräbt?“, fragte der Major und taxierte einen Marillenbaum.

„Vielleicht ein Liliputaner. Aber auf jeden Fall erspart man sich etliches an Grabarbeit. Glaubst du, dass es so gewesen ist?“

Eigner wippte unentschlossen mit dem Fuß. „Ich ziehe halt verschiedene Möglichkeiten in Betracht.“ Er strich sich über seinen Schnurrbart. „Der Stierschneider hat gestern etwas erwähnt, das mich hellhörig gemacht hat“, wechselte er das Thema. Dass er dabei gemerkt hatte, wie sein innerer Spürhund den Kopf gehoben hatte, erwähnte er nicht. Es war ihm irgendwie peinlich. Hanni sollte ihn nicht für einen esoterischen Spinner halten.

Seine Schwester war neben einem der Bäumchen stehen geblieben und strich über den Stamm.

„Du erinnerst dich bestimmt an den Pater Ralf?“

Hanni drehte sich zu ihm um. „Unseren ehemaligen Pfarrer?“

Die Augen des Majors hatten die Farbe von Kochschokolade und waren, auch wenn Augen als Fenster zur Seele galten, undurchdringlich wie ein schwerer Vorhang.

„Du meinst ...?“ Hanni stockte. „Bist du dir sicher?“

„Da lass ich mich hinein stechen.“ Eigner deutete mit dem Finger auf seinen Hals. Nun hatte er doch nicht widerstehen können und seinen Verdacht, der sich lediglich auf sein Gespür gründete, laut ausgesprochen.

„Wieso?“ Hanni knetete ihre Finger.

„Instinkt.“ Nun zeigte er auf seine breite Nase. „Würde mich sehr wundern, wenn ich mich täusche. Aber red mit niemandem darüber. Es gibt, wie gesagt, noch überhaupt keine Beweise. Warum ich manchmal das Gefühl habe, dass ich auf der richtigen Spur bin, kann ich dir nicht erklären. Wahrscheinlich hat es was mit Berufserfahrung zu tun.“

Hannis Züge entspannten sich wieder. Ein Verdacht war noch lange kein Beweis, beruhigte sie sich. Sie musterte das vertraute Gesicht ihres jüngeren Bruders. Da waren wieder Schatten unter seinen Augen. Sie war überzeugt, dass er gelegentlich immer noch trank. Das war nicht gut für ihn. Aber sie sprach ihn nicht darauf an. Vorläufig. Es dauerte einfach seine Zeit. Man musste Geduld mit ihm haben – und Verständnis. Der Advent war besonders schlimm für ihn. Außerdem nahte der vierte Jahrestag. Obwohl er wieder besser aussah als noch im Sommer und auch wieder zugenommen hatte, machte sie sich manchmal Sorgen. Einen zweiten Herzinfarkt würde er nicht überleben, hatten die Ärzte gesagt. Sie hoffte, dass er den Ernst der Lage erkannt hatte, und die Wendung, die er seinem Leben seither gegeben hatte, beibehielt.

„Was ist, warum schaust du so?“, fragte Eigner.

„Nichts. Schön, dass du da bist“, antwortete sie in einem Anfall vorweihnachtlicher Sentimentalität.

Er räusperte sich verlegen.

An die Glatze und den Schnauzbart, den er sorgfältig trimmte, hatte sie sich inzwischen gewöhnt. Eigentlich war er ein fescher Kerl. Bestimmt würde er sich irgendwann wieder eine Frau finden. Sie setzte ihren Kontrollgang durch den Obstgarten fort.

Eigners Handy läutete. „Ja?" Er wandte sich ab. „Okay. Danke!" Er nickte zufrieden. „So, jetzt hammas offiziell. Es sind die Knochen vom Pater Ralf."

Hanni zog ein Taschentuch aus ihrem Mantel und schnäuzte sich. „Dann hat dich also deine Nase nicht getäuscht", kommentierte sie die Mitteilung. Irgendwie konnte sie es trotzdem nicht glauben. „Du, wenn das wirklich stimmt, dann kannst du dich auf einen ordentlichen Wirbel im Ort gefasst machen. Da wirst du die ganzen alten Geschichten noch einmal aufrühren, wo doch alle froh sind, dass endlich Gras über diese Sachen gewachsen ist." Ihr lief mit einem Mal eine Gänsehaut über den Rücken.

Eigner hatte nur mit halbem Ohr zugehört. Ihn beschäftigte, dass sein Gespür richtig gewesen war. In den letzten Jahren hatte er befürchtet, dass sein Instinkt mit Michaela gestorben war. Offenbar hatte er sich getäuscht. „Ich hab es sofort gewusst, wie der Quargel es ausgesprochen hat."

„Der wer?"

„Der Kollege Stierschneider. Dem seine Füße stinken, dass es kaum zum Aushalten ist."

Hanni lachte auf. „Weiß man auch schon, woran der Pfarrer gestorben ist?"

„Nein. Aber das werden sie hoffentlich bald geklärt haben. Ich muss jedenfalls gleich zurück auf den Posten." Er setzte zum Gehen an. „Du, noch was." Sein Gesichtsausdruck war ernst. „Behalt es vorläufig für dich. Es wird sowieso noch früh genug die Runde machen." Er wollte eben sein Handy zurück in die Brusttasche schieben, als es erneut klingelte. „Was noch?", meldete er sich. Dann veränderte sich seine Mimik. „Aber was ist denn los? Ist was mit der Mama?", fragte er in einem Tonfall, bei dem Hanni sofort wusste, dass er mit seinem Enkel sprach.

„Eh nicht." Eigner schien erleichtert. „Aber geh. Sicher. Glaub mir, da finden wir schon eine Lösung."

Hanni konnte Simons Stimme hören, verstand aber nicht, was er sagte. Der Bub schien aufgeregt zu sein. Hanni fing einen hilfesuchenden Blick ihres Bruders auf. „Was ist?" Sie griff nach seinem Arm.

„Gleich", formten seine Lippen. „Ja, Simon. Wir reden darüber, wenn du kommst." Der Bub war mit dieser Antwort offenbar nicht zufrieden.

„Ja, Simon. Ehrenwort! Ich versprech es dir!", sagte Eigner schließlich und legte auf.

„Was ist?" Hanni trat von einem Fuß auf den anderen. Trotz der Wollsocken war ihr in den Zehen kalt geworden.

„Die Verena will sich anscheinend trennen, und ich soll das Hundsvieh nehmen, damit es nicht ins Tierheim muss", fasste Eigner zusammen.

„Langsam, noch einmal."

„Hast du gewusst, dass die Verena nicht beim Klaus bleiben will?"

Hanni folgte ihrem Bruder, der Richtung Auto ging. Sie würde sich die restlichen Bäume ein anderes Mal anschauen. „Direkt gesagt hat sie nichts. Aber ich hab es schon länger vermutet. Hast du nicht gemerkt, wie sie über ihn redet?" Die Frage tat ihr gleich darauf leid, denn es war ihr nicht entgangen, dass sich Eigners Miene verdüstert hatte.

„Als ob sie mir ihr Herz ausschüttet." Der Major klang bitter. Er kickte einen angebissenen Apfel über die Wiese. „Deine Kommentare zum Nothnagl sind manchmal auch nicht ohne!"

„Das ist was anderes. Außerdem sind wir schon mehr als dreißig Jahre verheiratet. Da hängen keine Geigen mehr am Himmel."

„Deswegen lässt du dich aber nicht gleich scheiden." Es war Eigner deutlich anzumerken, dass er mit dem Entschluss seiner Tochter nicht einverstanden war. Außerdem ärgerte es ihn, dass er auf diese Weise davon erfahren hatte.

„Du, wenn ich noch einmal so jung wie die Verena wär, tät ich mir das glatt überlegen", sagte Hanni. „Aber in meinem Alter? Wer weiß, wie lange er es macht, bei dem Stress, den er sich immer antut."

Trotz seines Unmuts musste Eigner grinsen. Er mochte den Sarkasmus seiner Schwester. Oder war das Verbitterung? Er konnte keinen verhärmten Zug in ihrem Gesicht entdecken.

„Was schaust so? Bist entsetzt?" Sie hatte sich gebückt, um ihre Arbeitsschuhe aufzuschnüren.

„Solange du nicht nachhilfst."

Hanni tat entrüstet. „Als ob ich auf solche Ideen käme. Oder hilfst du mir bei einem perfekten Mord?"

„In der Pension vielleicht", lachte Eigner. „Da hab ich dann auch Zeit und kann dich im Häfen besuchen."

„Ja, ja, ist schon recht", gab Hanni zurück. „Und was ist jetzt mit dem Hund?"

„Der kommt ins Tierheim, wenn ich ihn nicht nehme." Eigner strich sich über die Glatze.

„Also nimmst du ihn?"

Ihr Bruder verzog das Gesicht zu einer Grimasse.

Zum zweiten Mal an diesem Tag lachte Hanni hell auf.

***

Eigner hätte sich nicht so beeilen müssen, denn das Wachzimmer war verwaist. Abteilungsinspektor Stierschneider hatte eine Nachricht hinterlassen. Er war zum Mittagessen im Gasthaus Donauweibchen. Dort gab es das beste Gulasch mit den flaumigsten Knödeln, wie er dem Major vorgeschwärmt hatte. Inspektorin Dürr hatte sich den Nachmittag frei genommen.

Im Büro war es empfindlich kühl, weil eines der Fenster gekippt war. Eigner schloss es und drehte die Heizung auf. Dann hing er seine Jacke an die Garderobe und setzte Teewasser auf. Bevor er den Computer einschaltete, lehnte er sich für ein paar Minuten an den Heizkörper. Das Gurgeln in den Rippen der veralteten Anlage war ihm inzwischen vertraut. Ihm war kalt bis in die Knochen – die beste Voraussetzung für eine ordentliche Erkältung.

Im Grunde war der Major nicht unglücklich darüber, dass er das Büro für sich allein hatte. Nachdem nun klar war, dass die sterblichen Überreste von Pater Ralf stammten, galt es, die nächsten Schritte zu planen. Oberst anrufen, notierte er sich auf einem Zettel.

Schon letzte Nacht hatte er in seinen Erinnerungen gekramt. Leider war da nicht viel zu holen gewesen. Er hatte gegrübelt, warum die Sache mit dem abgängigen Pfarrer so wenig Eindruck bei ihm hinterlassen hatte. Er war doch immer mit seiner Schwester in Kontakt gewesen. Bestimmt hatte sie ihm davon erzählt. Dann war ihm der Kurs in Den Haag eingefallen. Fast ein halbes Jahr hatte die Spezialausbildung gedauert, und gleich anschließend hatte ihn dieser Kinderpornoring auf Trab gehalten.

Der Wasserkocher schaltete sich mit einem Klicken aus. Eigner nahm die Teedose aus der untersten Schreibtischlade. Eineinhalb Löffel, zählte er. Dann goss er das Wasser über seinen Shincha und schaute auf die Uhr. Der japanische Grüntee musste zwei Minuten lang ziehen. Michaela, seine Frau, hatte ihn auf den Geschmack gebracht, nachdem ihm sein exzessiver Kaffeekonsum eine ausgewachsene Gastritis beschert hatte. Was war so ein Espresso auch für ein Genuss, wenn man sich danach vor Schmerzen wie ein U-Hakerl krümmte?

Er trug die kleine Kanne zu seinem Schreibtisch, wo schon die Teeschale stand. Man mochte es glauben oder nicht, daraus schmeckte der Tee am besten. Er war auf spöttische Kommentare eingestellt gewesen, als er seine Utensilien auf dem Klein Dürnspitzer Wachzimmer ausgepackt hatte. Die Kollegen in Wien hatten nämlich nicht damit gespart. Von Abwaschwasser und Schlimmerem war da die Rede gewesen. Doch Stierschneider hatte es bei einem Naserümpfen belassen, und Dorothea hatte sogar gefragt, ob sie einmal probieren dürfe. „Mhm, nicht schlecht", hatte sie anerkennend geschmatzt, aber gleich darauf das Gesicht verzogen, als sie hörte, was die Sorte im Geschäft kostete.

Eigner nahm einen Schluck und genoss die wohlige Wärme, die sich in seinem Körper ausbreitete.

Bevor er den Grundbuchauszug, der neben seinem Telefon lag, eingehender studierte, vervollständigte er die Liste, die er angefangen hatte. Akten, schrieb er mit Rufzeichen unter Oberst anrufen. Stierschneider oder Dürr mussten noch einmal im Archiv nach Unterlagen zu dem Fall suchen. Die Ausbeute der ersten Sichtung war dürftig gewesen. Eigner hatte es vorläufig dabei belassen. Nun hatte sich das Blatt jedoch gewendet, und er brauchte sämtliche Ermittlungsergebnisse zum Fall des verschwundenen Pfarrers. Es würde ihm vermutlich nicht erspart bleiben, noch einmal alle, die seinerzeit schon einvernommen worden waren, neuerlich zu befragen. Vielleicht ergaben sich neue Blickwinkel auf schon bekannte Fakten? Wichtig waren auch die Beweismittel, die damals sichergestellt worden waren. Die Techniken der Kriminallabors hatten sich in der Zwischenzeit weiterentwickelt, womöglich konnte man aus dem Material neue Erkenntnisse gewinnen? Ein Riesenproblem war allerdings, dass man noch immer nicht herausgefunden hatte, wie der Pfarrer zu Tode gekommen war. Die Art seines Sterbens würde Hinweise auf den Täter liefern. War Gift im Spiel gewesen, konnte man mit hoher Wahrscheinlichkeit davon ausgehen, dass eine Frau involviert war, überlegte Eigner. Aber wer tötete einen Pfarrer – noch dazu auf dem Land, wo ein Geistlicher noch als unantastbare Autorität galt? Vielleicht war es doch ein Unfall gewesen? Der Major verwarf den Gedanken gleich wieder, denn warum sollte jemand ein Unfallopfer verscharren? Wäre es nicht logischer gewesen, Hilfe zu holen, oder, wenn man sich dazu nicht imstande sah, einfach davonzulaufen? Eigner drehte seine Teeschale zwischen den Fingern. Die Glasur hatte feine Sprünge, die sich wie ein Netz bis zum Rand hinauf spannten. Er zuckte zusammen, als die Tür schwungvoll aufgerissen wurde.

„Du bist da?“ Abteilungsinspektor Stierschneider klang außer Atem. „Wieso machst du kein Licht?“

Dem Major war entgangen, wie dämmrig es inzwischen im Zimmer geworden war. Die Neonröhren an der Decke des Büros tauchten den Raum gleich darauf in gleißendes Licht, das Eigner in den Augen wehtat. Er stellte seine Teeschale zur Seite.

„Wie spät ist es eigentlich?“

„Ich war noch auf Streife“, rechtfertigte sich Stierschneider.

„Aha“, sagte Eigner und griff nach seinem Handy, um nach der Uhrzeit zu schauen.

„Ich fahr lieber allein als mit einem Weib. So ein Tuttelsheriff ist ja keine Unterstützung, wenn wirklich einmal etwas passiert." Stierschneider grinste süffisant.

Hatte der Blade ein Problem mit Inspektorin Dürr? Solidarität unter Männern war ja gut und schön, aber selbst dafür gab es Grenzen. Der Major ignorierte den plumpen Anbiederungsversuch des Abteilungsinspektors. „Es geht los!", sagte er zu Stierschneider, der ihn verständnislos anglotzte. „Die Knochen sind die von eurem früheren Pfarrer."

Stierschneider ließ sich ächzend auf seinen Sessel fallen. „Na bravo!" Er hatte seine Uniformjacke aufgeknöpft und den Gürtel seiner Hose gelöst. „Ich hab wieder einmal zu viel gefressen." Er klopfte sich auf die Wampe.

„Warst du, als der Pfarrer verschwunden ist, eigentlich schon auf dem Posten?"

„Nein. Ich bin erst knapp über ein Jahr da. Der Meier hat mich geholt, weil er vor seiner Pensionierung noch einen Nachfolger aufbauen wollte."

Täuschte Eigner sich oder hatte sich sein Kollege bei den letzten Worten wirklich in die Brust geworfen? „Wer hat die Ermittlungen geleitet?"

„Der Meier und ..."

„Du meinst eh den früheren Postenkommandanten, der momentan auf Kreuzfahrt ist?", unterbrach Eigner.

„Genau. Ich war damals noch in Mautern, aber wir haben natürlich zusammengeholfen. Die Sache hat viel Staub aufgewirbelt."

„Wieso?" Eigner hatte die Ellenbogen auf die Schreibtischplatte gestützt und sich interessiert nach vor gebeugt.

„Wieso?", äffte Stierschneider ihn nach. „Komische Frage. Da merkt man wieder, dass du aus der Stadt kommst. Hier auf dem Land war das zuerst ein echter Ausnahmezustand. Im Normalfall passiert ja nichts außer den Verkehrsdelikten, und hie und da erwischt die Finanz einen Schwarzbrenner. Damit hat es sich aber auch schon wieder."

„Ein verschwundener Pfarrer hätte auch in Wien Schlagzeilen gemacht", widersprach Eigner.

Stierschneider blinzelte. „Gut. Aber die Aufregung wär ein Lercherlschas im Vergleich zu dem, was sich bei uns abgespielt hat. Stell dir einmal vor, was los ist, wenn der Ortspfarrer von einem Tag auf den anderen wie vom Erdboden verschluckt ist. Keiner will was wissen oder gesehen haben, und das in einer Gegend, wo es vor Kirchen, Klöstern und Ordensleuten nur so wimmelt, dass man meinen könnte, hier muss es besonders heilig zugehen."

„Aber gerade wenn so viel Kirchenvolk an einem Ort ist, ist doch auch die Wahrscheinlichkeit größer, dass einmal einer in eine Gewalttat verwickelt ist. Das ist doch statistisch gesehen nur logisch", wandte der Major ein.

„Nicht in der Wachau! Bei uns hält man noch auf Tradition und ..." Stierschneider suchte nach den richtigen Worten, um Eigner den Charakter seiner Landsleute zu beschreiben. Offenbar hatte er vergessen, dass der Major auch aus der Gegend stammte.

„Es muss doch Gerüchte gegeben haben, wenn euch schon die dazugehörigen Beweise gefehlt haben", lenkte Eigner das Gespräch in eine andere Richtung.

„Fehlende Beweise, genau. Die hatten wir." Stierschneider nickte bekräftigend. „Aber das hat uns nicht weitergeholfen. "

„Das liegt in der Natur der Sache." Eigners Sarkasmus verpuffte unbemerkt.

Stierschneider erhob sich ächzend. „Willst auch einen Kaffee?“, erkundigte er sich in einem Tonfall, der klarmachte, dass es ihm lieber war, wenn Eigner ablehnte.

„Nein danke“, antwortete der Major, der Filterkaffee erstens nicht besonders mochte und Stierschneider zweitens zutraute, dass er ihm womöglich in die Tasse spuckte.

„Wie gemmas an?“, hörte er gleich darauf aus der improvisierten Küche. Es folgte ein blechernes Klirren und dann ein „Himmelfix!“ und nach einer Pause: „Weißt du vielleicht, wo der Besen und die Schaufel sind?“

„Keinen Dunst!“, sagte Eigner wenig kooperativ und griff nach dem Grundbuchauszug. Er studierte das B-Blatt, in dem die Eigentümer verzeichnet waren, und sah sich dann das C-Blatt genauer an, in dem Lasten, Pfandrechte und Servitute aufschienen. Im Hintergrund gluckste und zischte die Kaffeemaschine, begleitet vom Rumoren seines Kollegen in der kleinen Teeküche. Eigner versuchte, die Nebengeräusche auszublenden, und dachte nach.

Nach einiger Zeit kam Stierschneider mit einem Häferl zurück an seinen Schreibtisch. „Die Milch ist sauer“, sagte er vorwurfsvoll.

Der Major ging nicht darauf ein. „Wie hast du das mit den fehlenden Beweisen gemeint? Was hat gefehlt?“

„Na, die Wertgegenstände aus der Kirche. Mit dem Pfarrer gemeinsam ist die wundertätige Madonnenstatue aus dem späten Mittelalter verschwunden, ein paar versilberte Kerzenhalter, eine Monstranz und noch etliches Kleinzeug. Irgendwo bei den Akten gibt es eine Liste.“ Stierschneider nahm einen Schluck von seinem Kaffee und verzog das Gesicht.

„Apropos, kannst du mir alle alten Akten zu dem Fall heraussuchen? Ich nehme an, dass die nicht digitalisiert sind, oder?“

„Die sind vermutlich in unserem Archiv im Keller. Vielleicht hat auch das LKA noch was.“

Der Major verstand genau, was sein Kollege mit diesem Hinweis bezweckte. Aber er würde ganz sicher nicht selber nach den Unterlagen suchen. Vielleicht sollte er Dorothea bitten? „Ihr seid also von einem Raub ausgegangen?“

Stierschneider zuckte die Schultern. „Was hättest du für Schlüsse gezogen?“

„Aber warum hätte ein Pfarrer sakrale Wertgegenstände stehlen sollen? Noch dazu aus seiner eigenen Kirche? Und was hätte er damit anfangen können? So eine mittelalterliche Statue ist doch unverkäuflich. Die bringt man höchstens bei einem Sammler unter, und dazu braucht man gute Kontakte. Seid ihr der Spur nachgegangen?“

Stierschneider runzelte ungehalten die Stirn. „Nur weil wir Landpolizisten sind, sind wir noch lange nicht auf der Nudelsuppe dahergeschwommen“, grantelte er.

„Das mein ich auch nicht!“, versuchte Eigner, ihn zu beschwichtigen. „Ich muss mich aber in der Sache orientieren, und weil du seinerzeit dabei warst, bist du meine beste Quelle, Ernstl.“

Stierschneider sah ihn zweifelnd an. Er war sich nicht sicher, ob ihn der Major auf den Arm nahm.

Eigner behielt nach außen hin die Ruhe, die ihm seinerzeit den Spitznamen „Stein“ beschert hatte, und gab seinem Kollegen einen todernsten Blick zurück.

„Wir haben damals alle unsere Möglichkeiten ausgeschöpft. Wir haben gewusst, dass Pater Ralf in Polen

Freunde hat, aber da sind wir zicki zacki gleich einmal in einer Sackgasse gelandet. Dann hatten wir noch einen Hinweis auf einen Hehler in Znaim, aber der war sauber, zumindest in dieser Sache."

Das „zicki zacki" des Kollegen ging Eigner langsam auf die Nerven. Auch hätte er gern geraucht, unterdrückte das Verlangen jedoch. Er wusste, dass ihn die Sucht bald wieder fest im Griff hatte, wenn er in solchen Momenten nachgab.

„Dann werden wir nach Znaim fahren müssen, und eventuell auch nach Polen." Der Major überlegte, welcher seiner Kontakte in einem solchen Fall hilfreich wäre.

Stierschneider wirkte nicht gerade begeistert. „Glaubst du wirklich, dass das nach zehn Jahren noch was bringt? Wer weiß, ob die Typen überhaupt noch dort leben, und wenn ja, ob sie nicht längst woanders untergekrochen sind."

„Ihr habt sicher auch überlegt, ob der Pfarrer die Diebe überrascht hat und es dabei zu Handgreiflichkeiten gekommen ist?"

Abteilungsinspektor Stierschneider griff nach seinem Häferl. „Das war überhaupt das erste, was wir vermutet haben", sagte er. „Sogar die Donau haben wir abgesucht. Aber nachdem keine Leiche aufgetaucht ist, mussten wir halt diese andere Variante in Betracht ziehen. Die Kirchenoberen waren nicht erfreut, wie du dir vorstellen kannst. Ein Paffe als Dieb, das waren schöne Schlagzeilen damals."

„Dann sollten wir schauen, dass sich das LKA noch Zeit mit der Presseerklärung lässt. Nach dem Wochenende ist auch noch früh genug." Eigner schob seinen Sessel zurück und stand auf, um seinen Shincha ein zweites Mal aufzubrühen.

„Weil du mich nach möglichen Motiven gefragt hast", sagte Stierschneider und inspizierte dabei seine Fingernägel, „im Ort ist damals das Gerücht herumgegangen, dass sich der Pfarrer abgesetzt hat, weil er eine Hiesige geschwängert hat. Noch dazu eine Verheiratete."

Eigner drehte sich an der Türschwelle zu seinem Kollegen um. „Wen?"

„Da waren mehrere im Gespräch."

„Mehrere?"

„Manche waren total verrückt nach dem Pfaffen. Frag die Dorli!" Stierschneider rümpfte verächtlich die Nase. „Ich verbrenne mir da jetzt nicht die Zunge."

Vor Eigners innerem Auge tauchte das Gesicht von Pater Ralfs Zwillingsbruder auf und verwandelte sich in einen Pferdeschädel. So einer gefiel den Frauen? Es geht um die inneren Qualitäten, hörte er plötzlich die Stimme seiner Frau. Er zuckte zusammen. „Wer's mag", sagte er und verzog sich in die Teeküche.

***

Stierschneider hatte etliche Ausreden parat gehabt, als Eigner ihn ein weiteres Mal auf die Akten im Keller angesprochen hatte. Schließlich hatte man sich darauf geeinigt, gemeinsam im Archiv zu stöbern. Eigner wollte die Unterlagen übers Wochenende mit nach Hause nehmen und in Ruhe studieren. Vielleicht besuchte er am Sonntag noch einmal den Zwillingsbruder des Pfarrers in Göttweig. Jetzt, da die menschlichen Überreste eindeutig zuordenbar waren, musste er zügig mehr über den Charakter des Opfers, seine Vorlieben, Interessen und alles, was sonst noch zur Klärung des Falls beitragen konnte, in Erfahrung bringen.

Die Ausbeute war enttäuschend gewesen, obwohl sie sämtliche Schränke systematisch durchsucht hatten. Eigner hatte Dorothea angerufen und gefragt, ob sie eine Idee habe, wo noch etwas aufbewahrt sein könnte. Sie hatte ziemlich reserviert geklungen, vermutlich schätzte sie es nicht, wenn man sie in ihrer Freizeit mit dienstlichen Angelegenheiten störte. Nicht zum ersten Mal dachte der Major, dass Familie und Beruf in manchen Bereichen ziemlich unvereinbar waren. Inspektorin Dürr hatte schließlich vorgeschlagen, ausnahmsweise am Sonntagnachmittag vorbeizukommen. Eigner hatte ihr Angebot dankbar angenommen und den Anflug von schlechtem Gewissen, der ihn überkommen war, so gut es ging ignoriert.

Leutnant Kummer meldete sich nach dem dritten Läuten. „Ich hätte mich später schon noch gerührt, der Bericht ist noch in Arbeit."

„Macht nix, vielleicht tut ihr euch leichter, wenn ihr im Nachhinein untersuchen könnt, ob das Geständnis des Täters mit euren forensischen Befunden zusammenpasst", konnte sich der Major in einem Anflug von Zynismus nicht verkneifen.

„Sie haben was? Wieso informieren Sie uns da nicht gleich?" Kummer schien alarmiert.

„Pff", antwortete Eigner. „Das war eher theoretisch gemeint!"

„Also wie?", hakte der Leutnant nach.

„Nix, passt schon. Wir wissen auch noch nichts." Der Major verdrehte die Augen. „Aber ich brauch was von euch." Am anderen Ende der Leitung war Stimmengemurmel im Hintergrund zu hören, dann schien die Verbindung unterbrochen. „Sind Sie noch da?"

„Ja, ja. Bei uns ist nur ein bisserl ..." Kummer ließ den Rest des Satzes offen.

„Wir haben fast keine Akten zu unserem Fall. Da müsste doch von früher noch viel mehr da sein. Bestimmt gibt es noch was im LKA. Bitte kümmern Sie sich darum, dass wir das Material kriegen – und das lieber heute als morgen."

„Wieso bei uns?", fragte Kummer reserviert.

Der Major stellte sich vor, wie der Kollege die Augen zusammenkniff und nach einer Möglichkeit suchte, den Auftrag abzuwimmeln.

„Schauen Sie einfach nach. Ich bin mir sicher, dass was da ist", ließ sich Eigner nicht aus dem Konzept bringen.

„Sobald ich Zeit habe", ließ sich Kummer endlich herab.

„Es ist dringend!" Der Major war sich nicht sicher, ob sein Kollege den Appell noch gehört hatte, denn Kummer hatte ziemlich abrupt aufgehängt.

Als nächstes hatte er im Pfarrhof angerufen, um sich bei Pater Daniel, dem jetzigen Pfarrer von Klein Dürnspitz, anzukündigen. Doch auch hier hatte er kein Glück gehabt. Pater Daniel war auswärts bei einem Begräbnis und wurde erst am späten Abend zurück erwartet. Eigner solle sich morgen um die Mittagszeit melden, hatte man ihn wissen lassen.

Mit seinem Vorgesetzten in Wien hatte er erst am späteren Nachmittag telefoniert, nachdem der Oberst davor in einer Sitzung gewesen war und angeordnet hatte, dass er nur in wirklich wichtigen Angelegenheiten gestört werden wolle. Er hatte dem Oberst zusammenfassend den Stand der Dinge berichtet und dabei festgestellt, dass Müllner bereits bestens informiert war.

„Da weißt du offenbar schon mehr als ich, obwohl ich den Fall angeblich leite!", stichelte er.

„Was heißt angeblich?" Der Oberst räusperte sich. „Du ermittelst – und das LKA liefert die forensischen Beweise. Der Kummer ist doch ein netter Kerl, oder vertragt ihr euch nicht?"

Eigner schwieg.

„Der wird als Wunderwuzzi gehandelt, weil er ein paar Wochen in Amerika war und dort eine Spezialausbildung gemacht hat. Die Dienststellen reißen sich richtig um ihn", fügte der Oberst hinzu.

Daher also wehte der Wind.

Dann ließ sein Vorgesetzter ihn noch wissen, dass aus dem Büro des Bischofs angerufen worden sei. Dort hoffe man auf Diskretion in der heiklen Angelegenheit und hatte ausrichten lassen, dass der Major nicht zögern solle, sich direkt an den Sekretär des Bischofs zu wenden, wenn er Fragen habe. Eigner solle jedenfalls mit Fingerspitzengefühl an die Sache herangehen, hatte der Oberst gemahnt.

Arschloch – hätte der Major gerne geantwortet. Er sah partout nicht ein, warum ein Schreibtischhengst wie der Oberst, der die Arbeit in den Niederungen des menschlichen Charakters mehr aus Büchern und Seminaren denn aus dem richtigen Leben kannte, ihm Vorschriften in punkto Arbeitsweise machte. Wo gehobelt wird, fallen manchmal eben auch Späne, dachte er. Dass diese nicht immer mit den Karriereambitionen seines Chefs harmonierten, stand auf einem anderen Blatt.

Eigner werde schon den richtigen Modus finden, hatte der Oberst abschließend gesagt und ergänzt: „Wir rechnen damit, dass du die Sache noch vor Weihnachten zu einem guten Ende bringst!" Bevor er den Appell seines Vorgesetzten kommentieren konnte, hatte dieser aufgelegt. Nun gab es für den Major keinen Grund mehr, sich zurückzuhalten. Er fluchte laut und herzhaft, was ihm einen verwunderten Blick Stierschneiders eintrug, der eben vom WC zurückkam.

Eigner nahm noch einmal den Grundbuchauszug zur Hand. Als Eigentümer war ein Verein angegeben. „Christliche Gemeinschaft im Dienste des Nächsten", las er laut vor. „Kennst du die?"

Stierschneider hatte das Klopapier in den Kasten gestellt. Während Eigner schon mehrfach eine Rolle im WC vergessen hatte, achtete sein Kollege besonders penibel darauf, dass sich die Mitarbeiter der Bestattung, mit denen man sich das WC teilte, nicht am Polizeipapier vergriffen. „Das müssen die Ordensleute von der Kartause sein. Die sind ein Verein?"

„Ordensleute? Kartause?" Eigner runzelte die Stirn.

„Unten, Richtung Melk, die Kartause, sagt dir doch was, oder?"

Eigner nickte.

„Ein Orden hat das Gebäude übernommen und teilweise renoviert. Den alten Gutshof daneben führen sie als Pflegeheim."

„Was sind das für welche?"

„Eine katholische Gemeinschaft, soweit ich weiß. Sie haben einen guten Ruf, schreiben die Nächstenliebe groß, sind nicht nur auf Gewinn aus, so wie diese privaten Einrichtungen, die neuerdings wie Schwammerl aus dem Boden schießen, und nehmen sogar Leute, die sich so ein Heim im Grunde gar nicht leisten könnten", berichtete Stierschneider.

„Haben aber anscheinend trotzdem genug Geld, dass sie den Bau eines Begegnungszentrums finanzieren können."

Stierschneider bohrte gedankenverloren in der Nase. „Das wundert mich jetzt auch. Ich hab geglaubt, dass der Grund dem Stift gehört. Früher war das sicher so. Da waren ja mehrere Pächter darauf. Steht da nichts auf deinem Zettel?“ Er kam gemächlich näher und beugte sich über den Grundbuchauszug, den Eigner zu ihm hingeschoben hatte. „Interessant“, nuschelte er, nachdem er das Dokument studiert hatte.

„Die Gemeinschaft hat den Grund erst seit drei Jahren. Wir brauchen das Verzeichnis der gelöschten Eintragungen, dann sehen wir auch, wer in den fraglichen Jahren Pächter oder Eigentümer war.“

„Mhm.“ Stierschneider stapfte zu seinem Schreibtisch zurück.

„Kümmerst du dich darum? Die sollen dir einen Auszug aus der Grundstücksdatenbank machen“, sagte Eigner in einem Tonfall, der keinen Zweifel daran ließ, dass die höfliche Frage als Befehl zu verstehen war.

„Ja, ja“, brummte Stierschneider und griff nach dem Telefon.

„Und noch was brauch ich.“

Stierschneider hielt den Hörer abwartend in der Hand.

„Den aktuellen Vereinsregisterauszug und vor allem die Statuten von diesem Verein tät ich mir gern anschauen.“ Eigner wandte sich seinem Notebook zu. „Weißt, was ich noch eigenartig finde? Dass die da überhaupt eine Baugenehmigung bekommen haben. Das Gelände liegt doch im Überschwemmungsgebiet. Normalerweise kann man das höchstens landwirtschaftlich nutzen, oder wie siehst du das?“

„Wenn man die richtigen Leute kennt.“ Stierschneider grinste vielsagend. „Außerdem soll doch sowieso bald der Hochwasserschutz gebaut werden. Dein Schwager weiß da sicher mehr. Frag halt ihn einmal, wie das mit der Umwidmung zugegangen ist.“ Stierschneider schlug rasch die Augen nieder. Das boshafte Glitzern darin war Eigner dennoch nicht entgangen. Er stand auf, um die Tür zu seinem Büro zu schließen. Er wollte die Tatortfotos in aller Ruhe studieren. Lieber wären ihm Ausdrucke gewesen, die er in alter Manier an die Wand kleben oder an eine Filztafel heften konnte. Nachdem der Farbdrucker nicht funktionierte, musste er sich vorläufig mit der Bildschirmansicht begnügen. Er betrachtete die Aufnahmen sorgfältig, zoomte ab und zu ein Detail heran und ließ die Bilder auf sich wirken. Aus Erfahrung wusste er, dass sich mitunter eine Kleinigkeit, die seinem kriminalistisch geschulten Auge nicht gleich als wichtig auffiel, in sein Unterbewusstsein schummelte, um ihn dann, in einer der darauffolgenden Nächte, mit einem Geistesblitz aus dem Schlaf auffahren zu lassen. Neben den Bildern, die die Fundstelle so zeigten, wie er sie an jenem Nachmittag vorgefunden hatte, waren eine Reihe von Großaufnahmen einzelner Knochen darunter, und schließlich mehrere Fotos vom gesamten Skelett, oder vielmehr dem, was man davon gefunden hatte. Es fehlten einzelne Rippenbögen, der Unterkiefer und die Fingerknochen der rechten Hand. Ob die abgetrennt worden waren? Ein geschulter Pathologe würde das vermutlich an den Gelenken erkennen. Er vergrößerte die Aufnahme, die Auflösung war zu gering. Vielleicht sollte er sich das Skelett noch einmal selber genauer anschauen. Er war zwar nicht vom Fach, verfügte aber immerhin über langjährige Erfahrung und hatte in seinem Berufsleben schon allerhand vorgesetzt bekommen. Natürlich könnte auch ein Tier die Hand verschleppt haben, überlegt er. Aber das bedeutete, dass die Leiche nicht allzu tief vergraben gewesen war. Vielleicht war der Körper eine Zeitlang nur mit Zweigen und Laub abgedeckt gewesen, bevor man ihn in eine Grube gelegt hatte? Auch das war möglich und hätte den Verwesungsprozess beschleunigt. Andererseits musste man die Geruchsbelästigung bedenken. Die Fundstelle lag zwar ein wenig abseits, dennoch hätte der Verwesungsgestank bei entsprechenden Witterungsverhältnissen Verdacht erregen müssen. Vielleicht war auf dem Grundstück früher eine Gartenhütte gestanden oder ein Geräteschuppen? Dann konnte der Pfarrer auch darin umgebracht worden sein und man hatte ihn erst ein paar Tage später in sein Grab gelegt. Alte Pläne könnten weiterhelfen. Vielleicht hatte die Gemeinde welche? Aber brauchte man für eine Hütte oder einen Unterstand in Niederösterreich überhaupt eine Genehmigung? In Wien waren die Vorschriften da sehr großzügig, wie Eigner wusste.

Die Tatsache, dass man keine Textilfasern beim Skelett entdeckt hatte, gab ebenfalls Rätsel auf. Wenn der Täter oder die Täterin damit die Identität des Toten verschleiern wollte, war auch denkbar, dass man die Leiche verstümmelt, Fingerkuppen verätzt oder Zähne ausgebrochen hatte. Das allerdings verlangte eine große Portion Kaltblütigkeit.

Eigner stierte auf einen Fleck an der Wand gegenüber. Angenommen, Pater Ralf hatte gelebt, als er das Grundstück betrat. Was hatte er dort gewollt? War er in Begleitung gewesen? Womöglich hatte er sich zu einem Stelldichein mit einer Frau verabredet? Hatte ein eifersüchtiger Ehemann das turtelnde Paar überrascht und Ralf im Streit getötet?

Er klickte zum nächsten Foto. Der Schädel schien bis auf den fehlenden Unterkiefer intakt. Wäre Pater Ralf erschlagen worden, müsste ein Bruch oder ein Loch sichtbar sein. Eigner strich sich über seinen

Schnurrbart, dann öffnete er das Dokument mit dem Bericht aus der Gerichtsmedizin. Aus der Auflistung schloss er, dass man bereits allerhand Untersuchungen mit den Knochen angestellt hatte. Der toxikologische Befund zeigte keine Auffälligkeiten, was aber nicht bedeutete, dass der Pfarrer nicht doch an einer Vergiftung gestorben sein konnte. Nicht jeder Wirkstoff hinterließ Spuren im Skelett.

Leutnant Kummer war überzeugt, dass man die Todesursache mit den Mitteln der modernen Kriminaltechnik früher oder später klären werde. Eigner war in diesem Punkt skeptischer. Es war zwar selten, kam aber dennoch vor, dass Gebeine ihr Geheimnis einfach nicht preisgeben wollten. Wenn dann trotz fehlender Beweise ein Täter ausgeforscht wurde, geschah das auf Basis von Indizien. Eine unbefriedigende Variante, wie Eigner befand. Denn die meisten Beschuldigten bestritten die Vorwürfe bis zuletzt, sodass immer ein Rest von Verunsicherung blieb, ob man wirklich den Richtigen eingesperrt hatte, und auch die Angehörigen erhielten keine endgültige Gewissheit, die ihnen die Verarbeitung des Schicksalsschlags erleichtert hätte.

Er strich über die Unterlagen, die Stierschneider und er im Archiv ausgehoben hatten. Darin waren keine Hinweise darauf, wer Pater Ralf als Letzter gesehen hatte. Bestimmt hatte man auch die Zeit vor dem Verschwinden des Pfarrers soweit wie möglich rekonstruiert. Eigner fluchte verhalten. Irgendwo mussten diese verdammten Aufzeichnungen ja sein!

„Ja“, rief er unwirsch, als es an der Tür klopfte.

Stierschneider legte ihm wortlos ein paar Ausdrucke auf den Schreibtisch.

„Danke.“

„Der Vereinsregisterauszug ist dabei, die Statuten kriegen wir gemailt. Ich geh jetzt, oder soll ich Überstunden schreiben?“

„Passt schon, danke“, winkte Eigner ab.

Der Abteilungsinspektor hatte sich schon umgedreht, als Eigner doch noch etwas einfiel. „Du Ernstl, wegen der Frauengeschichten des Pfarrers, ist dir da einmal eine Drohung oder so was untergekommen, oder hat vielleicht ein eifersüchtiger Ehemann Andeutungen gemacht?“

Stierschneider schürzte die Lippen und dachte nach. „Da war einmal was, ja. Der Sepp hat sich mit dem Pfarrer angelegt, und da hat es Watschen gegeben. Er war betrunken und ist ausfallend geworden. Das hat sich der Pater Ralf nicht gefallen lassen, und der Sepp wollte vor seinen Saufkumpanen wahrscheinlich das Gesicht nicht verlieren.“

„Du redest vom Weißenböck?“

Der Abteilungsinspektor nickte.

„Hat ihn der Pfarrer angezeigt?“

„Nein, nein. Die haben sich so geeinigt.“

Eigner schwieg.

„Also ich muss jetzt wirklich“, sagte Stierschneider und tippte sich grüßend an die Stirn.

Nachdem der Abteilungsinspektor gegangen war, widmete sich Eigner den angeforderten Grundbuchauszügen. Es dauerte eine Weile, bis er sich in dem Dokument zurechtfand. Als er den Namen entdeckte, pfiff er überrascht durch die Zähne. Er schaltete den Computer aus, griff nach seiner Jacke und machte sich auf den Weg.

***

Das wuchtige Eingangstor stand offen. Nachdem Eigner den Weg bereits kannte, ging er durchs Vorhaus und klopfte an die Küchentür. Quer durch die gerippte Glasscheibe der Tür verlief ein Sprung. War der bei seinem letzten Besuch auch schon da gewesen?

Sepp Weißenböck saß mit einem Bier beim Küchentisch und rauchte. Vor ihm stand ein Emailtopf, über der Sessellehne hing ein Handtuch. „Wie bist du da hereingekommen?"

„Es war offen."

Weißenböck hustete bellend und schniefte. Erst jetzt nahm Eigner den Mentholgeruch wahr, der sich mit dem Zigarettenrauch mischte.

„Und, was willst?", fragte Weißenböck angriffslustig.

„Ein paar Fragen stellen."

„Ich wüsste nicht, worüber wir zu reden hätten!"

„Ich kann dir auch eine Einladung schicken, wenn du lieber auf den Posten kommst!" Eigner deutete auf einen der Sessel. „Ist's recht?"

„Wenn's sein muss." Weißenböck trank einen Schluck Bier und dämpfte seine Zigarette aus, um sich sogleich eine neue anzustecken. „Geht's wieder um meine Alte? Ich hab ihr seither nichts getan. Sie ist bei bester Gesundheit und besucht wen im Altersheim. Kannst selbst mit ihr reden, wennst mir nicht glaubst."

Eigner setzte sich zu Weißenböck an den Tisch und nahm den Grundbuchsauszug aus der Innentasche seiner Jacke, faltete ihn auseinander und strich das Papier glatt.

„Was ist das?" Sepp Weißenböck lugte neugierig zu dem Dokument hinüber.

„Ihr habts doch vor einigen Jahren ein Grundstück in Pacht gehabt, unten bei der Donau, stimmt's?"

„Wenn du es sagst."

„Steht im Grundbuch." Eigner tippte mit dem Zeigefinger auf den Auszug.

„Was fragst dann?“

„Wir haben dort die sterblichen Überreste von Pater Ralf gefunden. Du hast sicher davon gehört.“

„Wir sind schon lange nicht mehr Pächter!“ Weißenböck griff nach der Flasche und setzte sie an seine Lippen. Gleich darauf musste er neuerlich husten.

Tee wäre bei so einer Erkältung gesünder, dachte Eigner, verkniff sich die Belehrung jedoch.

„Sonst noch was?“

„Als der Pfarrer verschwunden ist, hat das Grundstück aber schon noch euch gehört. Und jetzt erklär mir, wieso einem ein frisches Grab in einem Obstgarten nicht auffällt?“

Weißenböck kniff die Augen zusammen. Die Längsfalten um seine Mundwinkel deuteten auf ein Magenleiden hin. Er reckte den Kopf, angriffslustig wie ein junger Hahn. „Ach so, du schießt dich auf mich als Sündenbock ein? Weil die hohen Herren vor Weihnachten noch einen brauchen? Das kannst du aber gleich wieder vergessen. Ich hab mit dem Scheiß-Garten nämlich nichts zu tun. Gar nichts. Den hat sich meine Alte eingebildet. Die paar Mal, die ich dort war, kann man an einer Hand abzählen. Und jetzt lass mich in Ruh, siehst doch, dass ich krank bin.“ Er schnüffelte demonstrativ und schnäuzte sich dann ausgiebig in ein gebrauchtes Papiertaschentuch.

„Eine Frage noch“, sagte Eigner. „Habt ihr dort eine Hütte gehabt?“

Weißenböck musterte den Major verständnislos. „Eine Hütte? Wieso willst du das wissen?“

„Ja oder nein?“

„So einen Geräteschuppen, nichts Besonderes. Einen Platz halt, wo man eine Scheibtruhe, eine Schaufel und solche Sachen unterstellen konnte.“

Eigner nickte. „Und wo war die in etwa?“

Weißenböck überlegte. „Der Baugrund schaut jetzt, wo die Bäume weg sind, ganz anders aus. Aber es kann schon in der Nähe von der Grube gewesen sein, wo man den Ralf ausgegraben hat.“

„Du warst also dort?“

Weißenböck kniff die Augen zusammen. „Ist nicht verboten, oder? Außerdem wirst du nicht viele Klein Dürnspitzer finden, die sich den Platz nicht angeschaut haben.“

„Wann hast eigentlich du den Pfarrer das letzte Mal gesehen?“

„Ich hab damals alles gesagt, was ich weiß. Der Meier hat es aufgeschrieben.“

Wenn er Weißenböck wissen ließ, dass man bisher kaum Protokolle und andere Unterlagen von damals gefunden hatte, konnte dieser ihm das Blaue vom Himmel erzählen, überlegte Eigner. „Mir nicht!“, fuhr er den Mann an.

„Nichts weiß ich über das Verschwinden des Pfarrers, rein gar nichts!“ Bei den letzten Worten schlug Weißenböck mit der flachen Hand auf den Tisch.

„Also, wann hast du ihn zum letzten Mal gesehen?“, wiederholte Eigner.

Weißenböck tat, als überlegte er. „Nach der Sonntagsmesse, zwei Tage bevor er dann weg war“, sagte er schließlich.

„Und wie war das mit der Schlägerei? Ich hab gehört, dass du auf Pater Ralf eifersüchtig warst?“, wechselte Eigner das Thema.

Weißenböck sprang auf. Die ausgebeulte Trainingshose, die er trug, schlotterte an seinen sehnigen Beinen wie an einer Vogelscheuche. Seine braunen Augen funkelten, die Ader an der Stirn schwoll an. „Daher weht der Wind. Hat die alte Dreckschleuder, dieser verrückte Tra, Tra, Trampel ...", Weißenböck ahmte die zuckenden Kopfbewegungen Connys nach, „wieder ihre Goschn aufreißen müssen?"

Auch Eigner hatte den Sessel zurückgeschoben und stand für den Fall der Fälle auf. Der Fernfahrer überragte ihn ein kleines Stück und roch aus dem Mund. Seine mausgrauen Haare waren aus der Stirn gekämmt und glänzten fettig.

Der Major stellt sich breitbeinig hin und stemmte die Arme in die Hüften. Er wusste, dass diese Pose durchaus beeindruckend wirkte. „Was soll das werden?", blaffte er. „Reg dich ab, setz dich gefälligst wieder hin und red wie ein normaler Mensch mit mir. Ich hab nicht gesagt, dass du den Pfarrer umgebracht hast. Erzähl mir, wie es zu dem Streit gekommen ist."

„Die Conny hat da oben", Weißenböck tippte sich mit seinem nikotingelben Zeigefinger an die Stirn, „nicht alle beisammen. Die hat einen Huscher, und dazu einen Pik auf mich, keine Ahnung wieso. Ich hab ihr jedenfalls nie was getan, auch wenn ich guten Grund dazu hätte." Er griff nach seinem Bier. Die Flasche war leer. Er wandte sich zum Kühlschrank um, zögerte und setzte sich dann endlich wieder hin.

„Was war mit dem Pater Ralf?", wiederholte Eigner die Frage geduldig.

„Eine b'soffene G'schicht", sagte Weißenböck verhalten.

Eigner schien es, als ob sich der Fernfahrer genierte. „Du warst betrunken und hast deshalb keine Hemmungen gehabt, hinzuhauen?"

Weißenböck wischte sich mit dem Handrücken über die Nase und zog kräftig auf. „Meine Alte hat mich geärgert, weil sie schon länger um den Pfaffen herumscharwenzelt ist. An dem Abend hat es mir endgültig gereicht und ich bin narrisch geworden. Irgendwie hat ein Wort das andere gegeben und dann hab ich hingehaut. Nicht fest, ehrlich nicht. Aber der Pfarrer ist wie ein Stück Holz umgefallen und ...“ Er machte eine nichtssagende Geste mit der Hand.

„... war verletzt“, ergänzte Eigner den Satz.

„Ein bisserl Nasenbluten“, fuhr Weißenböck auf. „Das ist doch kein Malheur, oder? Außerdem hab ich mich später entschuldigt, und der Pfarrer war kein nachtragender Mensch, da kannst jeden fragen, der ihn gekannt hat.“

„Mehr war nicht?“

„Wenn ich's dir sag, oder soll ich vielleicht auf die Bibel schwören?“, feixte Weißenböck provokant.

„Das könnte dir passieren, wenn es einen Prozess gibt und du als Zeuge vorgeladen wirst!“, sagte Eigner ernst und wischte damit das Grinsen aus dem Gesicht des Fernfahrers.

***

Als Eigner in der Einfahrt beim Haus seiner Schwester einparken wollte, stand Verenas Auto auf seinem Platz. Er stellte seinen Wagen am Straßenrand ab und ging ins Haus. Lautes Gekläff begrüßte ihn. Daran würde er sich gewöhnen müssen, wenn er den Hund tatsächlich bei sich aufnahm. „Grüß dich, Papa.“

Eigner wollte seine Tochter umarmen, doch Verena hob abwehrend die Hand und setzte das Gespräch auf ihrem Handy fort, das sie zwischen Ohr und Schulter eingeklemmt hatte.

„Servus. Wie geht's dir?“, fragte der Major, als sie das Telefonat beendet hatte.

„Alles bestens.“ Verena verzog die Lippen zu einem Lächeln, das gerade bis zu ihren Mundwinkeln reichte.

Wie meistens ging eine nervöse Unruhe von ihr aus, die sich in fahrigen Bewegungen äußerte.

„Bleibst du länger?"

„Ah, der Pauli ist auch schon da", begrüßte ihn seine Schwester, die mit mehreren Saftflaschen im Arm die Küche betrat. Sie kickte die Tür mit dem Fuß zu und stellte die Flaschen auf den Tisch. „Das sind vier mit Marillensaft. Schwarze Ribisel hab ich noch, aber den trinken die Kinder nicht so gern."

Verena nickte abwesend, während sie eine Nachricht in ihr Handy tippte.

Eigner kam sich überflüssig vor. Er sah Simon zu, der sich mit dem Hund balgte. „Fährst du mit der Mama weg?", wandte er sich an das Kind.

„Zum Alex, Geburtstag feiern. Schlafen darf ich auch dort." Jackie knurrte leise, als der Bub am Gummihuhn zog, das der Hund zwischen den Zähnen hielt.

„Simon, sekkier die Jackie nicht!", mahnte Verena das Kind. Dann wandte sie sich an Eigner. „Du Papa, stimmt das wirklich, dass du den Hund nehmen tätest?"

Eigner zögerte und registrierte dann, dass ihn sein Enkel aus den Augenwinkeln beobachtete. „Ich hab es dem Simon versprochen."

Verena wischte über das Display ihres Telefons. Dabei fiel Eigner der Ehering an ihrem Finger auf. Noch trägt sie ihn also, dachte er.

„Es wär nur für eine Übergangszeit. Wir finden dann sicher eine andere Lösung", sagte Verena und schenkte ihm neuerlich ein Lächeln, das ihm aufgesetzt erschien.

„Aber nicht das Tierheim", kam es von Simon, der den Hund fest an sich drückte, bis sich das Tier sträubte.

„Nein, eh nicht, und jetzt beeil dich!" Verena ging zum Küchentisch, wo die Saftflaschen aufgereiht standen. „Was kriegst du?“ Die Frage war an ihre Tante gerichtet.

„Ist schon recht“, winkte Hanni ab. „Dafür hilft der Simon bei der nächsten Ernte“, scherzte sie.

„Gib her“, sagte Eigner und griff nach den Flaschen. „Ich helfe dir.“ Verena verabschiedete sich von ihrer Tante und trieb ihren Sohn erneut zur Eile an. Während die drei die Küche verließen, hielt Hanni den winselnden Hund am Halsband fest und zog ihn zum Kühlschrank, um ihn mit einem Blatt Extrawurst von seinem Trennungsschmerz abzulenken.

Verena hatte das Kind ins Auto bugsiert und den Kofferraum ihres Renaults geöffnet, wo sie die Marillensaftflaschen in einer Klappbox verstaute. Eigner packte die Gelegenheit beim Schopf. „Du willst dich scheiden lassen?“, fiel er gleich mit der Tür ins Haus.

Verena stopfte eine Zeitung zwischen den Rand der Box und die Flaschen, damit diese während der Fahrt nicht gegen die Kante schlugen. Die dunklen Haare, die sie zu einem klassischen Pagenkopf geschnitten trug, verdeckten ihr Gesicht. Eigner wartete geduldig, bis sie sich zu einer Antwort durchrang. Diese fiel für seinen Geschmack reichlich ernüchternd aus.

„Ich will jetzt nicht darüber reden.“

Täuschte er sich, oder schwammen die Augen seiner Tochter in Tränen? Sie war kleiner und zierlicher als Michaela, seine verstorbene Frau. Aber in ihren Gesichtszügen war in manchen Momenten so viel Ähnlichkeit, dass es wehtat.

„Vielleicht tät es helfen?“

Verenas Haltung versteifte sich. „Dir?“, fragte sie so eisig, dass es den Major fröstelte.

„Als Vater macht man sich halt Sorgen“, gab er zurück und biss sich gleich darauf auf die Lippen. Er spürte, dass jedes weitere Wort den Graben zwischen ihm und seiner Tochter nur noch mehr vertiefen würde.

Verenas Mund war zu einem schmalen Strich geworden, ihr rechtes Auge zuckte. „Lass es. Ich krieg mein Leben schon selber auf die Reihe", sagte sie schroff. Sie warf den Kofferraumdeckel heftiger als nötig zu.

Eigner sah dem wegfahrenden Wagen nach. Schon lange hatte er sich nicht mehr so hilflos gefühlt.

„Moment", rief Hanni, als Eigner die Küchentür öffnen wollte. Seine Schwester hatte die Sitzfläche der Eckbank aufgeklappt und Schachteln, die sie darin aufbewahrte, auf den Küchentisch geschlichtet. Jackie, die in ihrem Körbchen neben der Kredenz lag, schaute auf, als der Major die Küche betrat.

„Ich glaub, der Verena ist es wirklich ernst mit der Scheidung."

„Hat sie mit dir darüber geredet?", antwortete Hanni mit einer Gegenfrage.

„Sie will nicht."

Hanni hörte die Kränkung in der Stimme ihres Bruders. Sie hatte gehofft, dass sich das Verhältnis zwischen Verena und ihrem Vater besserte, als der Major nach seinem Zusammenbruch mit dem Tod gerungen hatte. Doch Verena hatte offenbar die Sturheit der Eigners geerbt und war hart geblieben. Hanni seufzte. Auch wenn sie ihre Nichte verstand, hätte sie es gern gesehen, wenn sie dem Major ein Stück entgegengekommen wäre. Das Leben war im Grunde viel zu kurz, um es mit solchen Geschichten zu beschweren. Sie legte einen Stoß mit Zellophanhüllen auf den Tisch und begann, die Kartons zurück in die Bank zu räumen. „Zwischen Tür und Angel? Das ist auch kein guter Zeitpunkt. Außerdem ist sie vielleicht noch nicht so weit, dass sie mit ihrem Vater darüber reden will. Die hat sicher eine Freundin oder sogar mehrere, mit denen sie so was bespricht."

Eigner verzog den Mund. Seine Schwester hatte keine Ahnung. Auch wenn er mit Verena allein auf einer einsamen Insel wäre, würde sie ihr Gefühlsleben eher vor einer Palme als vor ihm ausbreiten. Was ihn am meisten daran quälte, war das Wissen, dass er selber schuld war. Im Grunde hatte seine Tochter Recht. Er hätte sich kümmern müssen, hätte für die Familie da sein sollen, statt sich in die Arbeit zu flüchten. Vielleicht hätte es geholfen, wenn sie damals miteinander geredet hätten, sie ihre Ängste und Sorgen bei ihm hätte deponieren können. Dazu war ein Vater schließlich da! Er hatte kläglich versagt. War froh gewesen, wenn sie heile Welt spielten, wann immer es Michaela besser ging. Jetzt war es zu spät. Er musste mit seinen Schuldgefühlen leben. Auch wenn es niemandem half und seine Frau nicht wieder lebendig machte.

Hanni hatte, während er seinen Gedanken nachhing, die Küche verlassen und kam nun mit einem Weidling voller getrockneter Apfelringe zurück. Eigner schnappte sich einen davon. Er schmeckte nach Advent. Der Major sah Verena vor sich, wie sie dem Nikolaus mit vor Aufregung geröteten Wangen ein Gedicht aufsagte. Beim Anblick des Krampus', der drohend seine Rute geschwungen hatte, war sie mit einem Schrei in die Arme ihrer Mutter geflüchtet. Das Bild hatte ihn gerührt, auch wenn ein Stachel blieb, weil das Kind seine ausgestreckte Hand ignoriert hatte.

„Unsere Äpfel sind die besten. Die Leute mögen das Knusprige, obwohl mir die weichen lieber sind." Hanni hatte begonnen, das Obst in die Zellophansäckchen zu füllen. „Wenn du Hunger hast, such dir bitte selber was aus dem Kühlschrank. Ich wart mit dem Essen noch, bis der Vater kommt." Sie schloss das Säckchen mit einem roten Geschenkband und zog die Enden zügig über die Kante der Scherenklinge, bis sie sich einringelten. Danach knüpfte sie einen Mini-Stern aus Ton an die Schleife.

Eigner straffte seine Schultern. Die Kommentare seiner Schwester hatten ihn in die Gegenwart zurückgeholt. Es hat keinen Sinn, über vergossene Milch zu jammern, wies er sich zurecht. Dann nahm er sich ein Stück Brot und ein Glas Marillensaft, den er mit Wasser verdünnte. Aber er würde einen neuen Versuch starten und die Sache mit seiner Tochter in Ordnung bringen. Irgendwann würde auch sie ihm verzeihen, hoffte er. Es reichte ja, wenn einer in der Familie sich schuldig fühlte. „Ich muss mit dir über diesen Pater Ralf reden. Wie war das denn damals, als er verschwunden ist?"

„Was meinst du?" Hanni bückte sich nach einem leeren Karton und stellte ihn neben sich auf die Bank. Dann legte sie das mit den Apfelringen gefüllte Säckchen hinein und griff nach der nächsten Zellophanhülle.

„Ich war ja damals auf dem Kurs in Holland. Du hast mir bestimmt irgendwann von der Sache erzählt, aber ich kann mich beim besten Willen an keine Details erinnern. Die Suche ist irgendwann eingestellt worden, das hab ich im Akt gelesen. Aber erzähl einmal, was dir noch einfällt."

Hanni legte die Stirn in Falten und dachte nach. „Er ist im Frühjahr verschwunden. Es war knapp um die Marillenblüte, so um Ostern herum. Ein genaues Datum weiß ich nicht mehr, aber ich kann in den alten Kalendern vom Vater nachschauen, der hat sich so etwas sicher aufgeschrieben."

„Brauchst du nicht, das hab ich in den Unterlagen. Es war Anfang April“, sagte Eigner und biss von seinem Brot ab.

„Magst keine Wurst darauf?“

Eigner schüttelte den Kopf. „Er war quasi über Nacht einfach weg.“

„Das war eine Heidenaufregung. Ich glaub, der Bischof hätte am darauffolgenden Sonntag kommen sollen ...“ Hanni drückte die Zungenspitze gegen die Oberlippe, was ein Zeichen dafür war, dass sie sich besonders konzentrierte. „Jetzt weiß ich es wieder. Der Seitenaltar, auf dem unsere wundertätige Madonna gestanden ist, ist frisch restauriert worden, dabei sind auch diese alten Fresken gefunden worden, und der Bischof hätte die Festmesse am Ostersonntag lesen sollen.“ Hanni griff in den Weidling, der inzwischen nur mehr halb voll war. „Dann war da die viele Polizei, sogar mit dem Bundesheer ist nach Ralf gesucht worden, und in der Donau sind sie gewesen mit den Tauchern. Natürlich haben auch unsere Leute geholfen, die Vereine, die Freiwillige Feuerwehr, die Landjugend ...“ Hanni strich sich eine Haarsträhne aus dem Gesicht. „Der Dunkelsteinerwald ist weitläufig. Man hat ja keine Anhaltspunkte gehabt, wohin die Kirchendiebe den Pfarrer verschleppt haben.“

„Und weil man ihn nicht gefunden hat, ist dann die Version aufgekommen, dass er selber das Kirchensilber gestohlen und sich damit aus dem Staub gemacht hat.“

Hanni schnaubte durch die Nase. „Daran hat keiner so wirklich geglaubt ... na, vielleicht die Polizisten aus Krems“, schränkte sie ein.

„Wann hast du ihn eigentlich zum letzten Mal gesehen?“

„Am Tag davor“, antwortete seine Schwester wie aus der Pistole geschossen. „Da ist er in seiner Dyane an mir vorbeigefahren und hat herausgewinkt. Ob das ein Abschiedsgruß war?“

Eigners Miene zeigte keine Regung. „Hast du damals dieses Gefühl gehabt?“

Hanni unterbrach ihre Arbeit für einen Augenblick. „Nein, ich glaube nicht. Aber später ist mir dieser Gedanke öfter gekommen.“

„Das würde aber heißen, dass er doch selber vorgehabt hat, Klein Dürnspitz zu verlassen. Die Frage ist nur, wieso?“ Der Major warf einen Blick auf die Küchenuhr.

„Der Pater Ralf war bei den Leuten beliebt, vielleicht mehr, als gut war.“ Eigners Schwester stellte die mit Apfelringen gefüllte Schachtel zur Seite.

„Mehr, als gut war?“

„Die Frauen sind auf ihn geflogen wie die Bienen auf den Nektar. Das hat kein gutes Blut gemacht. Eifersüchtige Ehemänner, zornige Väter, und dann erst die Weiber. Da sind die Hackeln tief geflogen. Ich glaub, manche reden heute noch kein Wort miteinander.“

„Der Quargel hat auch schon etwas in diese Richtung gesagt.“

Hanni richtete sich auf, ihre Wangen waren leicht gerötet. „Der war begehrt, so wie der ausgeschaut hat. Außerdem hat er eine so verständnisvolle Art gehabt“, geriet seine Schwester ins Schwärmen. „Du hast ja wirklich keine Ahnung, was sich da seinerzeit abgespielt hat. Eine Nichte vom Meier, dem ehemaligen Kommandanten von unserer Gendarmerie, weißt eh, der, der schon in Pension ist …“

„Was war mit der Nichte?“, unterbrach Eigner.

„Die hat einen Selbstmordversuch unternommen. Jedenfalls ist das damals geredet worden. Sie soll so in den Pfarrer verliebt gewesen sein, dass sie …“

„Was habt ihr Frauen bloß an dem gefunden?“, wunderte sich der Major. „Hat er euch etwas in die Hostien gemischt?“

Hanni warf ihrem Bruder einen mitleidigen Blick zu. „Geh, aus dir spricht doch nur der Neid. Einer, der wie ein Filmstar ausschaut, hat halt viele Verehrerinnen.“

Der Major hatte den Rest seines Marillensafts ausgetrunken und stellte das Glas zur Seite. „Filmheld? Vielleicht ein Pferdeflüsterer?“, witzelte er.

„Nein, wie der Redford hat er nicht ausgeschaut. Mehr so wie dieser amerikanische Schauspieler, der die Werbung für den Kapselkaffee macht. Fix, der Name liegt mir auf der Zunge.“

Eigner zuckte die Achseln. Mit Werbung kannte er sich nicht aus. „Ich weiß schon, dass man über Geschmack streiten kann, aber wenn ich mir seinen Zwillingsbruder ...“

Hanni kicherte wie ein Teenager. „Was? Der Pater Josef? Spinnst? Der schaut doch ganz anders aus als sein Bruder. Nach dem dreht sich keine Frau um.“ Sie räusperte sich. „Entschuldige, das war gemein. Der Pater Josef ist sicher ein netter Mensch.“ Hanni nahm den letzten Rest der Äpfel aus der Schüssel und stellte fest, dass ihr die Zellophanhüllen ausgegangen waren. „Lass mich nachdenken. Mir wird schon noch einfallen, wie dieser Schauspieler heißt. Kennst du diese Kaffeewerbung wirklich nicht? Da, wo eine sagt, dass er im Geschäft ist, und dann die ganzen Frauen kreischend hineinrennen?“

Eigner verneinte erneut.

Plötzlich sprang Hanni auf und hastete ins Wohnzimmer.

Der Major sah ihr verwundert nach.

„Schau, der da", sagte Hanni, als sie mit der Fernsehzeitung in der Hand zurück in die Küche kam. Sie legte das aufgeschlagene Magazin vor ihren Bruder hin und zeigte auf das lächelnde Gesicht eines attraktiven Mannes, durch dessen dunkles Haar sich graue Strähnen zogen. „So grau war der Ralf noch nicht, aber sonst war die Ähnlichkeit schon da", sagte seine Schwester und grinste zufrieden.

„George Clooney", buchstabierte Eigner. Natürlich sagte ihm der Name was. Nachdem er das Foto gesehen hatte, konnte er sich auch vorstellen, warum der Pfarrer bei den Weibsbildern einen solchen Eindruck gemacht hatte.

„Kannst du dich an die Dornenvögel erinnern?", fragte Hanni.

„Das war so ein Frauenfilm mit einem Pfarrer, oder?" Hätte man Eigner nach einem alten Western gefragt, wäre er sattelfester gewesen.

„Eine Serie, mit Richard Chamberlain als Pater Ralph, der sich in eine Frau verliebt und mit ihr sogar ein Kind hat, und trotzdem auf seine Kirchenkarriere nicht verzichten wollte."

Der Major zuckte die Schultern.

„Geh, da bist du doch dabeigesessen, wie die Mama und ich Rotz und Wasser vor dem Fernseher geheult haben."

Vor Eigners innerem Auge zuckten Erinnerungsblitze. Meist hatte er peinlich berührt das Weite gesucht, wenn Mutter und Schwester in Tränen aufgelöst in einem Kitschfilm geschwelgt hatten. Sein Vater hingegen hatte bissige Kommentare von sich gegeben, bis ihn die Mutter mit einem nett verpackten Arbeitsauftrag aus dem Wohnzimmer komplimentiert hatte.

„Aber wie kommst du vom Klein Dürnspitzer Pfarrer auf den Film?“

„Weil damals gemunkelt worden ist, dass wir ...“ Ein Rumoren im Vorraum lenkte Hanni ab. Jackie, die die ganze Zeit über gedöst hatte, sprang aus ihrem Körbchen und knurrte.

„Aus!“ Hanni warf einen Blick auf die Küchenuhr. „Das wird der Vater sein“, sagte sie. „Sei so gut und trag mir die Schachtel mit den Äpfeln in den Vorratsraum“, bat sie ihren Bruder. Dann strich sie ihre Schürze glatt, schlüpfte in eine Weste und ging dem Vater entgegen.

Nachdem der Major die verpackten, getrockneten Apfelringe, die seine Schwester auf dem Weihnachtsmarkt verkaufen würde, in den Keller gebracht hatte, hörte er gerade noch, wie der Bus, der den Vater gebracht hatte, aus der Einfahrt fuhr. Der alte Eigner hatte sich bei seiner Tochter eingehängt und hielt sich mit der anderen Hand am Geländer fest. Langsam erklomm er die Stufen, die zu den Wohnräumen führten. „Grüß dich, Vater“, sagte Eigner. „Passt alles?“

„Ja, ja“, nickte sein Vater. „Die Weibsbilder sind ganz wild auf mich“, kicherte er. „Dabei habe ich ihnen heute wieder ein Bummerl nach dem anderen angehängt.“ Der alte Mann strahlte. Eigner hielt den beiden die Küchentür auf. Seine Schwester half dem Alten auf seinen Platz auf der Eckbank. „Ich mach dir ein Grießkoch“, kündigte sie gleich darauf an. Jackie war schwanzwedelnd auf den Neuankömmling zugelaufen. Der alte Mann beugte sich ächzend hinunter und kraulte das Tier hinter den Ohren. „Braver Hund“, murmelte er.

Eigner setzte sich zu seinem Vater an den Tisch und klappte die Fernsehzeitung zu, die immer noch aufgeschlagen auf dem Tisch gelegen war. Seine Schwester stellte eine Kasserolle auf den Herd und goss Milch hinein.

„Hat der Klein Dürnspitzer Ralf am Ende auch eine Frau geschwängert, so wie der Fernsehpfarrer?“, nahm der Major das Thema von vorhin wieder auf.

„So was ist damals hinter vorgehaltener Hand erzählt worden“, antwortete Hanni.

„Wer kriegt ein Kind?“, fragte der Greis.

„Niemand. Wir reden vom Pater Ralf, dem ehemaligen Pfarrer, der vor zehn Jahren verschwunden ist“, sagte der Major.

„Der ist sicher zu den Kommunisten gegangen.“ Der alte Mann blinzelte und rieb sich mit der Hand über sein rechtes Auge.

„Da verwechselst du was, Vater!“, sagte Hanni vom Herd her.

„Blödsinn! Ihr redets doch von unserem früheren Pfarrer, dem die Frauen nachgestiegen sind, den der Weißenböck damals so verdroschen hat.“

Eigner horchte auf. Der Blick seines Vaters war glasklar. Er hatte heute wohl einen seiner besseren Tage. „Warst du dabei?“

„Fast“, sagte sein Vater. „Dem Pfaffen ist das Blut nur so aus dem Gesicht gespritzt. Der war ordentlich bedient, ist Tage später noch gehatscht.“ Der alte Mann griff nach der Fernsehzeitung.

„Weißt du noch, wann das war?“

Der Alte überlegte nicht lange. „Am Faschingsdienstag. Wir haben ordentlich gefeiert, und wegen dem blöden Streit war dann die ganze Stimmung beim Teufel.“

„War das in dem Jahr, wo er verschwunden ist?“

„Ja. Glaub schon, oder Hanni?“, wandte sich der alte Mann an seine Tochter.

Sie nickte bestätigend. „So viel ich mich erinnere, ja. Deswegen haben deine Kollegen den Sepp dann auch in die Mangel genommen. Die Mitzi war damals ziemlich schlecht auf die Polizei zu sprechen!"

Stierschneiders und Weißenböcks Versionen hatten nicht so dramatisch geklungen, wie das, was sein Vater eben erzählt hatte, dachte Eigner. War der Konflikt also doch heftiger gewesen, als der Fernfahrer eingestanden hatte? Von den Einvernahmen durch die Polizei hatte er auch nichts erzählt! Der Major beschloss, demnächst noch einmal genauer nachzuhaken. „Wieso soll der Pfarrer zu den Kommunisten übergelaufen sein?" Eigner hatte seine Hand auf die Zeitung gelegt. Er wollte nicht, dass sich sein Vater damit ablenkte, bevor er alles gesagt hatte, was er zu der Sache wusste.

„Weil der selber ein Kommunist war. Der ist mit so neumodischen Ideen dahergekommen, hat die Dirndln ministrieren lassen und die Mesnerin hat die Kommunion ausgeteilt."

„Das war die Pastoralassistentin", berichtigte Hanni ihren Vater.

„Ist ja wurscht. Die Weiber gehören vor den Altar und nicht dahinter. Den Leib Christi teilt der Herr Pfarrer selber oder höchstens ein Kaplan aus. Wenn der nicht mit diesem ganzen modernen Dreck angefangen hätte, dann tät es auf der Welt heute nicht so ausschauen", ereiferte sich der Alte. „Ist wirklich nicht schad um den." Der Greis klopfte mit der flachen Hand auf den Tisch. „So, und jetzt gib mir endlich die Zeitung herüber", fuhr er seinen Sohn an.

Eigner nahm seine Hand von der Fernsehzeitschrift. Die Brandrede des Alten erinnerte ihn an früher. Nicht umsonst hatte es ihn aus der Enge der ländlichen Umgebung hinaus in die Stadt gezogen. War es wirklich die richtige Entscheidung gewesen, hierher zurückzukommen? „Ich fahr dann", sagte er zu seiner Schwester.

Hanni deutete auf den Hund. „Den könntest gleich mitnehmen, damit er sich an dich gewöhnt."

Eigner zögerte.

„Ich hab morgen Markttag, da kann ich die Jackie nicht brauchen!"

„Komm, du Flohtackn", rief der Major den Hund. „Wo ist denn die Leine?"

„Hängt an der Garderobe", sagte seine Schwester und trug den Teller mit dem dampfenden Grießkoch zum Tisch.

Eigner hatte die Tür schon hinter sich zugezogen, als er sie noch einmal einen Spalt breit öffnete. „Wer soll jetzt das Kind mit dem Pfarrer gehabt haben?"

„Geh, das waren doch nur Gerüchte", wehrte Hanni ab.

„Wer?", fragte der Major ungeduldig.

„Die Nichte vom Meier war im Gerede, aber die ist immer noch kinderlos, und der Mitzi hat man auch ein Gspusi nachgesagt. Aber der Kevin ist vom Sepp. Das hat sie mir geschworen."

„Danke!" Eigner schickte sich an, die Tür erneut zu schließen.

„Du Pauli!", rief ihm seine Schwester nach. „Von mir hast du das aber nicht!" Sie bekam keine Antwort mehr.

Eigner legte Holz nach, die Scheiter knackten in den Flammen. Jackie kauerte schuldbewusst neben dem Ofen. „Du kannst ja nichts dafür", sagte der Major, den nun doch ein schlechtes Gewissen plagte, weil er so gepoltert hatte. Kein Wunder auch, nachdem er mehr als eine halbe Stunde lang den Rücksitz mit Seifenlauge bearbeitet hatte, weil der Hund darauf gekotzt hatte. Warum hatte ihm niemand gesagt, dass auch Tieren beim Autofahren schlecht werden konnte? Inzwischen hatte er sich Tee gekocht und rückte seinen gemütlichen Sessel vor den Ofen. Der Wind rüttelte hin und wieder an den Fensterflügeln.

Er griff nach Block und Kugelschreiber. Weißenböck, Pfarrer, Pater Josef, christlicher Verein notierte er. Dann blätterte er um und schrieb: Eifersucht, Macht, Intrige, Glaubensstreit, Kuckuckskind. Er drehte den Stift zwischen den Fingern und begann, ein drittes Blatt mit Stichworten zu füllen. Anschließend legte er die beschriebenen Seiten vor sich auf den Boden. Er griff nach seiner Teeschale und stellte fest, dass sie leer war. Im Gemüsefach des Kühlschranks waren noch zwei Dosen Bier eingekühlt. Es zischte, als er den Verschluss aufzog. Sein Blick fiel auf den Marillenbrand, den er für Notfälle gekauft hatte. Nur einen kleinen, dachte er, und griff nach dem Schnapsglas, das auf dem Fensterbrett stand.

***

Ein feuchter Waschlappen fuhr ihm übers Gesicht. Er drehte unwirsch den Kopf zur Seite und verfluchte den Arbeiter, der mit seiner quietschenden Scheibtruhe vor seinem Haus werkelte. Er würde ihm die Dose mit dem Kriechöl bringen, damit er das nervige Geräusch beseitigte. Als ihm der Waschlappen in die Nasenlöcher fuhr, setzte er sich mit einem Ruck auf. Sein Mund fühlte sich trocken an, sein Kopf dröhnte und es war kalt im Zimmer. Neben dem Kopfpolster hockte der Hund, der immer noch winselte. Eigner fluchte verhalten. Wie spät war es? Er musste unbedingt etwas trinken!

Seine Schlapfen waren nirgends zu sehen, und er hatte in seinen Kleidern geschlafen. Er schlurfte in Socken Richtung Badezimmer, drehte den Wasserhahn auf, wusch sich das Gesicht und spülte seinen Mund aus, um den pelzigen Belag auf der Zunge loszuwerden. Dann trank er ausgiebig, obwohl er wusste, dass ihm das kalte Wasser Magenschmerzen bereiten würde. Vielleicht sollte er noch ein oder zwei Stündchen schlafen, bei geöffnetem Fenster? Die frische Luft verwandelte seinen veritablen Kater im günstigsten Fall in ein erträgliches Kätzchen. Er warf einen Blick in den Spiegel, den er provisorisch auf einen Mauersims gestellt hatte. Sein Gegenüber sah zum Erbarmen aus – geschwollene Augenlider, käsiger Teint, Reste eingetrockneten Speichels am rechten Mundwinkel. In die dunklen Bartstoppel mischten sich weiße am Kinn. Der Gesamteindruck verbesserte sich nicht. Eigner dachte an die Sandler auf dem Wiener Praterstern. In diesem Zustand könnte er sich ohne weiteres als einer von ihnen ausgeben. „Wenn du so weitermachst, säufst du dich direkt ins Grab. Es wird Zeit ...“, sagte der Major zu seinem Spiegelbild. Das Bellen des Hundes unterbrach den Monolog. „Was ist, du Flohbeutel? Willst du mir etwa auch Vorhaltungen machen?“

Der Major wandte sich um. Wahrscheinlich hatte das Tier Hunger. Er zog die Kühlschranktür auf. Ob die Frankfurter noch genießbar waren? Er hielt die Packung von sich weg, als er sie öffnete, weil ihm vor dem Essensgeruch grauste. Jackie sprang begeistert an ihm hoch, als sie das Futter witterte. Der Major legte die Wurst auf den Boden. Der Hund machte sich sogleich darüber her.

Als Eigner zurück in Richtung Diwan schlurfte, trat er zum zweiten Mal in den kleinen, gelben See, der sich neben seinem Lehnsessel ausbreitete. „Scheiße", kommentierte er das Malheur. Er war doch auf dem Heimweg noch mit dem Hund draußen gewesen? Das Aufwischen verschob er auf später. Er streifte die Socken ab und ließ sich auf seine Schlafstelle fallen. Bevor er das Gesicht im Polster vergrub, griff er noch nach dem Wecker und stellte ihn auf halb elf.

Das Handy klingelte kurz nach zehn. Eigner tastete zunächst verschlafen nach dem Wecker, dann hob er ab. Es war Simon, sein Enkel, der sich nach dem Hund erkundigte.

„Alles bestens", versicherte Eigner. „Die Jackie ...", gerade noch rechtzeitig fiel ihm ein, dass es wohl keine gute Idee war, wenn er dem Buben sagte, dass ihn der Hund vermisste. Außerdem stimmte es gar nicht. Das Tier döste auf seinem Lehnsessel und schien sich in seiner neuen Umgebung recht wohl zu fühlen.

Nach dem Telefonat war er so weit wach, dass er endgültig aufstand, sich einen Tee kochte und sich dann unter die Dusche stellte. Er fühlte sich zwar immer noch nicht fit, aber deutlich besser als ein paar Stunden zuvor. „Wirst sehen, ab jetzt wird alles anders", sagte er zu Jackie und streichelte ihr über den Kopf. Dann griff er nach der Leine, was dem Tier sogleich begeistertes Jaulen entlockte.

Er gab ein forsches Tempo vor, was Jackie nicht störte. Nach einer Weile entschloss sich Eigner, den Hund frei laufen zu lassen, pfiff ihn jedoch zurück, sobald sich Jackie zu weit entfernte. Es klappte hervorragend, er war richtig stolz auf sich. Vielleicht hatte er sein Talent zum Hundehalter bis jetzt nur noch nicht erkannt?

Er hatte sich für den Treppelweg entlang der Donau entschieden. Es nieselte leicht und ein kalter Wind pfiff ihm um die Ohren. Ein wenig haderte er noch mit seiner Eitelkeit, schließlich zog er aber doch die wärmende Haube über seine Glatze, auf der, wie er zu spüren meinte, schon Eisblumen sprossen.

Die frische Luft regte seinen Kreislauf an und nach und nach konnte er auch wieder klarer denken. Er ging im Geist seine Listen durch. Bei den Weißenböcks würde er am Nachmittag vorbeischauen. Beim Pfarrer würde er es gleich nach dem Spaziergang versuchen. Göttweig musste warten, aber vielleicht konnte er zur Kartause fahren und mit jemandem von diesem christlichen Verein – wie hießen die gleich noch einmal? – reden. Dann fiel ihm ein, dass er vorher besser die Statuten lesen sollte, weil sich daraus möglicherweise Fragen ergaben. Kummer hatte sich auch noch nicht gemeldet. Wie lange brauchte der Nasenbär für seine Recherchen? Gab es womöglich wirklich nur so wenig brauchbares Aktenmaterial zum Verschwinden des ehemaligen Ortspfarrers? Hatte am Ende jemand seine Finger im Spiel gehabt und Unterlagen beiseite geschafft, und wenn ja, warum? Womöglich war die Kirche in die Sache involviert? Eigners Gedanken sprangen wie wild von einem Thema zum nächsten. Er bedauerte, keinen Notizblock dabei zu haben, um das, was ihm durch den Kopf schwirrte, zumindest auf dem Papier zu ordnen.

Der Major war Klein Dürnspitz in einem großen Bogen umgangen. Für den Rückweg wählte er die Route durch die Wein- und Obstgärten. Sie hatten auf der ganzen Strecke niemanden getroffen. Erst als sie sich dem Ort näherten, begegneten sie einem Jogger, der keuchend grüßte. Eigner leinte den Hund wieder an und begann, sich auf einen warmen Tee zu freuen.

Als er das Haus vor sich sah, fiel ihm ein, dass er die Frau noch nicht befragt hatte. Er überlegte, ob er gleich anläuten sollte. Viel Neues würde er vermutlich ohnehin nicht erfahren. Jackie schaute abwartend zu ihm auf, als der Major unschlüssig über den Gartenzaun linste. Das Haus war ziemlich verwahrlost. Stellenweise bröckelte der Putz ab, auf der rechten Seite fehlten ein paar Dachziegel und im Vorgarten wucherte Unkraut, das der Frost verbrannt hatte. Seit ihre Eltern gestorben waren, hatte sich wohl niemand mehr um notwendige Instandhaltungsarbeiten gekümmert. Soweit Eigner wusste, gab es sonst keine lebenden Verwandten mehr.

Das Klopfen an der Fensterscheibe nahm er erst wahr, als der Hund zu bellen begann. Die Frau hatte den Store zur Seite gezogen und winkte ihn heran. Er zeigte auf den Hund. Die Frau bedeutete ihm, zu warten. Wenig später hörte er das Tor in den Angeln quietschen. „Kommt rein“, sagte sie.

Eigner hatte in seinem Leben schon etliche Messie-Wohnungen gesehen. Diese hier gehörte zu den ärgeren. Die gebündelten Zeitungsstöße an den Wänden reichten bis zum Plafond. Dazwischen war ein schmaler Gang frei, durch den der Major gerade noch durchpasste. Conny – mit vollem Namen hieß sie Cornelia Reiter – war mit Hanni zur Schule gegangen. Lange Zöpfe hatte sie damals gehabt, so wie viele Mädchen in ihrem Alter. Und komisch angezogen war sie gewesen. Obwohl die wenigsten Familien zu jener Zeit viel Geld für Kinderkleidung ausgaben – die Kleinen trugen meist das Gewand der älteren Geschwister auf – war Conny mit ihren gerüschten Röcken, den Spitzenblusen und den engen Pullovern aufgefallen. Natürlich hatte man sie deswegen gehänselt. Gewonnen hatte, wer sie mit seinen Spötteleien zum Äußersten brachte. Auch Eigner hatte mitgetan, damals, in der Volksschule. Bis Hanni ihn dabei erwischt hatte. Sie hatte ihm ordentlich ins Gewissen geredet, danach hatte er sich nicht mehr getraut. Wenn er heute daran dachte, schämte er sich. Kinder können grausam sein. Er war keine Ausnahme gewesen.

„Durst?", fragte die Frau.

Er verneinte. Die Stapel im Vorraum ließen ihn vermuten, dass es auch in der Küche nicht viel besser aussah. Womöglich mischte sich dort auch noch Unrat in die Unordnung. Allein die Vorstellung davon ließ sein Verlangen nach einem heißen Tee schwinden.

Cornelia Reiter ging voraus. Der Raum, in den sie ihn führte, war als Wohnzimmer zu erkennen. Zwar lagen auch hier Berge von Papier, Magazinen und Zeitschriften – den Couchtisch konnte man nur erahnen, aber die Sitzflächen des Sofas und eines der beiden Fauteuils waren frei. Der Fernseher auf der Anrichte lief ohne Ton. Die Stehlampe daneben war eingeschaltet, obwohl genug Tageslicht durchs Fenster fiel.

Gegenüber war auf einer Kommode eine Art Altar mit gerahmten Fotos und Kerzen in silbernen Haltern aufgebaut. Kitschige Engelsfiguren ergänzten das Ensemble. Erst jetzt erkannte Eigner die Personen, die auf dem Plakat an der Wand dahinter abgebildet waren. Cornelia Reiter war dem Blick des Majors gefolgt. „Ich hab mitgespielt und bin in zwei Szenen deutlich zu sehen", sagte sie und wies auf das Plakat. „Soll ich dir die Andenken zeigen?"

Jackie hatte den Kopf in einen Korb vergraben, der neben der Tür stand. Der Hund reagierte nicht, als er ihn zu sich rief. Eigner packte ihn am Halsband und zog ihn zur Seite. „Platz!", befahl er. „Platz, Jackie!"

„Aus diesem Weinglas hat der Rudolf Prack getrunken, und das Halstuch da ist von der Cornelia Froboess. Von der Waltraut Haas hab ich ein Paar Schuhe gehabt, aber die hab ich hergeschenkt, und der Hans Moser, dieser Geizkragen, hat nichts hergeben wollen, obwohl ihn die Mutter so gebeten hat." Während der Major mit dem Hund beschäftigt gewesen war, hatte Cornelia die beiden Türen der Kommode geöffnet. Sie waren an der Innenseite mit Bildern aus dem Film beklebt. Auf den Ablagefächern waren die Erinnerungsstücke wie Devotionalien ausgestellt. Im Weinglas lag eine Plastikrose, das Halstuch war in Herzform auf einem Zierteller drapiert.

„Sehr schön", bemerkte der Major, der nicht recht wusste, wie er reagieren sollte. „Ich wollte sowieso schon mit Ihnen reden."

„Kannst ruhig du sagen. Bist schließlich auch ein Hiesiger, und deine Schwester war lang meine beste Freundin." Die Frau hatte sich zu ihm umgewandt. „Autogrammkarten habe ich auch. Sogar eine vom ersten Film, *Hofrat Geiger* hat der geheißen. Aber das *Mariandl* war die bessere Version. Der Peter Weck und die Conny Froboess waren so ein schönes Paar. Noch was muss ich dir zeigen." Cornelia verschwand in den angrenzenden Raum, in dem Eigner ein Bett ausmachen konnte. Als sie zurück ins Wohnzimmer kam, hielt sie ein gemustertes Kleid samt gerüschtem Unterrock vor ihren Körper. „Das Kleid hab ich mir nachnähen lassen. Genau so eines hat das Mariandl an, als es zum Hofrat in die Kanzlei kommt und noch nicht weiß, dass er ihr Vater ist. Der Petticoat ist aber ein Original", sagte sie und hielt den Unterrock in die Höhe. „Den hab ich vom Feuerwehrflohmarkt."

Eigner wurde langsam ungeduldig. Er nahm sich zusammen, weil er wusste, dass er sie nicht nervös machen durfte. Aber eigentlich kam sie ihm heute ziemlich normal vor. Vielleicht nahm sie Medikamente, die die Attacken unterdrückten?

„Ich muss mit dir reden", begann die Frau unvermittelt. „Setz dich doch", sie deutete auf das gepolsterte Sitzmöbel.

Eigner nahm Platz und wartete, bis sie ihm gegenüber saß. Im Gegensatz zu seiner Schwester sah sie alt aus. Sie war groß und hager, ihr Rücken war leicht gebeugt. Vermutlich litt sie an Skoliose. Falten furchten ihr Gesicht, die großen dunklen Augen glänzten. Sie wirkten fiebrig, wie Eigner fand. Ihm war ein wenig unbehaglich zumute, aber Cornelias Ankündigung hatte ihn auch neugierig gemacht.

„Ich hab immer gewusst, dass er irgendwann wieder auftaucht", begann sie und sah den Major bedeutungsschwanger an.

„Wer?" fragte Eigner, obwohl er instinktiv wusste, dass Cornelia von Pater Ralf sprach.

„Alles kommt ans Licht. Nichts bleibt verborgen", fuhr sie in einem eigenartigen Singsang fort. „Und wenn sie dir noch so oft den Mund mit Seife auswaschen."

Der Major wartete darauf, dass Cornelia konkreter wurde.

„Das Geheimnis des Lebens wird von Schwester Tod erstickt", murmelte die Frau.

„Was meinst du?" Der Polizist bemühte sich um einen ruhigen Tonfall.

„Frag die Mitzi. Sie kann es dir sagen. Das Kind weiß nichts."

„Die Weißenböck Mitzi?"

„Er ist von den Toten auferstanden, um die Wahrheit zu den Menschen zu bringen."

Der Major beugte sich nach vor. „Hast du schon länger gewusst, dass er tot ist?"

„Ich habe es gespürt." Cornelias Blick fokussierte den Major. „Er war ein Märtyrer, die sterben immer. Hast du denn im Religionsunterricht nicht aufgepasst?"

„Und wie ist er gestorben?"

„Wie ein Märtyrer." Die Frau lachte leise. „Du hast also wirklich keine Ahnung?"

„Du hast die Buben verscheucht. Warum warst du eigentlich dort? Hast du vielleicht auch gespürt, dass er dort begraben ist?" Der Major versuchte, keine Wertung in seine Frage zu legen.

Cornelia begann, nach vor und zurück zu schaukeln, ihre Mundwinkel zuckten.

Eigner hatte das Spiel allmählich satt. „Weißt du etwas über sein Verschwinden? Hast du etwas gesehen, damals vielleicht, als seine Leiche vergraben worden ist? Du machst dich strafbar, wenn du Beweise zurückhältst", sagte er heftiger als beabsichtigt.

Cornelias Kopf begann zu rucken, ihre knochige Hand schnellte nach vor. Jackie bellte. Wollte der Hund ihn verteidigen?

Eigner hob beschwörend die Hand. „Es war nicht so gemeint ...", versuchte er zu retten, was zu retten war.

„Sau, Sau", zischte die Frau, während ihr Kopf weiter zuckte.

Eigner wartete noch einen Moment, ob sie wieder zu sich kam. Es sah nicht danach aus. „Ich geh", sagte er und erhob sich aus dem Fauteuil. „Ich komme ein anderes Mal wieder. Morgen oder übermorgen, wenn du dich beruhigt hast.“

„Depp“, entfuhr es Cornelia.

„Depp“, hörte der Major noch einmal, als er das Tor hinter sich ins Schloss zog.

***

Im Saal war Hochbetrieb. Die Tische hatte man an den Längsseiten des Raums aufgereiht. Die Aussteller waren dabei, ihre Waren darauf zu platzieren. Einige hatten Weihnachtsdekoration mitgebracht, die den improvisierten Verkaufspulten Atmosphäre verleihen sollten. Der Platz, der Hanni zugedacht war, befand sich zwischen dem Stand des Blindenverbands, der Körbe, Bürsten und Besen zum Verkauf anbot, und dem der Caritas. Obwohl der Adventmarkt erst in zwei Stunden geöffnet werden sollte, waren die beiden jungen Männer, die den Tisch betreuten, bereits mit ihrer Arbeit fertig. Neben Gläsern mit geraspeltem Suppengemüse und Marmelade lagen bedruckte Einkaufstaschen und bunte Strickhauben. Unter dem Tisch stand eine Schachtel mit Nachschub, falls der Verkauf besonders gut lief. Hanni begrüßte die beiden, die schon im vergangenen Jahr ihre Standnachbarn gewesen waren. Christian, den älteren der zwei und Neffen ihrer Patentante, kannte sie seit dessen Geburt. Seine Eltern waren bei einem Autounfall ums Leben gekommen. Er selbst hatte das Unglück schwer verletzt überlebt, war jedoch seither stumm und geistig beeinträchtigt geblieben. Inzwischen war aus dem einst spindeldürren Bürscherl ein richtiges Mannsbild geworden.

Sein Freund Heinz, der besonders geschäftstüchtig war, wurde wegen seiner Statur Babe, manchmal auch Schweinchen Babe, gerufen. Wenn man ihn ließ, redete er wie ein Wasserfall, wobei man den Eindruck hatte, als führte er Selbstgespräche. Er war mit einem Wasserkopf geboren worden, und obwohl ihm bereits als Baby ein Shunt implantiert worden war, hatte ihn seine Mutter zur Adoption weggegeben. Hanni wusste von der Heimleiterin, dass Heinz gut integriert war und von einer Karriere als Verkäufer in einem der größeren Supermärkte in Krems träumte.

„Der Tante geht es gut?"

Christian nickte und zeigte dabei sein lückenhaftes Gebiss.

Hanni klopfte ihm auf die Schulter und ließ sich von den jungen Männern dann beim Hereintragen ihrer Waren helfen. Im Nu hatte sie ihren Stand aufgebaut und bat die beiden Burschen, auf ihren Tisch zu achten, weil sie noch etwas zu erledigen habe.

Mitzi Weißenböck ordnete die Messgewänder in der Sakristei. Sie fuhr herum, als Hanni an die Tür klopfte. „Meiner Seel, hast du mich erschreckt", sagte sie und griff sich an die Brust.

„Entschuldige. Das wollte ich nicht. Ich hab einen Stand beim Adventmarkt drüben. Wie geht's dir denn?"

„Brauchst du was?" Mitzi griff nach der Sonnenbrille, die sie in der Tasche ihrer geblümten Schürze aufbewahrte. Darüber trug sie eine gestrickte Wollweste. Es war kalt in dem länglichen Raum, in dem es keine Heizung gab.

„Lass nur!" Hanni deutete auf die Brille. „Vor mir brauchst du dich nicht genieren." Das Veilchen an Mitzis Auge hatte an den Rändern bereits einen Gelbstich, die Schürfwunde am Hals schien hingegen frisch. Mitzi bemerkte Hannis besorgten Blick. Sie wandte sich ab und hantierte geschäftig mit den Messbüchern im Kasten. „Mir geht es gut, mach dir keine Gedanken“, klang es dumpf zu Hanni hin.

„Weißt, ich wollt ja nur ...“ Eigners Schwester brach hilflos ab. „Ich mein, wenn ich was tun kann oder mein Bruder, der Pauli ...“

Mitzi richtete sich mit Schwung auf. „Dein Bruder? Nein danke! Der hat den Sepp in den Gemeindekotter gesteckt. Jetzt ist er verkühlt, hat Fieber und kann die Fuhre nicht nach Polen bringen“, brach es aus der Frau heraus.

„Der hat es bestimmt nur gut gemeint“, verteidigte Hanni den Major.

„Wenn sich nicht dauernd ungefragt andere Leute in unser Leben mischen täten, ginge es uns allen miteinander besser. Ich komm schon mit ihm zurecht, und wegen der paar Hieb ... da gibt es wirklich Ärgeres.“ Mitzi schloss die Kastentür resolut.

„Du musst was tun, schon allein wegen deinem Buben!“

„Ja, ja, ich weiß eh,“ seufzte Mitzi resigniert. Ihre Lippen zitterten. „Manchmal mag ich einfach nimmer. Vielleicht sollt ich mir den Strick nehmen, dann wär endlich eine Ruh.“

„Geh Mitzi, sag doch nicht so was!“ Hanni rang die Hände. Die Richtung, in die das Gespräch verlief, gefiel ihr gar nicht.

Mitzi schnaubte. „Ich tu es schon nicht, wär ja eine Sünde. Was tät denn der Herr Pfarrer sagen?“ Sie lachte bitter. Dann drehte sie sich um und zog ein Tuch aus der Lade des wackeligen Tisches, der gegenüber der verbauten Schrankwand stand. Sie schraubte die Flasche mit der Metallpolitur auf und begann, die Kerzenleuchter zu putzen. Das Licht, das durch das kleine vergitterte Fenster fiel, war trüb. Hanni schaltete die Deckenlampe ein.

Wieder klopfte es an der Tür, die sich gleich darauf öffnete. „Wenn man von der Sonne spricht“, begrüßte Hanni ihren Bruder. Er war etwas blass um die Nase, wie ihr vorkam, und hatte den Hund dabei, der Hanni schwanzwedelnd ankläffte.

„Was machst denn du da?“, wunderte sich der Major. „Ach ja, ist ja Weihnachtsmarkt“, fiel ihm dann ein. „Macht es dir was aus, wenn du uns allein lässt? Ich hätt was mit der Frau Weißenböck zu reden.“

Hanni nickte. „Komm doch später drüben vorbei“, forderte sie Mitzi auf. „Ich lad dich auf einen Kaffee ein.“

Eigner wartete, bis seine Schwester die Tür von außen zugezogen hatte. Mitzi rieb derweil weiter an einem Leuchter herum, der bereits glänzte und blitzte. Ihre Sonnenbrille hatte sie nun doch aufgesetzt, von Eigner nahm sie keine Notiz.

„Es geht um den ehemaligen Pfarrer, den Pater Ralf“, begann Eigner ohne Umschweife.

„Der ist tot, ich weiß.“

„Woher?“, fragte Eigner.

„Ja mei, wir sind halt ein kleiner Ort. Da wird geredet“, blieb die Frau vage. „Außerdem steht drüben vor dem Pfarrhof ein Übertragungswagen vom Fernsehen. Haben S’ den nicht gesehen?“ Sie strich sich eine Strähne, die sich aus ihrem Pferdeschwanz gelöst hatte, hinter die Ohren. Dann ging sie zu einem der Kästen und nahm ein Altartuch heraus. „Ich hab nicht viel Zeit. Ich muss die Kirche noch für morgen herrichten und ...“

„Haben Sie ihn gut gekannt?“

Sie zuckte die Schultern. „Wie man halt einen Pfarrer so kennt.“ Sie seufzte. „Um den ist es wirklich schad. Er war so ein herzensguter Mensch, hilfsbereit, großzügig ...“

„Wir haben Zeugenaussagen, dass sich Ihr Mann aus Eifersucht mit dem Pfarrer geprügelt hat, und zwar nur knapp bevor Pater Ralf aus Klein Dürnspitz verschwunden ist.“

„Darüber müssen Sie schon mit meinem Mann reden! Ich war nicht dabei!“ Mitzi Weißenböck drückte das Altartuch an sich.

„Das hab ich schon.“

„Was wollen Sie dann von mir?“, schnappte Mitzi.

„Die Geschichte aus Ihrer Warte hören. Eine Schlägerei mit dem Ortspfarrer ist schließlich keine Kleinigkeit.“ Eigner hatte sich an eine der Kastentüren gelehnt.

„Schlägerei“, äffte Mitzi den Polizisten nach. „Eine Watschn hat er ihm gegeben, und später hat es ihm leidgetan. Es war ihm halt nicht recht, dass ich als Mesnerin für den Pater Ralf gearbeitet habe. Außerdem hat sich der Sepp entschuldigt, das kann ich beschwören. Ich hab es mit eigenen Ohren gehört.“

„Ich hab geglaubt, Sie erinnern sich nicht?“

„Das habe ich nicht gesagt“, entgegnete Mitzi giftig.

Der Major unterdrückte seinen aufwallenden Ärger. Es ging ihm auf die Nerven, dass er der Frau jedes Detail einzeln aus der Nase ziehen musste. „Wann haben Sie den Pfarrer zum letzten Mal gesehen?“

„In der Früh an dem Tag, an dem er verschwunden ist. Da hab ich mir den Schlüssel aus dem Pfarrhaus geholt, weil ich die Kirche für eine Taufe hergerichtet habe“, sagte Mitzi, ohne lange nachzudenken.

„Ist Ihnen da irgendetwas aufgefallen? War der Pater anders als sonst? Angespannt, aufgeregt, ...?“

„Wieso schauen S’ denn nicht in die Protokolle? Das hab ich doch damals schon alles gesagt. Außerdem ist es ewig her!“ Frau Weißenböck klang genervt.

„Antworten Sie mir bitte auf die Frage oder muss ich Sie auf die Dienststelle kommen lassen?“

„Er war wie immer, gut gelaunt, und hat gerade gefrühstückt. Buttersemmel mit Marillenmarmelade und einen Kräutertee“, leierte Mitzi herunter. „Was noch? Ich hab es nämlich eilig.“

Eigner warf einen Blick auf den Hund, der brav neben dem Kasten hockte. „Hat er eigentlich einen Grund für seine Eifersucht gehabt?“

„Wer, mein Mann?“

Eigner antwortete nicht.

„Auch wenn Sie sich das vielleicht nicht vorstellen können, ich war früher einmal nicht unsauber! “Frau Weißenböck hatte angriffslustig das Kinn nach vor gereckt. Eigner beschlich eine leise Ahnung davon, was im Kopf ihres Mannes vorging, bevor er zuschlug. Er schob dieses Gefühl energisch zur Seite. Wer bei den Weißenböcks das Opfer war, stand nicht zur Debatte.

„Woher haben Sie das eigentlich? Von dieser Depperten?“

„Wen meinen Sie?“

„Na, die Conny, unser Möchtegern-Filmstar, das Ersatzmariandl. Jahrelang hat die Polizei nichts gegen sie unternommen. So eine darf ungestraft Touristen beschimpfen, Radfahrer anspucken und ihnen sogar die faulen Marillen hinterherpfeffern. Aber unsereins? Es ist höchste Zeit geworden, dass was geschieht“, schimpfte Mitzi.

„Aha, und was passiert?“, fragte Eigner.

Mitzi Weißenböck straffte die Schultern. „Entmündigt wird sie. Endlich. Das ist schon recht so! Die gehört eh weg aus dem Ort. Haben Sie ihr Haus gesehen? Der Garten ist die reinste Gstetten, alles miteinander ein

Schandfleck für die Gemeinde. Das sagt übrigens auch der Roman, Ihr Herr Schwager!"

„Aber muss man sie deswegen gleich wegsperren?", entfuhr es Eigner, den die Vehemenz, mit der Mitzi Weißenböck über Cornelia herzog, ärgerte.

„Wer wird denn eingesperrt? Können sich alle frei bewegen! Nur im Ort wird sie nicht mehr herumschnüffeln. Dazu ist der Weg zu weit. Hoffentlich!" Frau Weißenböck stieß die Tischlade mit einem Hüftschwung zu. „Die soll froh sein, dass sie nicht in einem Irrenhaus landet, obwohl sie dort sicher gut hinpassen täte. Wieso stecken Sie so eine nicht in den Gemeindekotter, Herr Inspektor, wenn sie sich aufführt und herumschreit?"

„Sie sind bös auf mich, weil ich Ihren Mann über Nacht auf dem Posten behalten hab!", folgerte Eigner.

„Wegen Ihnen und der Nacht im feuchten Keller ist der Sepp krank und kann nicht nach Polen fahren. Was glauben Sie, was sein Chef wieder für ein Trara gemacht hat?"

„Ihr Mann hat die Nacht im Kotter verbracht, weil er Widerstand gegen die Staatsgewalt geleistet hat und betrunken mit dem Auto fahren wollte", entgegnete Eigner kühl.

„Es hätte gereicht, wenn ihm der Ernstl den Schlüssel abgenommen hätte, so wie er es früher schon getan hat." Mitzi Weißenböck ging mit dem Altartuch über dem Arm zur Tür.

„Einen Moment noch." Eigner legte die Hand auf die Klinke. „Das Grundstück, auf dem die Überreste von Pater Ralf gefunden worden sind, hat, bevor es an diese Glaubensgemeinschaft verkauft worden ist, Ihnen gehört."

„Wir haben es in Pacht gehabt, ja." Mitzi wippte ungeduldig mit dem Fuß. „Und?"

„Auf dem Grundstück ist ein Grab ausgehoben worden. Wollen Sie mir weismachen, dass Sie das nicht bemerkt haben?“ Der Ton des Majors war scharf geworden.

Mitzi schluckte. „Ich hab nichts mit seinem Tod zu tun!“

„Wir gehen von einem Mord aus!“ Eigners eindringlicher Tonfall verfehlte seine Wirkung nicht. Mitzi Weißenböck stützte sich am Kasten ab. Ihre Finger zitterten. „Was wollen Sie von mir?“

„War Pater Ralf Kevins Vater?“

Mitzi zuckte zusammen, als hätte sie ein Peitschenhieb getroffen. „Wozu graben Sie diese alte Geschichte aus?“, fragte sie mit müder Stimme.

„War er es?“

Frau Weißenböck nahm die Sonnenbrille ab. In ihren Augen glitzerten Tränen. „Nein. Er war es nicht. Sie können den Bischof fragen. Ich habe sogar auf die Bibel geschworen. Der Kevin ist Sepps Sohn.“ Ihre Stimme war mit jedem Satz fester geworden.

„Dann haben Sie sicher auch einen Vaterschaftstest machen lassen?“

Mitzi Weißenböck kniff die Lippen zusammen und starrte den Major böse an. „Vielleicht sollten Sie einmal Ihre Frau Inspektor fragen, von wem ihr Bankert ist?“, fauchte sie.

***

Bevor Eigner den Pfarrer aufsuchte, ging er zur Kirchengasse, wo angeblich der Kombi der Fernsehleute geparkt war. Unter den Autos, die hier abgestellt waren, befand sich keines, auf das Mitzi Weißenböcks Beschreibung passte. Wahrscheinlich waren die Reporter schon wieder weg oder sie drehten woanders. Womöglich beim Fundort? Eigner überlegte, ob er hinfahren sollte. Einen Augenblick lang bereute er es, nicht mit dem Auto unterwegs zu sein. Andererseits, was könnte er ausrichten? Die Journalisten würden sich nicht daran hindern lassen, ein paar Aufnahmen zu drehen und Leute zu interviewen, die sich gern einmal selber im Fernsehen sehen wollten. Bis er bei dem Grundstück war, waren sie vermutlich längst über alle Berge. Er überlegte, ob er Stierschneider oder Dürr anrufen sollte, damit sie sich der Sache annahmen, verwarf den Gedanken aber gleich wieder, weil ihm einfiel, dass die Kollegen sonntags dienstfrei hatten.

Die Fassade des einstöckigen Pfarrhofes gleich neben der Kirche war mit Ranken überzogen. Die Weinblätter, die das Haus vom Frühjahr bis zum Herbst in wechselnde Farbpracht hüllten, waren abgefallen und entsorgt worden. Die kahlen Äste und Zweige umklammerten das Gebäude wie ein Skelett, ging es Eigner durch den Kopf. Die Fenster im Erdgeschoß waren mit kunstvoll verzierten schmiedeeisernen Gittern gesichert. Seitlich neben dem Haus führte eine Pforte in den Küchengarten, an den sich ein mit vielen Bäumen bestückter Obstgarten anschloss.

Pater Daniel öffnete selbst. „Kommen Sie nur herein, Herr Inspektor“, sagte er, nachdem Eigner sich vorgestellt hatte. „Es tut mir leid, dass Sie mich gestern nicht erreicht haben, aber nachdem wir Geistlichen immer größere Sprengel betreuen müssen, weil der Nachwuchs fehlt, bin ich viel unterwegs.“ Er hob bedauernd die Arme.

„Kein Problem“, sagte Eigner und zeigte auf Jackie. „Soll ich den Hund draußen anbinden?“

„Aber nein, nur immer herein.“ Der Pfarrer bückte sich hinunter und hielt Jackie die Hand vor die

Schnauze, die sie neugierig beschnüffelte, und streichelte ihr dann über den Kopf. Dabei fiel Eigners Aufmerksamkeit auf die großen, leicht abstehenden Ohren des Paters. Die schwarze Soutane des Pfarrers tat ein Übriges dazu, dass sich ihm das Bild einer Fledermaus, die kopfüber im Kirchengebälk hing, aufdrängte.

Der Major folgte dem Pfarrer in die Kanzlei, in der es angenehm warm war und nach Zimtsternen duftete. Pater Daniel wies auf einen Sessel am Besprechungstisch und bat Eigner, Platz zu nehmen. Dann bot er ihm Kräutertee an, der auf einem Stövchen warm gehalten wurde.

„Es geht um Ihren Vorgänger, den Pater Ralf", begann Eigner ohne Umschweife.

„Das ist lange her." Pater Daniel strich über seinen gepflegten Vollbart. Der Pfarrer war schlank, fast sehnig, bis auf das kleine Bäuchlein, das sich unter der Soutane abzeichnete. Er wirkte dynamisch und war höchstens Mitte fünfzig, also ungefähr in Eigners Alter. „Ich habe ihn leider nicht persönlich gekannt, aber man hat mir viel Gutes über ihn erzählt. Er soll sehr engagiert gewesen sein, aber das wissen Sie bestimmt schon. Gibt es etwas Konkretes, das Sie von mir erfahren möchten?"

Eigner hielt den Hund am Halsband fest, der sich sehr für den Teller, der auf dem Schreibtisch stand, interessierte. Pater Daniel war aufgestanden und hatte ein Wurstblatt vom Brot genommen. „Darf ich?"

Jackie fixierte den Leckerbissen und winselte. Unter diesen Umständen konnte Eigner schlecht Nein sagen. Während der Hund die Wurst verschlang, setzte der Major das Gespräch fort. „Wir ermitteln in verschiedenste Richtungen. Da ist einmal die Sache mit dem Raub. Die Wertgegenstände, die seinerzeit aus der Kirche gestohlen worden sind, sind unseres Wissens nie wieder aufgetaucht, oder haben Sie andere Informationen?"

„Leider nicht", sagte der Pfarrer. „Gerade um diese wundertätige Madonna ist mir besonders leid. Die wäre ein Glanzpunkt für die Einweihung der Kapelle nach der Restaurierung gewesen." Er kräuselte bedauernd die Lippen.

„Das andere Thema ist heikler", leitete Eigner diplomatisch ein. Der Pfarrer, der den Hund beobachtet hatte, schaute auf. „Man sagt Pater Ralf Frauengeschichten nach. Es soll auch Handgreiflichkeiten gegeben haben, weil Ehemänner meinten, Grund zur Eifersucht zu haben. Ist Ihnen da jemals etwas zu Ohren gekommen?"

Der Pfarrer stand auf, ging zum Fenster und sah in den winterlichen Garten hinaus. Jackie hatte in Erwartung eines weiteren Leckerbissens den Kopf gehoben. „Ich bin zwar Geistlicher, aber deswegen in weltlichen Dingen nicht unerfahren", begann Pater Daniel. „Und mir ist bewusst, dass in unserer offenherzigen und manchmal, man könnte sagen schamlosen Zeit viele Schranken gefallen sind und Dinge passieren, von denen man früher nicht einmal hinter vorgehaltener Hand gesprochen hätte."

Wenn du uneheliche Pfarrerskinder meinst, bist du aber auf dem Holzweg, dachte Eigner, ohne eine Miene zu verziehen.

„Wir könnten jetzt über die allgemeine Gottlosigkeit und den Sittenverfall philosophieren, aber ich will Ihnen eine solche Debatte ersparen." Der Pfarrer hatte sich umgewandt und ans Fensterbrett gelehnt. „Ich bestreite nicht, dass der Zölibat für manche eine große Prüfung ist, und dass es sogar Priester gibt, die straucheln. Aber die Mehrheit ist fest im Glauben und kennt die Grenzen, die nicht zu überschreiten sind."

Eigner setzte zu einer Entgegnung an.

Pater Daniel hob die Hand. „Einen Moment noch, bitte." Er räusperte sich. „Haben Sie die Sache auch schon von der anderen Seite her betrachtet?"

„Wie?", entfuhr es dem Major.

„Dass diese angeblichen Frauengeschichten mehr den Charakter von Wunschträumen haben? Ein attraktiver Mensch löst Begierden aus, das sollte gerade Ihnen als Polizist nicht fremd sein", holte der Priester aus. „Vielleicht wurden Möglichkeiten zu Tatsachen umfabuliert. Sie wissen, wie schnell ein Gerücht Junge bekommt, wenn es einmal in der Welt ist. Nicht umsonst gibt es das achte Gebot."

Eigner trank den letzten Rest seines Kräutertees und stellte die Tasse ab. „Herr Pfarrer, Sie sagen selber, dass es hin und wieder vorkommt, dass sich ein Geistlicher ..."

„Von einer Frau verführen lässt", fiel ihm Pater Daniel ins Wort. Er nickte bekräftigend. „Eine Frau ja, so, wie es schon in der Bibel steht. Es war Eva, die Adam den Apfel gereicht hat."

Eigner kannte die Geschichte und kam zum Schluss, dass er von einem Pfarrer mit solchen Ansichten keine Bestätigung des Gerüchts erwarten durfte. „Sie meinen also, dass wir uns mit dieser Spur auf einem Holzweg befinden."

„Sagen wir es so. Es würde mich sehr wundern, wenn ein so verdienter Priester wie Pater Ralf über eine solche", der Pfarrer suchte nach einem passenden Ausdruck, „Sache gestolpert wäre."

„Herr Pfarrer, noch etwas anderes." Eigner tätschelte Jackies Kopf, ohne Pater Daniel aus den Augen zu lassen. „Wie ist eigentlich Ihr Verhältnis zum Verein der Christlichen Gemeinschaft im Dienste des Nächsten?"

Daniels souveräne Selbstsicherheit wich einer zurückhaltenden Skepsis. „Gut, wieso fragen Sie?“

„Sie sind im Vorstand des Vereins.“ Eigner hatte erwartet, dass der Pfarrer diese Information von sich aus preisgab.

„Erst seit drei Jahren.“

„Wie muss man sich diesen Verein als Laie vorstellen?“

„Die Christliche Gemeinschaft ist so eine Art Urchristentum. Leute, die die Essenz des christlichen Glaubens zurück in den Alltag bringen wollen, sich auf die wahren Werte besinnen und den Menschen Halt und Sicherheit in diesen unruhigen Zeiten geben wollen.“

Pfarrer Daniel klang nun wie ein Missionar. „Das Altersheim bei der Kartause ist nur eines von mehreren Projekten, in denen sich der Dienst am Nächsten manifestiert.“

„So wie das geplante Begegnungszentrum?“

„Richtig!“ Der Pfarrer nickte. „Wir wollen auch die Jungen gewinnen. Das ist mit ein Grund, warum ich mich in den Vorstand habe wählen lassen. Glauben Sie mir, es gibt viele, die sich nach einer Gemeinschaft sehnen, in der sie sich geborgen und aufgehoben fühlen können. Die traditionelle Familie zerbricht zunehmend, Sie müssen sich ja nur die Scheidungszahlen ansehen. Wer, wenn nicht die Kirche, soll diese Lücke schließen?“

„Pater Ralf ist dem Verein kritisch gegenübergestanden“, sagte Eigner.

„Davon habe ich gehört, und es tut mir sehr leid, dass ich seine Beweggründe nicht persönlich mit ihm diskutieren konnte. Wissen Sie, es ist immer schwierig, wenn sich eine Gruppe, die die Gesellschaft erneuern will, zusammenschließt. Da gibt es natürlich anfangs unterschiedliche Auffassungen über den richtigen Weg. Aber diese Diskrepanzen, wenn man es überhaupt so nennen kann, sind längst beigelegt. Der Bischof hat die Gemeinschaft prüfen lassen, so wie alle Organisationen, die sich im katholischen Umfeld etablieren wollen. Für ihn gab es nichts zu beanstanden, ganz im Gegenteil, er hat die Arbeit der Gemeinschaft in den vergangenen Jahren immer wieder lobend hervorgehoben. Wir sollten also froh sein, dass es diese engagierten Menschen gibt." Pater Daniel lächelte salbungsvoll.

„Gibt es eigentlich noch persönliche Gegenstände von Pater Ralf, die im Pfarrhof verwahrt werden? Kleidung, Bücher, Briefe?"

Der Pfarrer fuhr sich mit dem Zeigefinger über den Mundwinkel. „Das kann ich mir nicht vorstellen. Ich bin mir sicher, dass die Polizei damals alles, was ihr irgendwie wichtig erschienen ist, mitgenommen hat, und seine Familie wird wohl den Rest erhalten haben. Die Frau Weißenböck kann Ihnen da vielleicht Genaueres dazu sagen. Suchen Sie nach etwas Bestimmtem?"

„Eine Routinefrage", winkte Eigner ab. „Sagen Sie, da war doch vorhin ein Kombi vom Fernsehen draußen in der Kirchengasse geparkt. Waren die Reporter bei Ihnen?"

„Ja. Sie haben ein paar Fragen gestellt und das Pfarrhaus gefilmt. Eigentlich wollten sie auch Innenaufnahmen machen, aber das habe ich nicht erlaubt."

„Und was wollten sie wissen?"

„Wie das damals so war, als Pater Ralf verschwunden ist, und ob ich eine Theorie habe, wer ihn umgebracht haben könnte."

„Aasgeier!", brummte der Major in sich hinein.

„Wie?"

„Nichts, nichts“, winkte Eigner ab. „Was haben Sie ihnen erzählt?“

Pater Daniel hob ungehalten die Hände. „Nichts. Ich weiß ja auch nichts, und ich habe wirklich keine Ahnung, warum der arme Mensch auf diese Weise sterben musste. Einen Pfarrer ermorden, das ist doch wirklich schändlich“, ereiferte er sich. „Ich hoffe, Sie finden den Schuldigen bald, damit die Gemeinde endlich wieder zur Ruhe kommt.“

„Wir tun, was wir können“, sagte Eigner. Dann erhob er sich, dankte der Fledermaus für ihre Zeit und den Tee und sah zu, dass er aus dem Pfarrhof kam. Jackie zierte sich ein wenig. Sie wäre offenbar gern noch länger in der heimeligen Kanzlei beim Pfarrer und seinem Wurstbrot geblieben.

Die Kopfschmerzen, mit denen der Major vor mehr als drei Stunden losmarschiert war, meldeten sich zurück. Er wollte endlich nach Hause und hatte auch keine Lust, seiner Schwester noch einen kurzen Besuch auf dem Adventmarkt abzustatten.

Sepp Weißenböck würde er morgen noch einmal aufsuchen. Nachdem er krank war, lief er ihm ohnehin nicht davon. Er selbst würde den restlichen Nachmittag und Abend daheim verbringen und die Eindrücke aus seinen Befragungen verdauen.

***

Sonntags aß Eigner, seit er wieder in Klein Dürnspitz war, fast immer bei seiner Schwester. Die Sonne, die am frühen Morgen noch zwischen den Wolken hervorgeblinzelt hatte, war hinter dichten Wolken verschwunden. Trotzdem ging der Major lieber zu Fuß, als den Hund ins Auto zu packen. Für die Zukunft musste er sich da etwas überlegen. Bestimmt gab es Plastikboxen, in die man Jackie setzen konnte, und die man, wenn ihr wieder schlecht wurde, einfach auswusch. Oder er breitete eine beschichtete Campingdecke auf den Rücksitz. Vielleicht half es auch, wenn er das Tier erst nach dem Autofahren fütterte? Er würde Verena um Rat fragen.

Er pfiff nach dem Hund, der an der Friedhofsmauer schnüffelte. Jackie ließ sich nicht stören. „Pfui", rief er, packte das Tier am Halsband und zog es zur Seite. Jackie kaute an einem Einwickelpapier. Es dauerte eine Weile, bis sie ihm ihre Beute überließ. Diesen Erfolg hatte der Major weniger seinem eindringlichen Zureden als vielmehr dem Umstand zu verdanken, dass das Papier anscheinend doch nicht den erwarteten Genuss gebracht hatte. Eigner ging zum wiederholten Mal der Besuch einer Hundeschule als sinnvolle Investition in die Zukunft durch den Kopf. Zumindest würde er sich ein Fachbuch anschaffen, in dem er die Grundregeln der Haustierhaltung nachlesen konnte.

Eigner und Jackie setzten ihren Weg entlang der Mauer fort. Der Blick des Majors fiel auf die gepflegten Gräber. Michaela kam ihm in den Sinn. Ob sie damit einverstanden wäre, wenn er sie nach Klein Dürnspitz umbetten ließ? Er zweifelte daran und sog die kalte Winterluft tief in die Lungen. Im Grunde war es nicht wichtig, wo sich ihre Überreste befanden. Sie hatte ihren Platz in seinem Herz und würde ihn behalten, solange er atmete. Er rief den Hund, um ihn an die Leine zu nehmen, bevor sie in den Güterweg, der hinauf zur Bundesstraße führte, einbogen.

„Ich brauch noch ein bisserl", sagte Hanni, als er mit Jackie die Küche betrat. Seine Schwester stand an der

Abwasch und zupfte den Salat in mundgerechte Stücke. „Du könntest inzwischen den Tisch decken“, trug sie ihm auf. „Die Verena bringt den Buben erst am Abend. Dafür ist er über den Feiertag da.“

„Wo ist der Vater?“

„Vor dem Fernseher. Im Regionalprogramm übertragen sie einen Frühschoppen.“ Die Tür zum Wohnzimmer stand einen Spalt breit offen, die beschwingten Klänge der Blasmusik drangen bis in die Küche.

„Und der Roman?“

Hanni warf einen Blick auf die Küchenuhr. „Muss jeden Augenblick kommen.“

Eigner nahm die Teller aus der Kredenz und stellte sie auf den Tisch. „Hat sich die Mitzi bei dir über mich beschwert?“

Hanni trocknete sich die Finger am Geschirrtuch ab. „Du wirst schon wissen, wie du deine Arbeit zu machen hast, und die Mitzi ist auch nicht immer einfach. Sie hat es nicht leicht im Leben, ihr Vater hat den Hof verspielt, der Sepp sauft und die Kinder haben das Weite gesucht, sobald es ging, weil sie es daheim nicht ausgehalten haben. Einzig der Kevin ist ihr noch geblieben, aber selbst den kann sie kaum bändigen.“ Hanni schüttelte traurig den Kopf. „Ich tät ihr ja gern helfen, wenn ich nur wüsste, wie.“

„Red mit ihr, dass sie sich von ihrem Mann trennt“, schlug der Major vor.

„Geh, was glaubst, wie oft ich ihr das schon geraten hab? Aber es ist halt auch schwer, wenn man sich nicht hinaussieht. Beim Pfarrer verdient sie viel zu wenig, als dass sie sich und den Buben damit durchbringen könnte. Außerdem bin ich mir nicht sicher, ob der Sepp den Kevin nicht schon längst gegen die Mutter aufgehetzt hat.“ Hanni beugte sich wieder über ihren Salat.

„So junge Kinder kriegen bei strittigen Scheidungen meistens die Mütter zugesprochen, und Unterhalt wird der Sepp auch zahlen müssen“, sagte Eigner, bevor er das Thema wechselte. „Stimmt das eigentlich, dass die Reiter Cornelia entmündigt wird?“

Seine Schwester nahm eine Salatschüssel aus der Kredenz. „Es gibt Leute, die sich für das Grundstück interessieren. Vor ein paar Jahren hat der Gebetspichler schon einmal angefangen, Stimmung gegen die Conny zu machen. Der Amtsarzt hat damals aber nicht mitgetan. Und jetzt probieren sie es wieder, und so wie es ausschaut, haben sie diesmal mehr Erfolg.“

„Hilft ihr denn niemand?“

„Ich hab den Roman gefragt, ob er was für sie tun kann. Weißt du, ich mach mir Sorgen um sie.“ Hanni griff nach dem Topflappen und hängte ihn auf seinen Haken. „Ich glaub nicht, dass sie es verkraftet, wenn man sie in ein Pflegeheim sperrt. Sie wohnt schon seit Jahren allein und ist es nicht gewohnt, wenn dauernd Leute um sie herum sind. Die machen sie nervös und dann flippt sie aus. Du hast es ja selber erlebt.“

„Dann wird man ihr Beruhigungsmittel geben“, sagte Eigner nüchtern.

„Wenn sie sich nicht vorher etwas antut.“ Hanni runzelte sorgenvoll die Stirn.

Im Inneren des Majors begann eine Alarmglocke zu schrillen. „Traust du ihr das zu?“

„Sie hat einmal davon geredet, dass sie lieber in die Donau geht als in so ein Heim.“

Eigner dachte an den Friedhof der Namenlosen in Wien, zu dem Michaela, als sie ein junges Paar gewesen waren, gern geradelt war. Sie hatte sich Geschichten zu den unbekannten Ertrunkenen, die die Donau angeschwemmt hatte und die in dem Totenacker direkt am

Fluss bestattet waren, ausgedacht. Sie war gern allein im feuchtkühlen Schatten der Bäume am Wasser gesessen und hatte auf die Wellen gestarrt, während er sich im nahegelegenen Gasthaus ein Bier gegönnt hatte. Später hatte er manchmal überlegt, ob ihm damals schon etwas auffallen hätte müssen. Aber seine Frau hatte zufrieden gewirkt und ihre Ehe hätte er, ohne lange zu überlegen, als glücklich bezeichnet.

„Der Gebetspichler wird keine Ruhe geben, bis er den Grund hat. So wie das Haus ausschaut, kommen sie ihr gar noch mit der Baupolizei", drängte sich Hannis Stimme in Eigners Ausflug in die Vergangenheit.

„Hat sie keine Verwandten, die sich um sie kümmern können?"

„Nur einen Onkel, aber der ist selber schon alt und lebt irgendwo in Deutschland, soviel ich weiß."

„Die Kirche!", schlug Eigner vor.

„Seinerzeit hat sich der Pater Ralf für sie eingesetzt. Aber der neue Pfarrer ist anders. Der meint, dass das Pflegeheim bei der Kartause nicht die schlechteste Lösung für sie ist."

Eigner griff nach dem Besteck. „Vielleicht kannst du mit ihm reden und er ändert seinen Standpunkt?"

„Das hab ich auch schon überlegt. Aber momentan geht mir unser Pfarrer so was von auf die Nerven, dass ich es nicht fertigbringe, ihn auch noch auf die Conny anzureden", brach es aus seiner Schwester heraus. „Er mischt sich schon wieder in Sachen ein, die ihn überhaupt nichts angehen. Macht er mir doch glatt Vorhaltungen, weil ich den Vater ins Tageszentrum nach Mautern schick."

Eigner legte das Besteck neben die Teller. „Was mischt sich der Kuttenbrunzer da überhaupt ein? Das ist doch unsere Sache!"

„Pauli, bitte!“

„Was!“ Eigners Augen funkelten. „Die glauben immer noch, dass sie überall mitreden dürfen. Soll ich ihm sagen, dass er sich da heraushalten soll?“, fragte Eigner grimmig.

„Lass es. Damit machst du es am Ende nur schlimmer.“

„Was hat er gesagt?“ Noch immer war dieser Unterton in Eigners Stimme.

„Von alten Bäumen, die man nicht verpflanzen soll, hat er was gefaselt – ist auch nicht so wichtig. Erzähl lieber, was bei deinem Fall weitergeht.“

„Was heißt nicht verpflanzen? Hat er einen besseren Vorschlag?“

„Er hat gemeint, dass die vom ehemaligen Siechenheim neben der Kartause, das der Orden übernommen hat und jetzt als Pflegeheim führt, auch Helfer direkt in die Familien schicken.“ Hanni schüttelte das Sieb mit dem Salat, damit das Wasser abfloss, und kippte ihn dann in die Schüssel. „Im ersten Moment hab ich tatsächlich ein schlechtes Gewissen gekriegt und überlegt, ob sich der Vater vielleicht beim Pfarrer ausgeweint hat. Aber ich wüsste nicht, wo die zwei ohne mich zusammengekommen wären.“

„Den Vater hast du nicht gefragt?“

„Mit dem ist es heute wieder schwierig. Er bildet sich ein, dass wir mit einem Eisstoß rechnen müssen, und ist mir den ganzen Vormittag damit in den Ohren gelegen, dass wir das untere Geschoß ausräumen müssen, damit der Schaden dann nicht so groß wird.“

Eigner erinnerte sich an dramatische Szenen, als Klein Dürnspitz in seiner Kindheit und Jugend mehrmals vom Hochwasser betroffen gewesen war. Seine bettlägerige Großmutter wäre einmal beinahe ertrunken.

Sein Vater hatte sie im letzten Augenblick huckepack ins obere Stockwerk getragen. Neben dem Tor des Elternhauses war, wie bei vielen anderen Gebäuden im Ort, die Marke des letzten Jahrhunderthochwassers eingekerbt. Der Gemeinderat hatte zwar vergangenes Frühjahr den Bau einer Schutzmauer beschlossen, allerdings fehlte noch immer eine Finanzierungszusage der Landesregierung. Allein konnte die Gemeinde die Kosten nicht tragen, wie Eigners Schwager schon öfter geklagt hatte. Der Major nahm den Topfuntersetzer aus dem Zeitungsständer neben der Anrichte und legte ihn in die Mitte des Tisches. „Ich werde trotzdem mit dem Pfarrer reden."

Seine Schwester ging nicht auf seine Ankündigung ein. „Ich glaub ja, dass es gar nicht um den Vater geht, sondern dass der Pfarrer die Leiterin vom Tageszentrum nicht mag, weil sie schon öfter die Art kritisiert hat, wie er mit den Leuten umspringt und dass er seine Schäfchen nicht ernst genug nimmt."

„Wie meint sie das?"

„Der Pfarrer hat Angst, dass ihm seine Felle davonschwimmen und er am Ende nichts mehr zu reden hat, wenn sich die Laien zu sehr einmischen." Hanni marinierte den Salat und sparte dabei nicht mit dem Traubenkernöl. Dann zog sie den Druckkochtopf von der Platte. „Weißt du, wie ich den Pater Ralf in der ersten Zeit vermisst hab? Als der Pfarrer war, ist irgendwie was weitergegangen. Dann haben wir drei Jahre einen Kaplan aus Indien gehabt, der auch noch halbwegs passabel war. Verstanden haben wir ihn halt schlecht, weil sein Deutsch so miserabel war. Unser jetziger Pfarrer war am Anfang auch noch nicht so extrem. Oder es ist mir nicht aufgefallen."

Hanni hatte eine Gabel aus der Lade genommen und lockerte damit den Reis. „Wobei mir jetzt einfällt, dass er gleich am Beginn seiner Amtszeit den jungen Gebetspichlern ins Gewissen geredet hat, dass sie kirchlich heiraten sollen, bevor sie zusammenziehen. Die haben sich damals ziemlich aufgeregt und ihre Tochter in Krems taufen lassen, weil der Pfarrer dort angeblich nicht so streng ist.“ Seine Schwester wandte sich mit der Gabel in der Hand zu ihm um. „Versteh mich jetzt nicht falsch, aber ich hätt mich weniger gewundert, wenn man den Pater Daniel ausgegraben hätte. Es gibt etliche, die mit seiner Art nicht zurechtkommen, vor allem unter den Jungen.“

„Womöglich ändert sich was mit dem neuen Papst, der gilt doch als fortschrittlich“, wandte Eigner ein, obwohl er in Kirchenangelegenheiten nicht wirklich bewandert war. „Apropos Kirche, hast du vielleicht eine Bibel daheim?“

„Wieso? Brauchst du die etwa für deine Ermittlungen?“, wunderte sich Hanni.

„Nein, ich hätt gern nachgeschaut, wie das achte Gebot lautet.“

Hanni setzte zu einer Antwort an, als die Küchentür mit Schwung aufgerissen wurde. Jackie begann zu bellen.

„Da hammas, diese Gfraster, eine Sauerei ist das! An die Wand sollte man sie stellen. Solche Lügengeschichten, hetzen nur die Leut auf“, polterte Roman Nothnagl und warf die jüngste Ausgabe der Wachau-Post auf den Tisch.

Hanni bückte sich zum Hund und hielt ihm die Schnauze zu. „Musst du so herumschreien?“, fuhr sie ihren Mann an.

„Lies das“, Nothnagl hielt Eigner das Blatt hin. „Das ist erst der Anfang! Du wirst noch an mich denken. Heute früh war schon der erste Übertragungswagen im Ort. Sie haben den Bürgermeister interviewt und mit dem Pfarrer geredet. Die werden keine Ruhe geben, überall herumstochern und den ganzen alten Dreck aufrühren."

„Ich verstehe, dass dich das aufregt, aber ...", begann Eigner.

„Zu Recht! Ich hab mich abgestrampelt, damit unser Sponsor nicht abspringt. Zu Mariä Empfängnis findet die Auftaktveranstaltung statt, wir haben extra die Adventkonzerte im Schloss organisiert, damit noch ein bisserl Geld hereinkommt. Aber das hat diese depperten Journalisten natürlich nicht interessiert", schimpfte Nothnagl.

„Bist du denn auch interviewt worden?", hakte Hanni ein.

„Als Gemeinderat, sicher! Außerdem hab ich den Ralf gekannt." Roman Nothnagl strich sich selbstgefällig über seine dunklen Haare, die wie ein nasses Biberfell am Kopf klebten. Dann fuhr er an Eigner gerichtet fort: „Wer weiß, ob ihr euren Fall bis Ostern gelöst habt? Am Ende müssen wir dann auch noch die Einweihung der frisch renovierten Kapelle verschieben, dabei hat der Weihbischof schon zugesagt, dass er kommen wird, und sogar der Papst ..." Nothnagl unterbrach sich mit einem Räuspern. „Ist wurscht. Ich hab eh schon nach St. Pölten telefoniert. Ist das Essen fertig?"

Jackie hatte sich inzwischen beruhigt und ließ sich von Hanni hinter den Ohren kraulen. „Was hast du gesagt? Der Papst kommt in die Wachau?"

Nothnagl kratzte sich unwirsch am Kopf. „Nichts habe ich gesagt, und sicher ist auch überhaupt noch gar nichts. Außerdem ist alles noch streng geheim, also haltets gefälligst den Mund." Er warf seiner Frau und seinem Schwager strenge Blicke zu. „Kein Wort, zu niemandem!"

„Wenn eh nichts ist.“ Der Major griff nach der Zeitung. *Mordalarm in der Wachau,* titelte das Blatt. Ein Foto zeigte Pater Ralf im Messgewand. Eigner überflog den Artikel, in dem sich nichts fand, was nicht ohnehin schon die Runde im Ort gemacht haben würde. Der letzte Absatz ließ ihn stutzen. Da war von einem ausgemusterten Kriminalbeamten aus der Bundeshauptstadt die Rede, der wahrscheinlich gehofft hatte, gemütlich bei einem Glas Wachauer Federspiels in die Pension zu gleiten und nun mit der schwierigen Ermittlungsarbeit zu kämpfen habe. Zwar wurde Eigners Name nicht erwähnt, doch der Major ärgerte sich trotzdem über die Formulierung, die knapp an der Grenze zur Rufschädigung vorbeischrammte. Aus dem Kürzel, mit dem der Bericht gezeichnet war, schloss Eigner, dass er von der Journalistin stammte, die er vor ein paar Tagen beim Fotografieren des Grundstücks ertappt hatte. Woher hatte sie die Information, dass es sich beim Skelett um die Überreste des ehemaligen Pfarrers von Klein Dürnspitz handelte? Die Presseerklärung des LKA ging doch erst morgen hinaus. Und woher hatten es eigentlich Mitzi Weißenböck und Cornelia Reiter gewusst? Er dachte an afrikanische Buschtrommeln, mit denen sich Nachrichten schneller als Feuer verbreiteten. „Morgen wird es sowieso offiziell.“ Der Major tippte auf die Wachau-Post. „Da kommt die Aussendung über die Agenturen, und vermutlich wird es dann gleich einen ausführlichen Beitrag in den Landesnachrichten geben. Oder was glaubst du, warum die Fernsehleute da waren? Die wollen ihrer Informationspflicht nachkommen, oder wäre es dir lieber, wir führen die Zensur wieder ein?“, fragte er provokant. „Außerdem kippst du selber Öl ins Feuer, wenn du dich interviewen lässt!“

„Du immer mit deinem blöden Gerede“, nahm sein Schwager die Herausforderung an. „Euch Beamten kann es ja egal sein, ihr pickts gut auf euren Sesseln, aber wir Politiker dürfen es dann bei der nächsten Wahl wieder ausbaden. Und dass ich als gewählter Gemeindevertreter jede Gelegenheit wahrnehme, den Karren aus dem Dreck zu ziehen, ist doch nur meine heilige Pflicht!“ Einen Moment lang schien es, als wollte Nothnagl wie ein trotziges Kind mit dem Fuß aufstampfen.

„Hörts auf!“ Hanni stellte den Edelstahltopf mit Schwung auf den Tisch, sodass die Suppe beinahe über den Rand schwappte. „Benehmts euch gefälligst wie zwei erwachsene Mannsbilder“, keppelte sie. „Hast den Roman eigentlich schon zum Pater Ralf ausgefragt? Die zwei sind oft miteinander am Stammtisch gesessen und er kann dir sicher auch was erzählen.“

Eigners Schwager hatte sich auf seinen Platz gesetzt, der Major ließ sich auf dem Sessel gegenüber nieder. „Ihr warts in einer Stammtischrunde beisammen?“

„Wie es halt so ist am Land, das kennst ja, der Pfarrer, der Lehrer, der Bürgermeister ... Da sitzt man halt immer wieder beieinander und redet über die Sachen, die für die Gemeinde wichtig sind.“ Nothnagl stand auf, um sich ein Bier aus dem Kühlschrank zu holen. Dem Major bot er keines an, was darauf schließen ließ, dass er immer noch grantig auf ihn war.

„Und was war er für ein Mensch?“

„Eigentlich ein sehr umgänglicher. Was mir an ihm gefallen hat, ist, dass er so engagiert am Vereinsleben teilgenommen hat. Er war Mitglied bei der Freiwilligen Feuerwehr und dem Kameradschaftsverein, hat die Ortsmusikkapelle unterstützt, den Trachtenverein, den Tourismusverband, und im Gesangsverein hat er auch mitgetan. Er hat sich von Anfang an gut integriert, obwohl er ursprünglich aus dem Waldviertel gekommen ist. Ich glaub, die Leute haben ihn als Pfarrer mögen.“ Nothnagl stellte seine Bierflaschen samt Glas auf dem Tisch ab.

„Alle?“

Nothnagl hielt das Glas schräg, während er sich einschenkte. Er trank genüsslich und wischte sich den Schaum auf der Oberlippe mit dem Handrücken ab. „Die Jungen“, sagte er dann. „Den meisten Alten war er zu fortschrittlich mit seinen neumodischen Ideen. Aber für die Jungen im Ort hat er viel getan. Er hat sich für den Spielplatz unten beim alten Presshaus eingesetzt und darauf geschaut, dass auch die Behinderten bei den Vereinen mittun können. Wenn er sich nicht so für die Fußballer engagiert hätte, hätten wir es nie bis in die Regionalliga geschafft. Danach war es eh wieder Essig, aber damals ...“, fing Roman an zu schwärmen.

Hanni kam mit ihrem Vater, der sich bei ihr eingehängt hatte, aus dem Wohnzimmer. „Du kannst ja nachher wieder fernsehen. Wenigstens eine Suppe musst du essen“, drängte sie.

Der alte Eigner murmelte etwas in sich hinein und ließ sich zum Tisch führen.

„Was ist an diesen Frauengeschichten dran?“

Nothnagl strich sich erneut über seine Frisur. „Ein fescher Kampl war er halt. Kennst sie eh, die Frauenzimmer.“ Roman warf einen Blick auf seine Angetraute. „Die Hanni war ja auch ganz narrisch auf ihn.“

„Depp“, widersprach Eigners Schwester. „Was du dir wieder einbildest. Der war doch nicht viel älter als der Pauli, viel zu jung für mich.“

„Anderen hat das aber nichts ausgemacht“, stichelte Nothnagl.

„Red nicht, gib mir lieber deinen Teller." Hanni hatte die Hand ausgestreckt und teilte die Suppe aus.

Der alte Eigner hatte schon zu essen begonnen und schlürfte genussvoll. „Redets gar schon wieder über diesen Pfaffen? Was ist denn los, hat er was angestellt?", fragte er.

„Gestorben ist er, Vater. Unser Pauli untersucht den Fall", erklärte Hanni geduldig.

„Da braucht er nicht viel untersuchen. Glaubst du, ich hätte es mir gefallen lassen, wenn er meiner Alten schöne Augen gemacht hätte?"

„Ein eifersüchtiger Ehemann? Einer von uns? Das kann ich mir nicht vorstellen", widersprach Roman.

„Was glaubst du?" Eigner hatte seinen Löffel beiseitegelegt und nahm sich von der Suppe nach.

„Den hat kein Einheimischer auf dem Gewissen. Da war sicher einer von auswärts dahinter. Kann ja sein, dass es eine Frauengeschichte war, das will ich nicht abstreiten, obwohl ich eher der Ansicht bin, dass es Diebsgesindel aus Tschechien oder der Slowakei war. Man weiß ja, was da seit der Grenzöffnung alles herüberkommt. Außerdem war der Pater Ralf denen gegenüber viel zu sozial eingestellt, fast schon naiv. Der hätte ja jeden im Pfarrhof schlafen lassen, wenn ihm da nicht seine Wirtschafterin einen Baum aufgestellt hätte", sagte Roman.

Der alte Eigner rülpste leise. „Wo ist mein Vierterl?", fragte er in die Runde.

„Das Achterl kriegst du nachher. Ich hab schon nicht darauf vergessen", antwortete Hanni und stapelte die Teller.

„Was ist eigentlich mit der Pfarrersköchin. Lebt die noch?"

„Die Mali Tant?" Hanni trug das Geschirr zur Abwasch und begann, die Hauptspeise beim Herd anzurichten.

„Hab ich dir das gar nicht erzählt? Die ist seit etlichen Monaten im Pflegeheim bei der Kartause. Ich hab sie vor ein paar Tagen besucht. Es geht ihr gar nicht gut." Hanni goss Saft über den Reis und die Rindsrouladen.

„Was fehlt ihr?"

„Krebs." Hanni stellte die Portion vor ihrem Vater ab. „Hilf ihm beim Schneiden", sagte sie zu ihrem Bruder und deutete auf den Teller des alten Eigner.

„Die muss ja schon steinalt sein."

„Was wird sie sein, gute achtzig. Der runde Geburtstag ist noch nicht so lange her."

„Da ist sie ja schon lange in Pension." Der Major schnitt das Fleisch auf dem Teller seines Vaters in Stücke.

„Nein. Das hätte die Mali nicht ausgehalten. Die hat bis zuletzt am Pfarrhof ihr Regiment geführt. Der neuen Köchin war das gar nicht recht, aber die hat sich fügen müssen."

„Ist Mali im Kopf noch halbwegs beieinander?"

„Ja, ja. Wieso? Willst du mit ihr reden?"

Der Major nickte.

„Ich könnte dich begleiten. Mich kennt sie gut." Hanni brachte zwei weitere Portionen und stellte sie vor ihrem Bruder und ihrem Mann ab.

„Bring mir noch ein Bier", verlangte Nothnagl.

„Du weißt eh, wo der Kühlschrank steht!"

Roman stand ungehalten schnaufend auf.

„Du kannst gleich den Salat mit herübernehmen", legte Hanni nach.

***

Das graue Haus mit den kleinen Fensteröffnungen wirkte wie ein Bollwerk gegen unerwünschte Eindringlinge. Es stand ein Stück oberhalb des Baches und war teilweise von Bäumen und Sträuchern verdeckt. Gleich dahinter bildeten die steilen Hänge des Dunkelsteinerwaldes eine natürliche Barriere. Um diese Jahreszeit verursachten die kahlen Laubbäume Lücken im sonst dichten Grün, das man je nach Verfassung als bedrückend oder schützend empfinden konnte.

Als der Major mit seiner Schwester die schmale Brücke überquerte, fiel ihm die Gedenktafel auf. Sie erinnerte an die Mühle, die einst hier gestanden war.

Die Kartause, ein ehemaliges Kloster, das zu Zeiten Joseph II. teilweise geschliffen worden war, befand sich etwa fünfzig Meter vom Pflegeheim entfernt. Man hatte einen Teil der Anlage mit Spenden, Kulturförderungen und Unterstützung der Diözese renoviert und sich dabei bemüht, den ursprünglichen Charakter des Bauwerks weitgehend zu erhalten, wie der Major inzwischen aus dem Internet wusste. Seiner Ansicht nach glich das Kloster mit den dicken Mauern, die die Anlage umrundeten, einem Gefängnis. Was bewog Menschen, ihre letzten Lebensjahre im hintersten Winkel der Wachau zu verbringen?, fragte er sich und schwor sich, sollte er jemals Pflege brauchen, dass ihn keine zehn Pferde hierher bringen würden. „Was weißt eigentlich du über die Streitereien von damals, als sich dieser Orden im ehemaligen Kloster einquartiert hat?"

„Der Pater Ralf war sehr dagegen und hat auch einige Gesinnungsfreunde gehabt. Aber am Ende hat der Bischof ein Machtwort gesprochen."

„Und wie ist es jetzt? Was hört man so über dieses Altersheim?"

„Der jetzige Pfarrer hält viel von den Leuten. Sie sind zwar nicht viele, haben aber trotzdem einiges weitergebracht. Das Heim wird sehr gelobt, wie ich gehört habe.

Die Mitzi Weißenböck hat übrigens auch eine Zeit lang da als Pflegehelferin gearbeitet, nachdem Pater Ralf weg war. Soviel ich weiß, hat es ihr gut gefallen."

„Wieso hat sie dann aufgehört?"

„Weil die Mali Tant im Pfarrhaus eine Hilfe gebraucht hat und Pater Daniel der Mitzi dann, auf Malis Betreiben hin, die Stelle als Mesnerin angeboten hat. Das war einfacher für sie, als immer mit dem Auto hierher zu fahren. In Klein Dürnspitz kann sie sich die Arbeit selber einteilen, im Pflegeheim hat sie sich an den Dienstplan halten müssen." Hannis Atemluft kräuselte sich. Sie hatte sich bei ihrem Bruder eingehängt, um nicht auf dem stellenweise glatten Weg auszurutschen. Einträchtig erklommen die Geschwister die Stufen, die zum Eingangstor führten. Sie hatten vereinbart, dass Hanni ihrer Patentante den Major vorstellen würde – zwar wusste Mali von Hannis Bruder, hatte ihn aber seit vielen Jahren nicht mehr gesehen und würde ihn wahrscheinlich gar nicht erkennen. Dann würde man sich ein wenig miteinander unterhalten – als zwangloses Geplauder hatte Eigner die Strategie bezeichnet – und anschließend sollte Hanni die beiden allein lassen, damit Eigner in Ruhe seine Fragen stellen konnte. Hanni hatte auf Eigners Wunsch hin gleich nach dem Mittagessen angefragt, wie es der alten Frau gehe. Schwester Angela, die offenbar ein besonderes Vertrauensverhältnis mit Mali verband, hatte Hanni wissen lassen, dass sich das Befinden Malis in den letzten Tagen deutlich verschlechtert habe.

In der Portiersloge gleich beim Eingang saß ein älterer Mann mit auffallend buschigen Augenbrauen. Nachdem er sein Telefonat beendet hatte, bat ihn Hanni, Schwester Angela zu benachrichtigen, dass der Besuch für Amalie Mühldorfer eingetroffen sei.

Während sie auf die Schwester warteten, sah sich Eigner um. Ein Stück vom Eingangsbereich entfernt stand eine Tür offen, aus der Stimmengewirr drang. Der Major linste neugierig in das Zimmer. Heimbewohner unterschiedlichen Alters saßen um drei große Tische. Vor ihnen war Bastelmaterial ausgebreitet. Einige häkelten, andere fädelten Holzperlen auf Schnüre, und an einem der Tische wurde gemalt und mit bunten Folien geklebt. Eine Pflegehelferin in hellblauer Arbeitskleidung hatte die Aufsicht und half einer Frau mit Down-Syndrom bei ihrem Werkstück. In der Ecke stand ein Bursche, der seinen Oberkörper wie eine Peitsche von rechts nach links schwang und dabei wie ein kaputter Teddybär brummte. Niemand nahm von ihm Notiz.

Schwester Angela kam mit wehendem Schleier auf die Geschwister zu. Eigner registrierte die knöchelhohen Gesundheitsschuhe, die unter dem Habit hervorlugten. In ihrem herzförmigen Gesicht strahlten hinter einer Brille mit heller Kunststofffassung zwei veilchenblaue Augen. „Schön, dass Sie gleich gekommen sind“, begrüßte sie Hanni und schüttelte ihr herzlich die Hand. „Mein Bruder“, stellte Hanni den Major vor. „Er hat die Tante schon länger nicht gesehen und hat es sich nicht nehmen lassen, mich zu begleiten.“ Dass er als Kriminalbeamter eine Befragung durchführen wollte, verschwieg sie. Wenn es der Kranken wirklich so schlecht ging, verbot man womöglich, dass man sie den Fragen aussetzte. Eigner hatte seiner Schwester jedoch versprechen müssen, dass er sich zurückhielt und die alte Frau keinesfalls bedrängte oder aufregte.

„Sie müssen sich ein wenig gedulden. Der Herr Pfarrer ist noch bei ihr. Sie hat die Krankensalbung verlangt. Das war ihr sehr wichtig.“

Eigner wechselte einen bedeutungsvollen Blick mit seiner Schwester. „Ist es so ernst?“, fragte er. In seiner Ministrantenzeit hatte man das Sakrament noch als Letzte Ölung bezeichnet.

Die Nonne hob die Schultern. „Es ist vor allem ein Trost für die Kranken und versichert sie der Geborgenheit in Gottes Hand und im Schoß der Mutter Kirche.“ Schwester Angela lächelte milde, als sie Eigners irritierten Gesichtsausdruck bemerkte. „Niemand kann genau sagen, wann sie abberufen wird. Die Wege des Herrn sind unergründlich. Er wird sie zu sich nehmen, wenn die Zeit dafür reif ist“, setzte sie fort. „Wenn Sie möchten, können Sie in unserer Kapelle warten.“ Sie deutete auf eine Tür am Ende des Ganges. „Es wird nicht mehr lange dauern. Mich müssen Sie bitte entschuldigen, ich hole Sie, sobald Sie zu ihr können.“

Die Geschwister sahen der Nonne nach, die in einem Seitengang verschwand. Weiter vorne waren Fensternischen, zu denen es den Major hinzog. Von dort sah man auf den schmalen Weg, der von der Brücke zum Haus führte. Ein Mann in Arbeitskleidung war mit Kübel und Schaufel unterwegs und streute Asche auf die Eisplatten am Steig. Ein weiterer stand neben einem Baum und rauchte. „Einer werkt und der andere ist für die Pausen zuständig“, bemerkte Eigner. Hanni kniff die Augen zusammen. „Das ist doch der Christian!“

„Wer?“

„Malis Neffe. Ich hab dir doch erzählt, dass er auch hier untergebracht ist.“

Der Major betrachtete den Mann, der inzwischen nur mehr wenige Meter vom Haus entfernt war, genauer. Er war mittelgroß und wirkte kräftig. Sein weißblondes Haar war streichholzkurz geschnitten und stand von seinem Kopf ab wie die Stacheln eines Igels. Der Mann wischte sich mit dem Ärmel über die Nase und sah dabei in Eigners Richtung, bevor er seine Tätigkeit erneut aufnahm.

„Was fehlt dem, der schaut doch ganz normal aus?“, fragte der Major unverblümt.

„Normal ist relativ.“ Hanni hatte ihren Mantel aufgeknöpft und steckte ihr Kopftuch in die Tasche. „Der Christian ist bei dem Unfall, bei dem seine Eltern gestorben sind, schwer verletzt worden und seither stumm. Sein Gehirn ist gequetscht worden, deshalb ist er da oben nicht ganz richtig.“ Hanni tippte sich mit dem Finger an die Stirn. „Wenn er nervös wird, wackelt sein Kopf so wie Vaters Spielzeugdackel seinerzeit auf der Ablage hinten im Auto.“ Sie zupfte ihre Frisur zurecht. „Er hängt sehr an seiner Tante. Wenn sie einmal nicht mehr ist, hat er gar niemanden mehr.“

„Hat Mali den Buben damals nicht adoptiert? Die Mutter von diesem Christian war Malis Cousine, oder?“

„Paula, ihre Halbschwester.“ Hanni zog ihren Mantel aus und legte ihn sich über den Arm. „Die Geschichte hat sie nie richtig verwunden. Eigentlich hätte sie selber in dem Auto sitzen sollen. Ich glaube, sie hat es sich nie ganz verziehen, dass sie lebt und Paula gestorben ist.“

„Sie können jetzt“, hörte der Major die helle Stimme Schwester Angelas. „Soll ich Sie begleiten?“

„Nicht nötig“, lehnte Hanni ab.

Als sie um die Ecke bogen, stießen sie beinahe mit dem Pfarrer zusammen. Pater Daniel lüpfte grüßend seinen Hut und eilte weiter. Eigner, der sich nach ihm umdrehte, sah seinen Umhang flattern. Fledermaus, dachte er und biss sich auf die Lippen, um den despektierlichen Vergleich für sich zu behalten.

Eigner hätte das verhutzelte Weiblein, das bis zur Brust zugedeckt im Bett lag, nicht wiedererkannt. Auf dem Weg zum Zimmer der Frau war ihm eine Episode aus seiner frühen Jugend in den Sinn gekommen. Er hatte mit Freunden Kirschen vom Baum des Pfarrers gestohlen – schwarze Herzkirschen, die in jenem Sommer besonders süß schmeckten. Mali, die resolute Pfarrersköchin, die sie damals war, musste die Burschen vom Fenster aus beobachtet haben. Sie war mit wehendem Rock, den Kochlöffel schwingend in den Obstgarten gelaufen und hätte beinahe den Jüngsten unter ihnen, seinen Cousin Otto, erwischt. Zu Hause hatte er den Diebstahl mit einer Tracht Prügel bezahlt. Doch nicht Mali hatte gepetzt, sondern Otto, dieser Trottel. Er hatte seiner Mutter die Schandtat gebeichtet, weil sie ihn nach der Ursache für seine zerrissene Hose gefragt hatte. Die Tante wiederum, die Eigner im Verdacht gehabt hatte, ihren Sohn zum Kirschenstehlen angestiftet zu haben, wusste nichts Besseres, als ihn bei seinem Vater anzuschwärzen.

Mali hatte die Augen geschlossen. Sie atmete schwer. Ich hätte früher kommen sollen, dachte Eigner.

Der Geruch nach alten Menschen, Medikamenten und Ausdünstungen wurde von einem angenehmen Duft überlagert.

„Das ist Chrisam, das Salböl, das beim Sakrament verwendet wird“, sagte Hanni, der sein Schnuppern nicht entgangen war. „Mali“, seine Schwester beugte sich über die alte Frau und berührte sie an der Schulter. „Ich bin's, die Hanni.“

Die Greisin öffnete langsam die Augen. Nach einer Weile lächelte sie ihr Patenkind zahnlos an.

„Wie geht es dir?“

„Eh“, hauchte die alte Frau.

Eigner stellte seiner Schwester einen Sessel ans Bett, damit sie sich zu ihrer Patentante setzen konnte.

„Ich hab dir jemanden mitgebracht, schau. Das ist der Pauli, mein Bruder. Kannst du dich noch an ihn erinnern?“ Hanni lächelte. „Früher hat er Haare auf dem Kopf gehabt und dünner war er auch.“

Mali wandte den Kopf. Ihre Lider flackerten, als sein Blick sie traf.

„Grüß Gott“, sagte Eigner.

Die alte Frau nickte fast unmerklich.

„Du musst sie gleich fragen“, sagte Hanni und stupste ihren Bruder in die Seite.

„Tante Mali“, begann Eigner. Die vertrauliche Anrede kam ihm einfach über die Lippen. „Ich ...“ Er stockte, obwohl er sonst selten um Worte verlegen war.

„Der Pauli ist Polizist und untersucht einen Mordfall. Ich hab dir doch von dem Skelett erzählt, das sie bei uns im Ort ausgegraben haben“, ergriff Hanni die Initiative. „Es waren die Knochen von deinem ehemaligen Dienstherren, dem Pater Ralf. Kannst du dem Pauli helfen? Er muss herausfinden, wer den Pfarrer umgebracht hat!“

Die Hände der alten Frau, die auf der Decke lagen, bewegten sich unruhig, als wollte sie etwas wegwischen. „Ich ...“, stammelte sie.

Hanni tätschelte ihren Arm. Mali zuckte zusammen und verzog das Gesicht. „Mord ...“

„Das bringt nichts“, murmelte Eigner.

Hanni gab nicht so einfach auf. „War womöglich eine Frau im Spiel? Hast du nicht selber einmal gesagt, dass der Pater Ralf ein Weiberer war?“

Malis trockene Lippen zuckten. Sie mühten sich, Worte zu formen. „Achtes Gebot!“, krächzte die alte Frau schließlich.

Hanni legte ihre Hand auf Malis Decke. Die alte Frau stöhnte auf, Tränen rannen aus ihren Augenwinkeln.

„Was ist denn?“ Hanni beugte sich besorgt über ihre Patentante und stützte sich dabei auf das Bett.

Der Schrei war nicht allzu laut, dennoch ging er den Geschwistern durch Mark und Bein. Mali versuchte, Hanni beiseitezustoßen, was ihr jedoch nicht gelang.

„Nimm die Hand weg, du tust ihr weh!“, sagte Eigner scharf.

Hanni trat einen Schritt vom Bett weg und sah ihren Bruder ratlos an.

Die alte Frau wischte mit ihren Fingern noch immer über die Decke.

Kurzentschlossen griff Hanni nach der Decke und zog sie zurück. Entsetzt starrten die Geschwister auf den Blutfleck, der sich auf dem Nachthemd der Greisin ausbreitete.

„Was hat sie da?“, fragte Eigner. „Da ist doch etwas unter dem Hemd.“ Er deutete auf die Ausbuchtung auf Höhe des Oberschenkels.

Seine Schwester zögerte einen Augenblick, dann streifte sie den Saum des Nachthemds höher. Die Greisin wimmerte leise.

„Jessas“, entfuhr es Hanni, als sie die Ursache für die Blutung entdeckt hatte.

„Ahh“, stöhnte Eigner. Sein Blick glitt von der frischen Wunde auf die Narben am anderen Bein der alten Frau. „Was ist das?“

„Ein Bußgürtel“, sagte seine Schwester mit zittriger Stimme.

„Das muss weg.“ Eigner griff nach der Kette, deren Metallspitzen sich in das wenige, noch vorhandene Oberschenkelfleisch der Greisin bohrten. „Das ist doch Folter!“

„Nicht!“ Schwester Angelas helle Stimme durchschnitt den Raum. „Es war ihr ausdrücklicher Wunsch und den haben wir zu respektieren.“ Sie ging auf das Bett zu und redete beruhigend auf Mali ein.

„Sie gehen jetzt besser!“ Die Aufforderung war an die Geschwister gerichtet.

„Sicher nicht!“, polterte Eigner und griff nach seinem Handy.

***

Schwester Angelas Beschwichtigungsversuche waren erfolglos geblieben.

„Das wird ein Nachspiel haben. Die Verantwortlichen können sich gleich einmal warm anziehen!“, hatte Eigner gedroht. Daraufhin hatte Angela ein von Mali unterschriebenes Dokument präsentiert. Darauf stand zu lesen, dass man den Bußgürtel unter gar keinen Umständen entfernen dürfe. Das hatte Eigner erst recht in Rage versetzt. „Was ist das hier? Ein Gruselkabinett im Dienst am Nächsten?“, war sein Zynismus mit ihm durchgegangen. Hanni war vermittelnd zur Seite gesprungen und hatte argumentiert, dass die alte Frau Schmerzen habe und ohnehin schon genug leide. Man solle sie, bei allem Respekt vor ihrem Glauben, nicht noch zusätzlich quälen. Sie schlug vor, Pater Daniel zu holen, damit er Mali begreiflich mache, dass sie genug Abbitte für all ihre Sünden in diesem Leben geleistet habe und den Gürtel deshalb ablegen dürfe.

Damit war Eigner nicht zufrieden gewesen. Er hatte sich darauf versteift, dass die alte Frau in ein richtiges Krankenhaus verlegt werden müsse. Erst der herbeigerufene Arzt hatte ihn überzeugen können, dass dies nicht möglich sei, weil Mali nicht transportfähig war.

Immerhin hatte der Major erreicht, dass der Bußgürtel entfernt wurde, und er hatte Schwester Angela auf die Bibel schwören lassen, dass er Mali auch später nicht wieder umgeschnallt wurde. „Ich ziehe Sie persönlich zur Verantwortung, und glauben Sie mir, ich erfahre es, wenn Sie Ihren Eid brechen", hatte er gedroht.

„Ich fahr morgen wieder zu ihr hinauf", sagte Hanni. „Muss halt die Elke noch einmal auf den Vater schauen, oder ich frag im Tagesheim, ob ich ihn bringen kann." Elke, die Nachbarin, sprang in Notfällen ein und war auch jetzt beim alten Eigner. Die beiden hatten miteinander Karten gespielt, als die Geschwister zu ihrem Besuch bei der ehemaligen Pfarrersköchin aufgebrochen waren.

Eigner, der hinter dem Steuer saß und seine Schwester nach Hause chauffierte, war immer noch aufgebracht. „Solche Gfraster", schimpfte er. „Wer weiß, was die noch alles mit ihren Schützlingen anstellen? Ich schick denen eine Untersuchungskommission auf den Hals, die sich gewaschen hat. Alle Hebel werde ich in Bewegung setzen!"

„Pauli, bitte beruhige dich", begann Hanni. Sie machte sich Sorgen, dass sich ihr Bruder zu sehr aufregte. Am liebsten wäre es ihr gewesen, wenn der Arzt nicht nur ihre Patentante untersucht, sondern gleich auch Pauls Blutdruck gemessen hätte. „Im Grunde hast du ja Recht. Aber was die Mali betrifft, kann ich mir vorstellen, dass sie den Gürtel wirklich selber wollte. Sie ist einfach sehr gläubig, kasteit sich, dass es kaum zum Aushalten ist, zum Beispiel in der Fastenzeit, wo sie ganz besonders streng mit sich ist und außer Wasser und Brot gar nichts zu sich nimmt. Sogar jetzt noch, wo sie schwer krank ist."

„Das ist ja verrückt“, machte sich Eigner Luft. „Religiöser Fanatismus, Extremismus nennt man so was“, schimpfte er. „Das unterstützen die Pfaffen?“

„Geh Pauli. Jetzt tu doch nicht so naiv. Du weißt doch selber, dass es in der Kirche viele verschiedene Strömungen gibt. Von gewissen Gruppierungen hört man halt nicht so viel. Das heißt aber nicht, dass sie nicht aktiv sind. Aber wem erzähl ich das?“

Der Major wusste, dass seine Schwester Recht hatte. Aber der Anblick der leidenden Alten hatte ihn dermaßen empört, dass er sich nicht beruhigen wollte. „Sag, was du willst. Es ist und bleibt eine Sauerei, und ich werde sicher nicht einfach so zur Tagesordnung übergehen!“ Er schlug mit der flachen Hand auf das Lenkrad. „Christliche Gemeinschaft im Dienst des Nächsten“, spottete er: „dass ich nicht lache!“

„Du hast mich letztens schon nach dem achten Gebot gefragt“, sagte Hanni nach einer Pause und auch, um ihren Bruder von seinem destruktiven Zorn abzulenken. „Das ist mir wieder eingefallen, weil Mali es erwähnt hat.“

Eigner warf seiner Schwester einen Seitenblick zu.

„Du sollst kein falsches Zeugnis geben.“

„Hast in der Bibel nachgeschaut?“

„Nein, im Religionsunterricht aufgepasst.“

Eigner musste wider Willen grinsen. Eine solche Antwort war typisch für seine Schwester. „Jetzt müsste ich nur noch wissen, was sie uns damit sagen wollte.“

Hanni zuckte die Schultern. „Keine Ahnung. Vielleicht hat sie fantasiert? Bestimmt hat sie Morphium bekommen.“

„Wie war eigentlich das Verhältnis zwischen Mali und Pater Ralf?“

„Nicht immer einfach", bekannte Hanni. „Mali hält auf die Tradition. Ein Pfarrer ist für sie eine Respektsperson, vor dem die Leute Achtung haben müssen. Ralf hat sich ihrer Ansicht nach viel zu gemein mit den Leuten gemacht. Einmal hat sie seine neumodischen Ideen sogar als Teufelszeug bezeichnet."

„Teufelszeug", wiederholte Eigner.

„Aber er hat sich dafür eingesetzt, dass Christian bei ihr bleiben konnte. Da hat es nämlich irgendwann Schwierigkeiten mit den Behörden gegeben. Sie war ihm dafür sehr dankbar. Das hat sie öfter betont. Ich kann mir nicht vorstellen, dass sie etwas mit Ralfs Tod zu tun hat", nahm Hanni ihre Patentante in Schutz. „Auch wenn sie nicht immer seiner Meinung war, war sie trotzdem loyal."

„Hat es zwischen ihr und Ralf auch Konflikte wegen der Christlichen Gemeinschaft gegeben?"

Hanni dachte einen Augenblick nach. „Soviel ich weiß, war der Pfarrer nicht besonders begeistert, dass Mali sich mit diesen Leuten eingelassen hat. Aber da hat er auf verlorenem Posten gekämpft. Mali hat sich in solchen Dingen nichts dreinreden lassen. Ich weiß nicht, woher sie diese Überzeugung genommen hat, dass sie für ihre Sünden büßen muss. Vielleicht hat es was mit dem Unfall zu tun gehabt. Wenn ich es mir recht überlege, ist sie erst danach langsam so extrem in ihrer Glaubenspraxis geworden." Sie räusperte sich. „Und wenn wir schon dabei sind: Ich war anfangs auch ein paar Mal in den Betstunden."

„Was?"

„Betstunden. Die Gemeinschaft hat sich an jedem Dreizehnten im Monat getroffen und gemeinsam für den Weltfrieden gebetet. Mir hat das damals gutgetan. Mit dem Roman war es gerade nicht einfach, und die

Mutter war krank. Da habe ich halt seelischen Beistand gebraucht und dort auch gefunden."

„Wieso erzählst du mir das erst jetzt?" Aus Eigners Tonfall war neben leisem Unmut auch Betroffenheit zu hören.

„Du hast mich nicht gefragt. Außerdem warst du mit deinem eigenen Leben beschäftigt, also wozu hätte ich dich belasten sollen?"

Eigner atmete hörbar aus. „Und da ist dir nie was aufgefallen?"

„Was hätte mir auffallen sollen?" Hanni hatte langsam genug von diesem Verhör. Konnte ihr Bruder sich nicht vorstellen, dass ihr der Anblick des Bußgürtels mindestens ebenso zugesetzt hatte wie ihm?

„Diese mittelalterlichen Methoden, Bußgürtel und was weiß ich was noch alles. Hast du davon wirklich nichts gewusst?" Zwischen Eigners Brauen hatte sich eine steile Falte gebildet.

„Flagellation!" Hanni sah aus dem Seitenfenster. Im Scheinwerferlicht des entgegenkommenden Wagens tauchten einzelne Bäume wie Mahnwachen auf, ehe sie gleich darauf wieder in der Dunkelheit verschwanden.

Das Wort hallte noch eine Weile in Eigners Kopf nach. Hatte Hanni wirklich etwas gesagt, oder hatte er sich das nur eingebildet?

Seine Schwester knabberte an der Nagelhaut ihres Daumens, wie sie es öfter tat, wenn sie nervös war.

„Du meinst, die haben sich selber ausgepeitscht?"

„Deswegen bin ich nicht mehr hingegangen. Das war mir zu ...", sie suchte nach einem passenden Wort. „Aber Mali war überzeugt, dass sie das Richtige tut. Was hätte ich denn machen sollen? Ich hab auf sie eingeredet wie auf ein krankes Pferd." Hanni rang die Hände. „Sie ist ein erwachsener Mensch. Sie kann tun und lassen, was sie will."

„Nicht mehr in ihrem Zustand!“, sagte Eigner scharf.

Hanni hatte den Kopf gesenkt. Für einen Moment hatte er das Gefühl, sie würde gleich in Tränen ausbrechen. „Warum grad am Dreizehnten?“

„Wegen Fátima. Die Jungfrau Maria ist den Bauernkindern an einem Dreizehnten erschienen und hat ihnen die Prophezeiungen diktiert.“ Hanni schnäuzte sich und verschränkte dann die Finger in ihrem Schoß. Sie war froh, dass ihr Bruder sie nicht weiter zu den religiösen Praktiken der Gemeinschaft ausfragte.

Eigner nickte, er kannte die Geschichte.

„Für Mali ist noch etwas anderes dazugekommen. Sie hat gehofft, dass man Christian helfen kann. Schwester Angela und ein Mitbruder aus der Gemeinschaft haben ihr damals eingeredet, dass Christian unter diesen Ticks leidet, weil er von einem Dämon besessen ist. Man hat gemeint, dass er durch eine Teufelsaustreibung geheilt werden könnte. Soviel ich weiß, haben sie das für die Conny auch vorgeschlagen.“

Der Major fuhr auf. „Ich glaub, ich spinne. Was kommt als nächstes? Eine Hexenverbrennung oder vielleicht gar eine Kreuzigung?“

Hanni griff nach dem Arm ihres Bruders. „Soweit ich weiß, ist es dazu nie gekommen. Ralf hat irgendwie davon erfahren und beim Bischof Beschwerde eingelegt.“

„Dann ist es ja gut!“ Die Stimme des Majors troff vor Sarkasmus. Sein Handy vibrierte und unterbrach das Gespräch. Er griff in die Innentasche seiner Jacke und überflog die SMS, die er erhalten hatte. Dann drückte er die Wähltaste. Den missbilligenden Kommentar Hannis, die ihn ermahnte, auf den Straßenverkehr zu achten, ignorierte er.

„Servus. Das ist eine gute Nachricht!“, begann er das Telefonat. „Könntest du noch kurz auf mich warten?

Ich bin in einer Viertelstunde da.“ Er steckte das Handy zurück in die Jacke. „War wichtig“ sagte er und blinkte, als er in der Einfahrt zu seinem Elternhaus anhielt, um seine Schwester aussteigen zu lassen.

***

Lea saß auf Stierschneiders Sessel und spielte mit ihrem Gameboy. Sie schaute auf, als Eigner die Polizeiinspektion betrat. „Mama“, rief sie mit belegter Stimme. Dorothea kam mit einer dampfenden Tasse aus der Teeküche. „Die Kleine ist verkühlt“, begrüßte sie den Major und stellte das heiße Getränk vor ihrer Tochter ab. Lea zog hörbar auf. „Schnäuz dich bitte! Hast du eigentlich gegrüßt?“

„Hallo“, murmelte das Kind leise. Lea hatte die zarten Gesichtszüge ihrer Mutter, im Gegensatz zu Dorothea jedoch blondes Haar, das sie offen trug. Ihre grünen Augen glänzten im Schein der Schreibtischlampe.

„Danke, dass du dir an einem Sonntag Zeit genommen hast“, sagte Eigner, nachdem er den Gruß des Kindes erwidert hatte. „Was hast du für mich?“

„Im Archiv ist es ziemlich dreckig“, begann Dorothea. „Außerdem gehört da einmal gründlich Ordnung gemacht. In dem Saustall ist es wirklich nicht einfach, was zu finden. Aber ich hab noch zwei Akten entdeckt, die interessant sein könnten. Ich hab sie dir auf den Schreibtisch gelegt.“

Eigner knöpfte seine Jacke auf. „Hast du noch ein paar Minuten?“

Lea schnäuzte sich und hielt ihrer Mutter das Taschentuch hin.

„Schmeiß es dort in den Papierkorb und trink deinen Tee, solange er warm ist“, ermahnte Dorothea ihre

Tochter. Dann wandte sie sich an Eigner. „Nicht lang, die Kleine muss ins Bett.“

Eigner dirigierte seine Kollegin in sein Büro und schloss die Tür. Er berichtete in knappen Worten von dem Vorfall im Altersheim.

Inspektorin Dürr wirkte bestürzt. „Um Gottes willen, das ist ja furchtbar. Wenn das an die Öffentlichkeit kommt, haben wir gleich den nächsten Skandal. Am Ende ist Mali kein Einzelfall? Oder was meinst du? Eigentlich müssten wir eine Anzeige schreiben!“

Eigner nickte. „Darum soll sich dann der Ernstl kümmern. Fürs Erste habe ich genug Wirbel gemacht, und um Mali kümmert sich meine Schwester. Aber womöglich haben wir da eine neue Spur, was Pater Ralf betrifft. Er und die Leute von der Christlichen Gemeinschaft waren offenbar nicht die besten Freunde.“

„Wer weiß, am Ende hat er geahnt, wie die mit den alten Leuten umgehen, und als er genug Beweise hatte ...“, spann Dorothea den Faden weiter. Dann wies sie auf die Akten, die vor ihr auf Eigners Schreibtisch lagen. „Das da nicht zu vergessen.“

„Mach ich heute noch“, versprach der Major. „Der Rest hat Zeit bis morgen.“ Damit entließ Eigner seine Kollegin. Er wartete, bis Dorothea und Lea die Polizeiinspektion verlassen hatten. Dann griff er mit spitzen Fingern in den Papierkorb und ließ Leas angerotztes Taschentuch in ein Plastiksackerl fallen, das er in der Teeküche gefunden hatte. Das schob er in seine Jackentasche – für alle Fälle.

***

Obwohl Eigner seinem Enkel erklärt hatte, dass er früh aufstehen müsse, weil er einiges zu erledigen habe, hatte der Bub darauf bestanden, diesmal bei ihm zu schlafen. Verena hatte das Kind und den Hund, der noch bei Hanni gewesen war, am frühen Abend gebracht. Sie war gleich weitergefahren, weil sie zu einem dringenden Termin musste, wie sie behauptete. Eigner hatte gar nicht erst versucht, mit ihr ins Gespräch zu kommen. Dass er dazu bereit war, hatte er ihr mitgeteilt. Nun hing es von ihr ab, sein Angebot anzunehmen. Obwohl der Major wusste, dass es unklug war, Verena zu drängen, fiel es ihm schwer, sich zurückzuhalten. Dass es ihr nicht gutging, sah selbst ein Blinder. Aber hatte er sich seinerzeit helfen lassen? Hanni hatte schon Recht. Auch wenn Verena äußerlich mehr ihrer Mutter glich, manche Charakterzüge hatte sie eindeutig von ihm. Leider auch solche, die ihr das Leben bestimmt nicht leichter machten.

Eigner weckte das Kind, das auf seinem Diwan schlief. Er selbst hatte die Nacht auf einer alten Matratze auf dem Fußboden zugebracht, was sich nun mit Kreuzschmerzen rächte. Die Akten, die Inspektorin Dürr im Archiv gefunden hatte, hatte er nur überflogen. Für ein ausführliches Studium der Unterlagen war keine Zeit gewesen, weil er sich mit Simon beschäftigen musste. Er hatte das Gefühl, ihn in letzter Zeit vernachlässigt zu haben. Außerdem hatte er herausfinden wollen, wie sehr der Bub unter der bevorstehenden Scheidung seiner Eltern litt. Doch das Kind hatte immer wieder vom Thema abgelenkt. So hatte es der Major dabei belassen, Simon zu versichern, dass er immer für ihn da sein werde. Und um zu zeigen, dass er es ernst meinte, hatte er mit seinem Enkel einen gemütlichen Männerabend verbracht. Der beinhaltete Bratäpfel aus dem Backrohr zur Sportsendung im Hauptabendprogramm. Dazu Bier für Eigner und Apfelsaft für den Buben.

Der Major streckte sich, trank seinen Tee aus und trieb Simon zur Eile an. Mit Jackie war er kurz draußen gewesen, gefüttert hatte er sie nicht. Sie waren fast im Zeitplan, als sie aufbrachen. So ähnlich muss es Alleinerziehenden gehen, dachte Eigner. Zum Glück hatte er eine Schwester, die Kind und Hund für den Tag übernahm.

Im Büro hatte Eigner gleich als Erstes mit Krems telefoniert. Es war Kummer hörbar unangenehm, dass man bei der Suche nach der Todesursache des Pfarrers noch immer keinen Schritt weitergekommen war. „Gibt es wenigstens bei Ihnen inzwischen etwas Neues?", erkundigte sich der Leutnant ein wenig herablassend, wie Eigner vorkam. Er berichtete in knappen Worten von seinem Besuch bei den Weißenböcks und dass sie das Grundstück, auf dem man Ralfs Knochen gefunden hatte, zu der Zeit gepachtet gehabt hatten, als der Pfarrer verschwunden war. Auch erwähnte er, dass er eventuell eine neue Spur habe, die zu einem christlichen Verein führe. „Bis jetzt ist es allerdings nur ein Verdacht. Ich hab noch nichts Brauchbares in der Hand."

„Was für eine Gemeinschaft?", erkundigte sich Kummer.

Eigner zog den Vereinsregisterauszug näher zu sich heran und las dem Kollegen vom LKA den vollen Namen der Organisation vor.

„Kommt mir irgendwie bekannt vor", sagte Kummer. „Vielleicht sollte man gleich direkt im Büro des Bischofs nachfragen? Ich hab gute Kontakte dorthin."

„Ich melde mich, wenn ich Unterstützung brauche", wimmelte Eigner den Kollegen ab. „Apropos. Wie schaut es mit Akten aus? Habt ihr was gefunden?"

Kummer zögerte. „Ich bin noch nicht dazu gekommen. Wir haben allerhand um die Ohren."

„Das ist jetzt aber nicht wahr!" Am liebsten wäre Eigner durch die Leitung gefahren, um den Leutnant am Schlafittchen zu packen und zu schütteln. „Ich hab doch ausdrücklich gesagt, dass es dringend ist!"

„Es gibt auch noch andere Prioritäten. Sie wissen doch, dass wir einen Personalengpass haben", gab Kummer zurück.

„Genau deswegen bin ich da! Und wenn ich das gleich weiß, kann ich anders planen und komm selber vorbei oder schicke jemanden", schäumte Eigner.

„Sie kriegen Ihre Unterlagen schon, falls wir überhaupt was haben, was ich sehr bezweifle."

„Ihr seids mir wirklich eine Hilfe!" Eigner legte auf, bevor er unflätig wurde.

Stierschneider und Dürr hatten inzwischen ihren Dienst angetreten. Immer noch gereizt bat Eigner zu einer Besprechung. Die Unterlagen, die Inspektorin Dürr am Vortag im Archiv entdeckt hatte, lagen vor ihm auf dem Tisch. Besonders interessant schien ihm das Notizbuch des Pfarrers, das aus dem Jahr seines Verschwindens stammte. Es würde Wochen dauern, bis man die Termine und Telefonnummern, die darin vermerkt waren, nachgeprüft hatte. Eine erste Sichtung hatte Eigner bereits vorgenommen. Er trug Dorothea auf, eine Liste sämtlicher Personen zu erstellen, mit denen Pater Ralf laut seinen Aufzeichnungen in den letzten zwei Monaten vor seinem Verschwinden Kontakt gehabt hatte.

Anschließend setzte er die beiden Kollegen über seine jüngsten Ermittlungsergebnisse ins Bild. Er berichtete von der Schlägerei, die Weißenböck mit Pater Ralf gehabt hatte, und den unterschiedlichen Aussagen dazu. Auch erzählte er von dem Werkzeugschuppen, der ziemlich genau dort auf dem Grundstück gestanden sei, wo man die Überreste Ralfs gefunden hatte. „Es ist also durchaus denkbar, dass der oder die Täter in aller Ruhe ein Grab ausheben konnten, um die Leiche darin zu verscharren, ohne dass jemand etwas bemerkt hat."

„Das widerspricht meinen Erfahrungen", sagte Dorothea. „Irgendwo ist immer irgendwer, der was gesehen oder gehört hat."

Eigner dachte an Conny und überlegte, ob er den Besuch in ihrem Haus erwähnen sollte. Bevor er sich zu einer Entscheidung durchgerungen hatte, fragte Inspektorin Dürr: „Was ist mit der Geschichte in der Kartause? Du hast gestern von einer Anzeige gesprochen."

Eigner wandte sich an Stierschneider. „Da brauch ich deine Hilfe, Ernstl." Er schilderte dem Kollegen den Vorfall im Altersheim. „Ich glaube, es ist besser, wenn du mit der Heimleiterin, dieser Schwester Angela, redest. Du hast da mehr Distanz als ich. Nimm dir auf jeden Fall auch ein paar Pfleglinge vor. Selbst wenn sie dir nichts Verwertbares erzählen, kannst du zumindest einschätzen, ob sie eingeschüchtert wirken oder vielleicht lügen, um jemanden zu decken." Auf Malis aktuelle Verfassung ging er nicht weiter ein. Er hatte sich in der Früh, als er Simon und Jackie abgeliefert hatte, bei Hanni nach Malis Gesundheitszustand erkundigt. Nach Auskunft seiner Schwester hatte sie sich wieder ein wenig erholt, stand aber unter dem Einfluss schwerer Medikamente, die sie tief schlafen ließen. Einen Büßergürtel trug sie nicht, wie Schwester Angela auf Hannis ausdrückliche Nachfrage hin am Telefon beteuert hatte.

„Reicht es nicht, dass du denen gestern den Marsch geblasen hast? Müsste man ihnen nicht zuerst eine zweite Chance geben, bevor man zu härteren Bandagen greift?", drängte sich Stierschneiders melodisches Organ in seine Gedanken.

Dorothea setzte zu einer Entgegnung an. Eigner ließ sie nicht zu Wort kommen. „Was ist, wenn dort noch viel schlimmere Dinge geschehen? Stell dir vor, die kommen dahinter, dass die Polizei etwas gewusst hat und dem nicht nachgegangen ist. Dann können wir alle miteinander einpacken."

Stierschneider nickte wenig überzeugt.

„Vielleicht kannst du herausfinden, wer für die Qualitätskontrollen in diesen kirchlichen Einrichtungen zuständig ist. Wenn die Heimleitung allerdings keine Einsicht zeigt, werden wir um eine Sachverhaltsdarstellung an die Staatsanwaltschaft nicht herumkommen."

„Fahr du", sagte Eigner und hielt seiner Kollegin den Autoschlüssel hin.

Dorothea griff erfreut danach. „Nett von dir, dass du mich mitnimmst. Ich bin eh froh, wenn ich aus dem Büro hinauskomme."

Der Major betrachtete seine Kollegin von der Seite. Sie hatte ein ansprechendes Profil mit auffallend langen Wimpern und war eigentlich sehr hübsch. Im Grunde mag ich sie, dachte er. Trotzdem würde es ihm nicht erspart bleiben, diese Sache anzusprechen. Er wusste bloß noch nicht, wie. Mitzis Bemerkung über den Bankert, wie sie Dorotheas Tochter Lea bezeichnet hatte, war ihm nicht mehr aus dem Kopf gegangen. Er musste wissen, wer Leas Vater war. Wenn seine Kollegin ihm keine Antwort geben wollte, konnte er immer noch das Taschentuch ...

„Was ist?" Dorothea wandte den Kopf, ohne die salznasse Straße aus den Augen zu lassen. Sie schaltete die Wischer ein, weil der vor ihnen fahrende Wagen immer wieder für einen feinen Sprühregen auf ihrer Windschutzscheibe sorgte.

„Ich bin neugierig, was uns der Pater Josef über seinen Bruder erzählt. Nach dem, was ich bis jetzt über ihn erfahren habe, war er sehr beliebt und auch sehr leutselig. Nur was die Frauen betrifft, hat er es vielleicht ein wenig übertrieben“, tastete sich Eigner langsam an seine eigentliche Frage heran.

„Ich hab ihn auch sehr gern gehabt und kann nichts Schlechtes über ihn sagen. Er hat sich sehr für die Jugend eingesetzt und die Ministrantenlager eingeführt. Wir waren da öfter in einem Blockhaus mitten im Dunkelsteinerwald. Ralf hat mit den Kindern so ein Überlebenstraining in der Wildnis gemacht. Das ist supergut angekommen. Die Kinder waren total begeistert.“

Der Major bemerkte das Lächeln auf dem Gesicht seiner Kollegin. „Du warst Ministrantin?“

„Nein!“ Inspektorin Dürr schüttelte den Kopf. „Dafür war ich schon zu alt. Ich bin als Begleiterin mitgefahren. Ich hab damals die Ausbildung auf der Sozialakademie gemacht und hab jede Gelegenheit genutzt, um Praxis zu bekommen. Eigentlich wollte ich in einem Heim mit Schwererziehbaren arbeiten, aber erstens kommt es anders, und zweitens als man denkt.“

Eigner runzelte die Stirn. „Wie war das mit den Frauengeschichten, die dem Pfarrer nachgesagt werden? Hast du da etwas mitbekommen?“

„Frauengeschichten?“ Dorotheas Hände, die eben noch locker auf dem Lenkrad gelegen waren, umklammerten es nun.

„Na, so wie mit der Mitzi Weißenböck, zum Beispiel. Oder was glaubst du, warum sich ihr Mann mit Ralf geprügelt hat?“, half er nach.

„Geh, das war doch mehr blödes Gerede, und der Sepp hat sich öfter mit wem angelegt, wenn er besoffen war."

„Dass er den Pfarrer aus Eifersucht umgebracht hat, kannst du dir also nicht vorstellen?"

„Pfoa", sagte Dorothea. „Der Weißenböck? Glaubst wirklich?" Sie überlegte einen Moment. „Nein, ein Mörder ist der nicht. Da müsst ich mich grob täuschen."

Sie hatten die Bundesstraße verlassen und eben die Ortstafel von Furth passiert. Gleich würden sie auf dem Hügel sein, auf dem das Stift über dem Donautal thronte.

„Ich hab gehört, dass Pater Ralf eine Frau aus dem Ort geschwängert hat."

„Wer sagt so was?" Der Inspektorin war ihre Entrüstung deutlich anzumerken. Hatte Eigner mit seiner Bemerkung etwa einen Nerv getroffen?

„Der Quargel, zum Beispiel."

„Der wer?"

„Der Ernstl, unser Kollege", sagte Eigner nach einem kurzen Zögern und grinste ertappt.

„Wie nennst du ihn? Quargel?"

Eigner fasste nach dem Haltegriff, um in der Kehre nicht gegen seine Kollegin gedrückt zu werden. „Mhm", sagte er.

„Wieso Quargel?"

„Riechst du seine Füße nicht?"

Dorothea Dürr lachte auf. „Quargel. Das passt", prustete sie. „Das muss ich mir merken. Vielleicht nenne ich ihn beim nächsten Mal so, wenn er mich ärgert."

Der Major erinnerte sich an Stierschneiders Vorbehalte gegen weibliche Polizisten. „Habt ihr Probleme miteinander?"

„Früher war es besser."

„Früher?"

„Na, bevor man uns den Ernstl aufs Auge gedrückt hat."

„Ich hab geglaubt, der Meier hat ihn auf den Posten geholt, weil er einen Nachfolger einschulen wollte", wunderte sich Eigner.

„Aber geh!" Dorothea schnitt eine spöttische Grimasse. „Der Ernstl hat Protektion und will was werden. Er legt sich mit niemandem an, und seine Ziele hat er immer noch erreicht. Er will unbedingt Inspektionskommandant werden und hält nicht viel von Frauen im Polizeidienst, und alleinerziehende Mütter sind ihm ein besonderes Gräuel. Aber frag mich nicht, warum."

„Da hast du es nicht leicht."

Dorotheas wache grüne Augen streiften Eigners Gesicht. „Ich komm schon zurecht. Ich werde halt mein Leben lang eine kleine Landkiberin bleiben, weil ich sag, was ich mir denk und keinem von den werten Herren da oben in den Hintern krieche."

„Wie alt ist dein Kind?", fragte Eigner, um auf das eigentliche Thema zurückzukommen.

„Die Lea ist zehn, und Gott sei Dank hab ich meine Mutter, die auf sie schaut. In ein paar Jahren wird es dann sowieso leichter. Die Kinder heutzutage sind sehr selbstständig. Hast du auch Kinder?" Dorothea blinkte und bog in die Abzweigung ein, die hinauf zum Kloster führte.

„Eine Tochter und einen Enkel, Simon, er ist acht. Aber zu zweit tut man sich mit einem Kind natürlich leichter, schon wegen der ganzen Kosten. Unterstützt dich Leas Vater wenigstens finanziell?"

„Wir haben keinen Kontakt. Er lebt, soweit ich weiß, auch gar nicht mehr in Österreich. Aber lassen wir das.

Ich rede nicht gern über ihn. Schau, wir sind eh schon da. Viel los ist heute aber nicht. Da steht kein einziger Bus." Dorothea parkte den Wagen direkt neben dem Eingang. Als sie ausstiegen, schlug die Glocke der Stiftskirche halb zehn. Das Ding-Dong erinnerte Eigner an den Klang seiner Türklingel.

***

Sie warteten bei einem Seiteneingang auf Pater Josef, der sich in der Bibliothek aufhielt. „Ich war noch nie in einem Konvent", bekannte Dorothea.

„Ich auch nicht."

„Bin gespannt, wie es dort aussieht", fuhr Inspektorin Dürr fort.

Sie wurde enttäuscht, denn Pater Josef führte sie zum Exerzitienhaus, wo sie, wie er sagte, in einem der Büros in aller Ruhe miteinander reden könnten. Der langgestreckte einstöckige Bau lag direkt hinter dem Museum und bot Pilgern, Seminarteilnehmern, Wanderern und anderen Gästen innerhalb der Klostermauern Quartier.

Der Raum, den der Mönch gewählt hatte, war modern, doch sehr schlicht möbliert. Neben dem Schreibtisch befand sich eine beige Sitzgruppe, dahinter ein Regal mit Broschüren und einigen Bildbänden. Auf der Fensterbank wucherte eine Grünlilie. Pater Josef bot Kaffee an. Die beiden Polizisten lehnten dankend ab.

„Es ist also traurige Gewissheit." Der Mönch strich über sein Skapulier, den Überwurf, den er über seiner Tunika trug.

„Mein Beileid." Eigners Stimme drückte Anteilnahme aus.

Pater Josef hatte die Hände ineinander verschränkt und in seinen Schoß gelegt.

„Jetzt wissen wir zwar, wer der Tote ist. Aber der Fall gibt ziemlich viele Rätsel auf", begann Eigner.

Dorothea hatte ihr Notizbuch aus der Jackentasche genommen und zückte einen Kugelschreiber.

„Woran ist mein Bruder gestorben?"

„Das ist eine der Aufgaben, die unsere Forensiker zu lösen haben."

Der Mönch schaute erstaunt von Eigner zu Dürr und wieder zurück zum Major. „Ich dachte, das ist das Erste, was man herausfinden wird."

„Ist es in den meisten Fällen auch", bestätigte Eigner. „Die Kriminaltechniker arbeiten, wie gesagt, daran, und wir suchen inzwischen nach dem Motiv."

„Wie kann ich dabei helfen?"

„Haben Sie persönliches Eigentum Ihres Bruders übernommen, nachdem er verschwunden war? Briefe, Tagebücher oder sonstige Notizen?"

Pater Josef schüttelte den Kopf. „Nur Kleidungsstücke. Aber da war nicht viel. Was noch tragbar war, habe ich an die Caritas weitergegeben. Mein Bruder war größer als ich. Da hat mir kaum etwas gepasst." Der Mönch seufzte tief. „Die Polizei hat damals Unterlagen konfisziert. Aber was genau, weiß ich nicht, und ich habe auch später nichts mehr davon gehört oder gesehen."

Eigner nickte. „Wann haben Sie Ihren Bruder zum letzten Mal gesehen?"

Pater Josef strich erneut über seinen Überwurf. „Wenn Sie wüssten, wie oft ich in den vergangenen Tagen an diese Begegnung gedacht habe. Jahrelang habe ich mich damit gequält und mir nicht verzeihen können, dass ich im Unfrieden mit Ralf auseinandergegangen bin. Wenn ich nur geahnt hätte ..." Der Mönch rang die Hände.

„Sie haben gestritten?“ Eigner hatte sich interessiert nach vorne gebeugt.

„Das wäre zu viel gesagt. Ich habe ihn ins Gebet genommen, weil er immer mit dem Kopf durch die Wand wollte. Das hat mir wehgetan, immerhin war er mein Bruder. Aber natürlich wollte er sich nicht dreinreden lassen, mehr noch, er ist wütend davongefahren, und ich bereue es bis heute, dass ich ihn nicht aufgehalten habe.“ Pater Josef war zu einem Häufchen Elend zusammengesunken.

„Worum ist es in der Auseinandersetzung gegangen?“ Der Major blieb bei seinem sachlichen Tonfall.

Der Mönch knetete die Finger seiner auffallend kleinen Hände. Die Nägel waren manikürt, wie dem Polizisten auffiel.

„Es war kein spezieller Anlass, mehr so ein Gespräch im Allgemeinen. Es ging um Haltungen, um Einstellungen zum Leben. Mein Bruder hat den Missionsauftrag unseres Ordensgründers wohl sehr großzügig ausgelegt.“ Pater Josef betrachtete seine Finger und steckte sie in die Ärmel seines Habits.

„Erzählen Sie uns mehr von Ihrem Bruder. Was war er für ein Mensch? Ein wenig stur, haben Sie gesagt. Wie war er als Geistlicher? Hatte er Feinde, Neider, Gegner? Alles kann wichtig sein, jedes Detail ...“

Pater Josef richtete sich langsam wieder auf und strich über den Haarkranz, der seinen Kopf umrahmte. „Ralf hat seine Berufung früh gespürt. Das ist eher selten. Ich war am Anfang sehr skeptisch, ob er das Richtige tut. Aber er war entschlossen, sein Leben Gott und der Kirche zu weihen.“

„Hat er das später bereut? Hätte er gern Familie gehabt?“, fragte Eigner und musterte den Mönch aufmerksam.

„Welcher Mensch hadert nicht hin und wieder mit den Wegen, die er eingeschlagen hat, und überlegt sich, wie es hätte anders sein können“, philosophierte der Mönch und fixierte dabei den Herrgottswinkel, der Eigner gleich beim Betreten des Raums aufgefallen war.

„Gab es jemanden? Eine Frau, konkret?“, setzte der Major nach.

Pater Josef lachte verlegen und bleckte dabei seine großen Zähne. „Da fragen Sie den Falschen. Über so etwas hat mein Bruder nicht mit mir gesprochen. An Angeboten hat es ihm vermutlich nicht gemangelt, aber ich bin mir sehr sicher, dass mein Bruder keine Absichten hatte. Er war sehr gefestigt im Glauben. Mehr als andere.“ Josef räusperte sich: „Aber wie kommen Sie darauf? Glauben Sie, dass eine Frauengeschichte zu seinem Tod geführt hat?“

„Es gibt Gerüchte, die darauf hindeuten.“

Inspektorin Dürr rutschte unbehaglich auf dem Fauteuil hin und her. Eigner warf ihr einen strengen Blick zu.

Der Mönch wiegte nachdenklich den Kopf und strich sich übers Kinn. „Behauptungen“, sinnierte er. „Ich kann mir gut vorstellen, dass es Leute gegeben hat, die auf meinen Bruder eifersüchtig waren und die auch mit seiner mitmenschlichen Kompetenz Schwierigkeiten hatten.“

Dorotheas Kugelschreiber glitt über die Seiten des Notizbuches. Sie blätterte um.

„Wie meinen Sie das?“

„Ralf war ein sozial engagierter Mensch. Kennen Sie vielleicht *Jesus Christ Superstar*?“

„Das Rock-Musical?“

Der Mönch nickte. „Sie müssen sich meinen Bruder ein bisschen wie die Leute in dem Musical vorstellen.

Er war enthusiastisch, begeistert, engagiert, ein bisschen verrückt, und er hat etwas von diesem Geist in eine verstaubte, ein wenig verknöcherte Institution einbringen wollen. Er war ein Kind seiner Zeit, nicht der Einzige mit solchen Ideen. Vielleicht hätte er ein anderes Umfeld gebraucht, um sie besser umsetzen zu können. Hier, in unserem Biotop, ticken die Uhren immer noch ein wenig anders. Auch wenn sich manches langsam ändert."

Eigner war aus seiner Jacke geschlüpft und hatte sie über die Lehne der Bank gelegt. „Hatte er Probleme mit der Obrigkeit?"

„Immer wieder. Nichts Gravierendes. Außer vielleicht der Sache mit dem Siechenheim neben der Kartause." Pater Josefs Zähne massierten seine Unterlippe.

Eigner wartete darauf, dass der Mönch fortfuhr.

„Mein Bruder war, wie gesagt, sozial sehr engagiert. Er hatte ein Projekt in Planung und ist dabei auf Widerstand gestoßen."

„Bei wem?"

„Beim Bischof. Aber auch Teile der Bevölkerung waren dagegen. Wobei ich nie verstanden habe, warum seine Idee in dem Stadium überhaupt durchgesickert ist. Ich vermute, man wollte meinen Bruder von mehreren Seiten her unter Druck setzen."

„Worum ging es?" Eigner bemühte sich, sich seine Ungeduld ob der weitschweifigen Ausführungen des Mönchs nicht anmerken zu lassen.

„Ein Zentrum für Drogenkranke."

„In der Wachau?", wunderte sich der Major.

Dorothea hatte den Kugelschreiber auf ihren Notizblock gelegt. „Genau! Das ist damals heftig diskutiert worden, und natürlich waren einige empört, dass man solche Leute hier in Ortsnähe unterbringen will", sagte sie.

„Die hatten Angst um die Kinder“, ergänzte der Mönch. „Mein Bruder war überzeugt, dass der Standort ideal ist. Das ehemalige Siechenheim liegt weit außerhalb des Orts. Man hätte also niemanden gestört. In der Kartause selber, die sehr renovierungsbedürftig war, haben eine Handvoll Nonnen gelebt, und es ist sowieso schon daran gedacht worden, den Konvent in ein anderes Kloster einzugliedern. Die Drogenabhängigen hätten sich also beim Wiederaufbau der Kartause nützlich machen können und gleichzeitig eine Beschäftigung gehabt, die sie von ihren Süchten abgelenkt hätte.“

„Aber es ist nichts daraus geworden“, fasste der Major zusammen.

„Nein.“ Pater Josef schob die Hände wieder in die Ärmel seiner Tunika.

„Was ist passiert?“

„Der Bischof hat sich für ein anderes Projekt eingesetzt – das Altersheim, das von der Gemeinschaft übernommen worden ist. Die Nonnen haben auch bleiben können und noch dazu eine Aufgabe bekommen, und die Bevölkerung war froh, dass die pflegebedürftigen Alten ganz in der Nähe bleiben konnten.“

Eigner wechselte das Thema. „Wie ist eigentlich Ihr Verhältnis zu dieser Christlichen Gemeinschaft?“

„Gut“, antwortete Josef knapp.

„Und damals, als Ihr Bruder noch gelebt hat. Waren Sie da auf seiner Seite?“

Der Mönch zögerte. „Wir haben oft miteinander diskutiert. Es ist nicht immer leicht, die richtige Entscheidung zu treffen“, wich er der Frage aus.

„Das heißt, Sie haben sich gegen die Pläne Ihres Bruders gestellt?“

Pater Josef war das Thema sichtlich unangenehm. „Pläne ist ein hochtrabendes Wort für diese Idee, in die

Ralf sich da verrannt hatte. Er war ein Idealist, leicht zu begeistern, immer gleich Feuer und Flamme. Nur die mühsame Kleinarbeit war nicht seine Sache. Die hat er lieber den anderen überlassen."

Täuschte Eigner sich, oder war in dieser Kritik auch ein wenig Neid versteckt? Meinte Josef, sein Bruder sei einer gewesen, der sich nur die Rosinen aus dem Kuchen gepickt und den Rest den anderen überlassen hatte?

„Wie hat Pater Ralf es aufgenommen, dass er seine Idee nicht verwirklichen konnte?"

Es dauerte eine Weile, bis der Mönch antwortete. „Das ist interessant", murmelte er. „Ralf hat sich gefügt, ohne große Widerstände. Jetzt im Nachhinein habe ich das Gefühl, dass er noch etwas im Schilde geführt hat. Kann es sein, dass ihm das zum Verhängnis geworden ist?" Der Mönch wandte den Kopf ab. In seinen Augen standen Tränen.

***

„Dass die Kirche einen der ihren selber entsorgt?" Dorothea schüttelte den Kopf. „Ein Mönch mit Verschwörungstheorien, also, ich weiß nicht. Was würde wohl sein Abt dazu sagen?"

„Das werden wir herausfinden." Eigner zog den Sicherheitsgurt zu sich heran und ließ ihn einrasten.

Dorothea stieg aufs Gas, Splitt spritzte. „Also ein weiterer trüber Tümpel, in dem wir fischen."

„Genau." Der Major dachte an das Telefonat mit dem Oberst. Jederzeit könne er sich mit Fragen an den Bischofssekretär wenden, hatte sein Chef gesagt. Er war gespannt, ob er dort auch die entsprechenden Antworten erhalten würde.

„Was sagst du zu der Sache mit dem Missbrauch?" Dorothea hatte den Blick nicht von der Straße gewandt.

Der Akt war bei den Unterlagen gewesen, die Inspektorin Dürr noch im Archiv gefunden hatte.

„Ich wundere mich, dass überhaupt noch etwas aufgetaucht ist. Ich hab schon befürchtet, dass jemand das Material zum Fall verschwinden hat lassen", sprach Eigner nun doch den Gedanken aus, der ihn schon länger beschäftigte.

„Hat dir der Ernstl nicht gesagt, dass wir Wasser im Keller hatten? Gar nicht so wenig. Es war bei dieser Jahrhundertüberschwemmung vor ein paar Jahren. Ein Teil von unserem Archiv war komplett ruiniert. Etliches haben wir sogar wegschmeißen müssen." Sie schnalzte mit der Zunge. „Und du denkst gleich an eine Verschwörung?" Sie runzelte nachdenklich die Stirn. „Vielleicht steckt so was Ähnliches hinter dieser Missbrauchsgeschichte. Was meinst?" – „Das Verfahren ist doch eingestellt worden." Eigner musterte seine Kollegin.

Dorothea schaltete zurück und bremste vor der S-Kurve. „Richtig. Aber das heißt nicht, dass nichts war, oder?"

Der Major wandte sich ihr zu. „Also schlau werde ich nicht aus dir. Wenn von Frauengeschichten des Pfarrers die Rede ist, blockst du ab, und jetzt kommst du mir mit einem Missbrauchsverdacht?"

Inspektorin Dürr blinkte und fuhr auf einen Schotterstreifen neben der Straße. Sie zog die Handbremse an und stellte den Motor ab. „Ich hab geglaubt, du bist anders."

Eigner musterte seine Kollegin. „Anders?"

„Halt einer von denen, die solche Dinge ernst nehmen", sagte sie. Ihr bohrender Blick war ihm unangenehm.

„Bist du etwa auch ...?", begann der Major.

„Ich? Ein Opfer?“ Dorothea lachte auf. „Nein!“ Sie lachte erneut.

Eigner kam ihre Reaktion ein wenig gekünstelt vor. Er seufzte: „Meinetwegen. Reden wir mit dem Mädchen und den Eltern. Aber ich erwarte mir ehrlich gesagt nicht allzu viel davon. Wenn Ralf wirklich Kinder missbraucht hätte, dann hätten wir da mehr Fakten auf dem Tisch. In den letzten Jahren sind so viele solcher Vorfälle aufgedeckt worden, und es ist einiges an Schmerzensgeld geflossen. Ich glaub, wenn der ehemalige Pfarrer von Klein Dürnspitz ein Kinderschänder gewesen wäre, dann hätten wir schon Hinweise darauf.“

„Ist diese Anzeige im Akt denn keiner?“

Eigner runzelte die Stirn. „Schon“, gab er zu.

„Vergiss nicht, dass wir auf dem Land sind. In der Stadt ist das anders. Außerdem hat die Kirche hier bei uns in der Wachau noch sehr viel zu reden. Da will keiner der Erste sein, der einen toten Pfarrer an den Pranger stellt. Außerdem wäre das ein willkommener Verdächtiger für unsere Mordermittlungen. Wer meldet sich da freiwillig?“

Eigner hatte den Sicherheitsgurt gelöst und verschränkte die Arme vor der Brust. „Wie passt das mit deinem Bild von Ralf zusammen? Bei der Herfahrt hast du mir noch von ihm vorgeschwärmt und ihn in höchsten Tönen gelobt.“

Inspektorin Dürr drehte gedankenverloren den schmalen Ring an ihrem Finger. „Es ist mir einfach durch den Kopf gegangen. Vielleicht hat Pater Ralf eine Seite gehabt, die er mir nie gezeigt hat. Sagt man Missbrauchstätern nicht nach, dass sie zwei Gesichter haben? Glaub mir, es wäre mir selber am liebsten, wenn nichts an einer solchen Sache dran wäre, aber was haben wir sonst für Spuren?“

„Behauptete Weibergeschichten ohne konkrete Anhaltspunkte – wobei, das stimmt so nicht ganz, einen Hinweis hab ich, aber den hab ich noch nicht überprüft …"

„Wer?", unterbrach Inspektorin Dürr.

„Ein angebliches Kind, über das wir nichts Näheres wissen, eine Diebesbande, zu der uns die Verdächtigen fehlen, und eine Beute, von der sich bis heute kein einziges Stück gefunden hat", fuhr Eigner fort, ohne Dorotheas Frage zu beachten.

„Wer?", insistierte sie.

„Gleich", winkte der Major ab. „Und du kommst mir jetzt auch noch mit einem Missbrauchsverdacht. So einer hat uns in der Sammlung gerade noch gefehlt."

Inspektorin Dürr maß den Major herausfordernd. Ihr Tonfall war um ein paar Grad kühler geworden. „Was soll das heißen, ich komm dir mit einem Missbrauch? Das steht so in den Akten, und wenn man heutzutage eins und eins zusammenzählt, dann weiß man, was hinter solchen Anschuldigungen stecken kann."

„Nämlich?"

„Missbrauch in der Kirche, vertuschen, verschweigen, intern regeln, Pfarrer und Bischöfe in Klöstern verschwinden lassen, die Kommission, die für solche Fälle eigens eingesetzt worden ist … brauchst du noch mehr Stichworte?"

Eigner stöhnte. „Aber der Pfarrer Ralf ist tot! Der versteckt sich in keinem Konvent."

„Eben!", konterte Dorothea und ließ den Motor an. „Ist deine Lea das Kind vom Ralf?"

„Was?" Der Wagen machte einen Satz nach vor. Offenbar war Dorotheas Fuß von der Kupplung gerutscht. „Lea? Spinnst du?", fuhr sie Eigner an.

„Dann sag mir doch endlich, wer der Vater ist!"

„Das geht dich einen Scheißdreck an!" Die Kälte in ihrer Stimme schickte eine Gänsehaut über Eigners Rücken. Er hatte eindeutig einen wunden Punkt getroffen. Aber war es klug, jetzt weiter in sie zu dringen? Seine Erfahrung sagte ihm, dass er ihr ein wenig Zeit lassen musste. Zeit, die er im Grunde nicht hatte.

Dorothea startete. Ihre Miene blieb den ganzen Weg bis nach Klein Dürnspitz wie versteinert. Die Atmosphäre im Wagen war eisig. Eigner bemühte sich erst gar nicht um ein unverfängliches Gesprächsthema. Er wurde das Gefühl nicht los, dass er seine Kollegin enttäuscht hatte, und stellte fest, dass es ihm leidtat.

***

Kevin war allein daheim gewesen. Seine Eltern saßen noch beim Gebetspichler. Die Mutter hatte Geburtstag gehabt, deshalb hatte der Vater die Familie zum Essen ausgeführt, wie Eigner aus dem Buben herausbrachte. Es war dem Major gelungen, im Vorhaus unbemerkt ein schmutziges Kinderhemd und Socken des Buben an sich zu nehmen. Er hatte sich die Kleidungsstücke unter seine Jacke gestopft und hoffte, dass sie für seine Zwecke taugten. Womöglich brauchte er die Sachen auch gar nicht, wenn er den Eltern nachdrücklicher auf die Zehen stieg?

Auf dem Feldweg, der zum Donauweiberl führte, standen etliche Autos. Eigner parkte seinen Wagen neben der Bundesstraße und ging die paar Meter zum Lokal zurück. Der Heurige war ein adaptierter Weinkeller. Die Terrasse und der Zubau, die während der Saison immer gut besucht waren, blieben im Winter geschlossen. Da kamen ohnehin weniger Gäste, sodass man mit dem Platz im Keller gut das Auslangen fand. Der Raum war weiß gekalkt und mit Heurigentischen und Bänken bestückt.

Die Vitrine, in der Schüsseln mit Aufstrichen, Essiggurkerln und einer Platte mit aufgeschnittenem Schweinsbraten angerichtet waren, war Teil der Theke. Daneben stand ein altes Fass, das wohl als Stehtisch diente.

Es waren gut zwanzig Gäste da, wie Eigner schätzte. Die meisten waren Männer. Die Stimmung war ausgelassen, an einem der Tische wurde sogar musiziert. Ein bärtiger Mann, den Eigner nicht kannte, spielte auf einer Ziehharmonika. Mitzi Weißenböck saß, von zwei Frauen flankiert, an einem der Tische weiter hinten. Vor ihnen standen die Reste der Geburtstagstorte, Kaffeetassen, Gläser und Karaffen mit Soda und Wein. Sepp stand mit ein paar anderen beim Wirt an der Schank. Quer über sein Gesicht zog sich ein langer Kratzer. Stammte der am Ende von seiner Frau? Die Männer stießen mit Schnaps an. Dem Gegröle nach war es nicht ihr erster. Dazwischen wurde Gespritzter getrunken.

Heimo Gebetspichler, der den Heurigen erst vor einem halben Jahr von seinen Eltern übernommen hatte, stand zufrieden grinsend bei den Trinkern. Wahrscheinlich freute er sich über das gute Geschäft, das er heute machte. Die Flasche mit dem Hochprozentigen in Griffweite schenkte er dann und wann nach. Seine karottenroten Haare kräuselten sich in kleinen Locken. Der Haaransatz war auf beginnender Flucht. Er hatte dem Major einen neugierigen Blick zugeworfen, als dieser den Heurigen betreten hatte. Auch ein paar der Gäste hatten sich zu ihm umgewandt. Geschlossene Gesellschaft schien es keine zu sein, sonst hätte man ihn schon darauf aufmerksam gemacht, mutmaßte der Major.

Nun hatte ihn auch Sepp Weißenböck entdeckt. Er schwankte ein wenig, als er auf ihn zukam, und legte ihm leutselig den Arm um den Nacken. „Na, Herr Polizist. Noch immer auf Mördersuche?“, nuschelte er. Eigner drehte sich zur Seite, um Weißenböcks bestialischem Mundgeruch zu entgehen. Der war schon länger nicht beim Zahnarzt, dachte er, nachdem ihm ein deutlicher Blick auf die Ruinen in seinem Mund nicht erspart geblieben war.

Mitzi Weißenböck war aufgestanden und reckte den Hals. Umständlich hob sie ihr Bein über die Bank, während eine der Frauen nach ihrer Hand griff und auf sie einredete.

Der Major wand sich aus der Umarmung des Alkoholikers. Den Weg hätte er sich sparen können, dachte er verstimmt. Weißenböck war ziemlich betrunken. Womöglich würde er sich morgen schon nicht mehr an das erinnern, was er heute von sich gab.

Mitzi Weißenböck hatte sich inzwischen zu den beiden nach vorne gekämpft. „ Das ist eine private Runde. Was wollen Sie da?“ Trotz ihres leichten Zungenschlags hielt sie sich erstaunlich gerade.

„Pscht“, machte Weißenböck und legte dabei seinen Zeigefinger auf den Mund.

Mitzi ignorierte ihn. „Sie sollten lieber Ihre Arbeit machen und dieses Miststück einsperren“, keifte sie.

Der Qualm im Heurigenstüberl kratzte in Eigners Hals. „Wen?“, fragte er und hustete.

„Halt's zamm!“ Sepp streckte die Hand aus und stupfte seine Angetraute mit dem Zeigefinger.

Sie wischte seine Hand unwirsch beiseite. „Wieso machst du nicht selber die Pappn auf und erzählst dem Inspektor, was passiert ist?“, fuhr sie ihren Mann an.

„Ich will jetzt feiern!“, sagte Sepp, der langsam ungeduldig wurde.

„Das Gesicht hat sie ihm zerkratzt, da, schauen Sie!“ Mitzi Weißenböck griff nach Sepps Kinn und versuchte, seine malträtierte Gesichtshälfte zum Major hin zu drehen.

Sepp stieß Mitzi grob zur Seite. Sie taumelte. Eigner konnte sie gerade noch am Ellenbogen festhalten und einen Sturz verhindern. „Ho, langsam!“, sagte er in Weißenböcks Richtung.

„Ja, sperren Sie sie endlich ein, die alte Hex!“, mischte sich ein Saufkumpan, der eben noch an der Theke gestanden war, ins Gespräch.

„Mit der sollten Sie sich wirklich einmal unterhalten, Herr Inspektor. Wo ist da der Schutz der Privatsphäre, wenn so eine überall ungestraft herumschnüffeln kann?“, sagte eine der Frauen, die vorhin noch an Mitzis Seite gesessen war. Ihre harten Knopfaugen erinnerten den Major an eine Krähe. Langsam dämmerte ihm auch, von wem hier die Rede war.

„Das sind meine Steuergelder, die ihr da verpulverts, wenn ihr immer nur an den Symptomen herumdokterts, statt das Übel gleich mit der Wurzel auszureißen“, mokierte sich plötzlich auch der Wirt. „Ich hätte schon öfter Grund gehabt, die Funsn anzuzeigen. Die gehört in eine Anstalt. Solche Leute muss man vor sich selber schützen. Aber bei uns wird ja immer gewartet, bis einmal wirklich etwas passiert.“

„Haben Sie die Polizei verständigt?“ Der Major musste die Stimme erheben, um sich Gehör zu verschaffen.

„Ich? Wieso? Es ist ja beim Sepp daheim passiert“, sagte Gebetspichler und warf sich das Geschirrtuch über die Schulter.

Der Major wandte sich Mitzi zu.

„Dem Pfarrer hab ich es gesagt. Der tut wenigstens was und kümmert sich, dass sie endlich in dieses Heim kommt! Solche Leute sind ein Schandfleck für die Gemeinde. Die brauchen wir da nicht, wenn wirklich der Papst kommt.“ Sie sah Beifall heischend zu ihrer Freundin hinüber.

„Richtig!“, sagte die Krähe und nickte zustimmend mit dem Kopf.

„Der Papst?“

„Ja, aber das ist noch nicht offiziell“, sagte Mitzis Freundin und zwinkerte dem Major verschwörerisch zu.

„Und wieso ist Cornelia so wütend gewesen?“

„Was weiß ich“, nuschelte Sepp. „Ich brauch noch einen Schnaps!“ Er schwankte zur Theke zurück.

„Wegen dem Pater Ralf. Keine Ahnung, was sich der Trampel da zusammenspinnt. Natürlich hat sich der Sepp gewehrt und ihr gesagt, dass sie von seinem Grundstück verschwinden soll“, sprang Mitzi ein.

„Daraufhin hat sie ihn gekratzt?“

„Weil ich gesagt hab, dass sie im Gugelhupf schon auf sie warten“, hörte der Major von der Theke her. „Aber brauchst nicht glauben, dass ich mir das einfach so gefallen lass.“ Weißenböck lachte meckernd. „Der klingen sicher noch immer die Ohrwascheln von der Watschn, die ich ihr gegeben hab.“

„Trottel“, zischte seine Frau.

Eigner war zu seinem Wagen zurückgegangen. Er würde bei Cornelia vorbeischauen. Hoffentlich war sie nicht verletzt. Die Befragung der Weißenböcks würde er auf morgen verschieben, wenn die beiden nüchtern waren. Dann musste Sepp ihm erklären, warum sein Name mit Ausrufezeichen im Notizbuch des Pfarrers stand. Noch dazu am Tag, bevor er verschwunden war. Einen Vaterschaftsnachweis würde er auch verlangen, nahm er sich vor. Falls es keinen gab, würde er die nötigen Schritte veranlassen.

Als er eben den Wagen starten wollte, rief Inspektorin Dürr an. „Die Eltern des Mädchens sind nach Wien verzogen. Aber sie selbst ist gerade auf einem

Kurs in Krems. Ich hab sie schon angerufen. Sie hätte heute um halb sechs für dich Zeit." Seine Kollegin klang geschäftsmäßig kühl.

Der Major warf einen Blick auf seine Uhr. „Das geht sich aus. Kommst du mit?"

„Ich überprüf die Adressen, so wie du es mir aufgetragen hast", kam es spitz vom anderen Ende der Leitung.

Auch gut, dachte Eigner ein wenig beleidigt. Bitten würde er sie nicht! „Dann gib ihr Bescheid. Sie soll einen Treffpunkt vorschlagen. Schick mir ein SMS", ordnete er an.

Cornelia Reiters Haus lag verlassen da. Er klopfte an die hölzerne Eingangstür und rüttelte an der Klinke. Dann blieb er noch eine Weile vor dem Haus stehen und wartete, ob sich ein Vorhang bewegte. Offenbar war wirklich niemand zu Hause. Er ging zurück zum Auto und machte sich auf den Weg nach Krems. Wäre Hanni nicht mit Simon, dem Hund und dem Vater schon eingeteilt genug gewesen, hätte er sie bitten können, nach Cornelia zu sehen. Er überlegte, ob er stattdessen Dorothea fragen sollte oder Stierschneider? Lieber nicht, verwarf er den Gedanken. Die Kollegen wegen einer Ohrfeige ausrücken lassen? Die würden sich schön bedanken. Besser er unterhielt sich mit dem Pfarrer. Er konnte ihn ja auf der Rückfahrt von Krems anrufen. Am Abend war er sicher daheim.

***

Kunstmeile war auf dem Hinweisschild zu lesen, bei dem Eigner den Kreisverkehr verließ. Er parkte vor dem Karikaturmuseum. Das ehemalige Redemptoristenkloster gegenüber zählte nicht zu den Sehenswürdigkeiten der Meile. Dabei war die Anlage mit den vergitterten Fenstern, der mit Stacheldrahtreihen gespickten Umfassungsmauer und den Wachtürmen durchaus beeindruckend. Vermutlich bewarb man sie nicht, weil sie auch so über die Landesgrenzen hinaus bekannt war. Der Major war nicht oft in der Justizstrafanstalt gewesen, obwohl es etliche Täter gab, denen seine Ermittlungen lange Aufenthalte im „Felsen", wie das Gefängnis in Stein im Volksmund hieß, beschert hatten. Er wandte sich um, rammte beinahe eine Tafel, auf der eine Veranstaltung des Literaturhauses angekündigt war. Vor der Kunsthalle hatte ein Bus angehalten, aus dem eine Touristengruppe tröpfelte. Michaela war eine leidenschaftliche Ausstellungsbesucherin gewesen. Meist hatte sie allein gehen müssen, weil er entweder beschäftigt war oder sich eine Ausrede ausgedacht hatte. Er mochte keine Menschenmengen. Sie erinnerten ihn an die Schaulustigen an Tatorten, wenn sie sich um ein Kunstobjekt drängten. Er erholte sich lieber in der Natur, ging hinauf auf die Anhöhen des Dunkelsteinerwaldes, ließ den Wind über seine Glatze streichen, während er den Ausblick über das Donautal genoss.

Er bog auf das Gelände der ehemaligen Tabakfabrik ein, die nun die Donau-Universität beherbergte. Obwohl die Hochschule vor ungefähr zehn Jahren eröffnet worden war, war er noch nie hier gewesen. Hinter dem weitläufigen Campus erstreckten sich Weingärten, die von den für die Region typischen Trockensteinmauern gesäumt waren. Man hatte bei der Renovierung viel von der alten Bausubstanz erhalten. Die moderne Konstruktion aus Stahl und Glas gegenüber, in dem sich das Audimax und die Bibliothek befanden, schien ihm auf den ersten Blick gewöhnungsbedürftig. Bei genauerer Betrachtung musste er zugeben, dass sich der moderne Bau gut in die Umgebung einfügte. Der Schornstein des alten Kesselhauses hob sich deutlich ab. Es diente nun als Kino, auf dem Programm stand demnächst eine Kriminalfilmretrospektive. *Mord im besten Alter* hieß der Streifen, der übermorgen gezeigt werden sollte.

Der Major betrat die Filmbar, die die Frau als Treffpunkt vorgeschlagen hatte, und sah sich suchend um. Um diese Tageszeit waren wenige Besucher da. Eine Frau, die an einem der kleinen Tische an der verglasten Fensterfront saß, erhob sich zögernd. Sie war üppig gebaut und trug ein elegant geschnittenes Businesskostüm mit cremefarbener Bluse. Eigner fand sie hübsch, wenngleich sie nicht sein Typ war. „Frau Stummvoll?“, fragte er. Ihr Händedruck war kühl und etwas feucht. Der Major setzte sich ihr gegenüber auf einen der gepolsterten Sessel.

Helga Stummvolls Finger spielten nervös mit dem Glas, in dem Mineralwasser perlte. Trotz ihrer Körperfülle war ihr Gesicht schmal. Dezenter Lidschatten betonte die mandelförmigen Augen, auch die vollen Lippen waren unauffällig geschminkt. Sah so ein Missbrauchsopfer aus? Der Gedanke war blöd, wies sich der Major zurecht. Man sah es den wenigsten an. So wie auch die Täter äußerlich nicht wie die Monster erschienen, als die sie handelten.

Die Frau strich eine Strähne der braunen Locken, die ihr bis knapp zu den Schultern reichten, hinters Ohr. „Worum, sagten Sie, geht es?“

Der Major winkte dem Kellner und bestellte Tee. Während er auf das Getränk wartete, versuchte er, sich ein Bild von seinem Gegenüber zu machen.

„Gesundheitspädagogik“, erzählte sie. „Mein Vater wollte immer, dass ich Ärztin werde. Aber dazu hat es nicht gereicht. Ich bin zwar in der Branche gelandet, allerdings ohne Universitätsabschluss. Den hole ich nun nach.“ Sie hatte beide Hände um das Glas gelegt, als wollte sie sich daran festhalten.

Eigner nickte freundlich und lächelte dazu. Schweigen lockte die Meisten aus der Reserve.

„Offenbar hört man nie auf, den Eltern gefallen zu wollen“, scherzte sie und biss sich dann auf die Lippen, als wäre ihr die Bemerkung unangenehm.

Der Kellner brachte den Tee. Eigner hob den Deckel der Kanne, zog den Beutel einige Male durch das heiße Wasser und goss sich dann ein.

„Aber deswegen sind Sie sicher nicht hier“, begann sie noch einmal zaghaft.

„Es geht um Pater Ralf“, sagte der Major, den Blick aufmerksam auf ihr Gesicht gerichtet.

Ihr linkes Lid zuckte, sie schlug die Augen nieder. „Pater Ralf?“, fragte sie ungläubig.

„Schauen Sie denn keine Nachrichten? Sogar in den Zeitungen ist diese Sache ganz prominent abgedruckt.“

Sie schüttelte den Kopf, schien tatsächlich nichts mitbekommen zu haben. „Mein Seminar“, sagte sie mit zittriger Stimme. „Ich habe den ganzen Tag Kurs. Am Abend muss ich noch etwas schreiben oder vorbereiten, und danach falle ich erledigt ins Bett.“

„Und Ihre Eltern? Die haben Ihnen auch nichts erzählt?“

Erneut schüttelte sie den Kopf. „Die sind auf einer Gruppenreise in Argentinien. Ich glaube nicht, dass sie da österreichische Zeitungen lesen.“

Der Major nahm einen Schluck von seinem Tee. Kein Vergleich mit seinem Sincha. Aber trinkbar, befand er. „Die Überreste des Pfarrers sind auf einem Baugrundstück in Klein Dürnspitz gefunden worden.

Im Zuge der Ermittlungen sind wir auch auf Ihre Anzeige gestoßen. Deshalb bin ich hier", fasste er zusammen.

Sie war bei seinen Worten noch blasser geworden, als sie ohnehin schon gewesen war. „Das ist doch ewig her", stammelte sie.

„Die Anzeige wurde damals eingestellt. Aus Mangel an Beweisen", fuhr er aufs Geratewohl fort. „Was ist eigentlich genau geschehen?"

Helga schluckte. „Es ist mir so unangenehm. Müssen wir diese alte Geschichte wirklich noch einmal aufwärmen?"

Eigner zögerte. War er zu forsch? „Würden Sie lieber mit einer Frau reden?" Er hätte Inspektorin Dürr mitnehmen sollen.

Sie stützte ihr Kinn auf die Hand, fuhr sich mit den Fingern über die Wange und lehnte sich dann in ihrem Stuhl zurück. „Nein. Darum geht es nicht."

Der Major musste sich über den Tisch beugen, um sie zu verstehen.

„Wahrscheinlich ist es am besten, wenn ich Ihnen reinen Wein einschenke." Sie griff nach ihrem Glas, wie um sich Mut anzutrinken, und verschluckte sich. Der Kellner sah neugierig in ihre Richtung. Eigner stand auf, um ihr auf den Rücken zu klopfen. Sie hob abwehrend die Hand, wischte sich die Tränen aus den Augenwinkeln und räusperte sich. „Entschuldigung!"

„Alles okay?"

Sie zupfte an ihrer Jacke und sagte an Eigner vorbei in den Raum. „Ich habe damals gelogen."

„Gelogen?"

„Es hat keinen Missbrauch gegeben!" Ihr Ton war leicht hysterisch geworden. „Bekomme ich jetzt eine Anzeige?"

„Aber wieso?“ Eigner versuchte, verständnisvolle Ruhe auszustrahlen.

„Ralf hat mich nie angefasst und sich immer korrekt benommen. Er hat sich nicht einmal für mich interessiert“, kippte Helga nun ins Weinerliche.

Der Major hatte das Tablett mit der Teekanne beiseite geschoben und seine verschränkten Finger auf den Tisch gelegt. Wieder spürte er den Drang, eine Zigarette zu rauchen. Aber er hatte ohnehin keine dabei. „Wollten Sie sich revanchieren, weil er Sie nicht beachtet hat?“

Helgas Unterlippe zuckte.

„Und dann haben Sie Ihren Eltern erzählt, er hätte Sie ... berührt?“

Helga stöhnte. „Ich hab ein paar Freundinnen erzählt, dass ich mit Ralf geschmust habe. Zuerst wollte ich nur ein bisschen angeben, dann aber habe ich die Geschichte mit immer mehr Details ausgeschmückt. Eines von den Mädchen hat getrascht, und ein paar Tage später hat mich mein Vater zur Rede gestellt. Natürlich konnte ich da keinen Rückzieher mehr machen. Sonst wäre ich ja vor allen als Lügnerin dagestanden“, sprudelte es plötzlich aus ihr heraus.

„Wie hat Ralf reagiert?“

Ein nervöses Lachen befreite sich aus ihrer Brust. „Er war betroffen, fertig, hat es nicht glauben können, die Welt nicht mehr verstanden.“ Sie stieß gestikulierend an das Glas.

Eigner griff danach, bevor es umkippte.

„Aber die Angelegenheit nahm ihren Lauf. Mein Vater bestand auf einer Anzeige. Ich glaube, er hat Ralf nie leiden können.“ Sie griff sich eine Locke und begann nervös damit zu spielen. „Es war so peinlich. Diese Befragung nach sexuellen Details. Mein Gott, was hab ich mich geschämt.“

Der Major sah zum Fenster hinaus. Der hell erleuchtete Glasbau hob sich von der dunklen Umgebung ab. Drinnen wuselten Menschen durch die Gänge. Wie Mäuse in einem Terrarium, dachte er.

„Natürlich habe ich mich in Widersprüche verstrickt. Die von der Polizei wissen schon, wie sie fragen müssen. Es ist nicht einmal zu einer Verhandlung gekommen."

„Und Ralf, haben Sie danach noch einmal mit ihm gesprochen?"

„Ich hab ihm einen Brief geschrieben. Mich entschuldigt, quasi gebeichtet." Sie ließ die Strähne los und strich sie hinters Ohr.

„Mutig! Und, hat er reagiert?"

Sie nickte. „Er hat geantwortet. Es war ein kurzer Brief, verständnisvoll und freundlich. Er hat mir verziehen. Das war das Letzte, was ich von ihm gehört habe. Ein paar Tage später war er verschwunden."

„Ihren Eltern haben Sie es natürlich auch gesagt!"

Helga Stummvoll presste die Lippen zusammen und schüttelte heftig den Kopf.

„Wieso nicht?" Eigner bemühte sich, die Entrüstung aus seiner Stimme zu bannen, was ihm jedoch nicht gelang.

„Das hätte ich mich nie getraut. Was glauben Sie, was da los gewesen wäre? Mein Vater als angesehener Zahnarzt im Ort. Und dann eine solche Geschichte? Die Anzeige war schon schlimm genug für ihn und die Peinlichkeit nachher, weil die Sache nicht vor Gericht gekommen ist ..."

Der Major brummte. „Sind Ihre Eltern deshalb nach Wien gezogen?"

„Nein. Meine Mutter wollte zurück. Sie kommt ursprünglich aus der Stadt und hat sich hier nie so richtig wohlgefühlt. Soviel ich weiß, hatten meine Eltern schon lange geplant, dass sie weggehen, sobald Papa die Ordination aufgibt."

Eigner nahm sich vor, mit Helgas Eltern zu reden, sobald diese von der Reise zurück waren. Ob er ihnen dabei auch eröffnete, dass ihre Tochter den Missbrauch erfunden hatte, musste er sich noch überlegen. „Dieser Ralf scheint beinahe so was wie ein Heiliger gewesen zu sein. Kein Vorwurf oder sonst etwas? Ich hätte das nicht einfach so stehen lassen", kam er auf das ursprüngliche Thema zurück und griff nach seiner Tasse. Der Tee war inzwischen kalt geworden.

„Er war schon etwas sehr Besonderes, da haben Sie Recht." Helga holte tief Luft, bevor sie weitersprach. „Leute wie er werden oft nicht alt."

„Kennen Sie eine Dorothea Dürr?", fragte Eigner aus einer plötzlichen Eingebung heraus.

„Die Dorli? Sicher! Sie hat mich ja gestern angerufen. Ist sie keine Kollegin von Ihnen?" Helga schien überrascht.

„Doch", erwiderte der Major. „Ich wollte wissen, ob Sie sie von früher kennen."

Helga Stummvolls Gesicht färbte sich plötzlich rosa. „Sie war damals Gruppenleiterin und hat sich mit dem Ralf immer extra gut verstanden."

„Waren Sie eifersüchtig auf sie?"

Die Frau senkte den Kopf. „Mhm", murmelte sie undeutlich.

***

Eigner stand im Stau auf der Donaustraße. Auf dem feuchten Asphalt spiegelten sich die Scheinwerfer der Fahrzeuge und das Licht der Straßenlaternen. Er fuhr routiniert, war in Gedanken immer noch bei dem

Gespräch mit der jungen Frau. Helga Stummvoll war wohl das, was man gemeinhin als Vollblutweib bezeichnete. Rein optisch, korrigierte er sich. Von der Art her hatte sie ihn eher an ein schüchternes Mädchen erinnert. Eine eigenartige Kombination, dachte er, die bestimmt viele Männer reizvoll fanden.

Dass sie als Halbwüchsige von allein auf die Idee gekommen war, Pater Ralf sexueller Übergriffe zu bezichtigen, konnte er sich nicht vorstellen. Ihre Version, dass sie in die Geschichte hineingeschlittert war, klang glaubhaft. Welche Rolle hatte ihr Vater dabei gespielt? Er musste unbedingt mit ihm reden, sich einen Eindruck von dem Mann verschaffen. Wenn er nicht wusste, dass seine Tochter den Missbrauch erfunden hatte, kam er im Grunde als Täter infrage. Vielleicht war er wütend gewesen, weil die Justiz die Anzeige nicht verfolgt hatte? Sah seinen Ruf als angesehener Zahnarzt beschädigt und konnte es nicht hinnehmen, dass er und seine Tochter vor der Gemeinde als Verleumder dastanden? Als ausgebildeter Mediziner verfügte er jedenfalls über genügend Fachwissen, um einen Menschen so zu beseitigen, dass es nach einem natürlichen Tod aussah. Er hätte ihm etwas injizieren können, irgendein Gift, das keine Spuren in den Knochen hinterließ. Aber warum hatte er ihn dann verscharrt?

Der Major bremste abrupt, als vor ihm eine Katze über die Straße lief. Sein Hintermann hupte.

Weil man ihn sofort verdächtigt hätte. Immerhin hatte er den Pfarrer angezeigt und beschuldigt, er habe seine Tochter sexuell bedrängt. Sie geküsst, gestreichelt und ihr einen Finger eingeführt. Bevor es zum Geschlechtsverkehr gekommen war, habe sie sich losgerissen und war davongelaufen, hatte sie damals zu Protokoll gegeben.

Eigner bog in den Kreisverkehr ein. Und eifersüchtig auf Dorothea, setzte er seine Überlegungen fort. Was hatte Helga mit „extra gut verstanden“ gemeint? Hatte Dorothea seinen Auftrag, die Adressen und Termine aus Ralfs Notizbuch zu sichten und zu sortieren nur als Vorwand genommen, um einer Begegnung mit Helga auszuweichen? Oder war es die Auseinandersetzung auf der Rückfahrt von Göttweig, die sie auf Abstand hielt? Es führte nichts an einem klärenden Gespräch vorbei. Er würde sie gleich morgen darauf ansprechen, nahm er sich vor.

Seine Gedanken glitten zurück zu Helgas Vater. Seine Kollegen mussten herausfinden, ob Pater Ralf sein Patient gewesen war. Wo die Familie gewohnt hatte, war sicher nicht schwer festzustellen. Vielleicht waren auch Hanni oder sein Schwager zu Doktor Stummvoll gegangen? Wieso hatte ihm seine Schwester eigentlich nichts über diese Missbrauchsgeschichte erzählt?

Während er auf die Donaubrücke einbog, läutete sein Handy. Das musste Hanni sein. Wahrscheinlich wollte sie wissen, wann er den Buben und den Hund abholte. Er hatte sofort ein schlechtes Gewissen. Nicht ein Mal hatte er untertags nachgefragt, wie es Simon ging. Er fingerte das Telefon aus der Tasche seiner Jacke, die auf dem Beifahrersitz lag. Die Kolonne, die nur stockend vorankam, ließ er dabei nicht aus den Augen.

„Eigner? Müllner hier“, tönte die Stimme seines Chefs aus dem Lautsprecher. „Es ist wegen der Geschichte im Altersheim. Ich hab da eine Beschwerde auf dem Tisch.“ Müllner kam, wie meistens, gleich zur Sache.

„Von wem?“

„Kommt aus dem Büro des Bischofs“, sagte sein Vorgesetzter genervt. „Du sollst dich ja wie ein Irrer in dieser Anstalt aufgeführt haben. War das wirklich notwendig?“

Eigner atmete tief aus. Warum kam ihm Müllner immer gleich mit Vorwürfen? „Vielleicht hörst du dir zuerst meine Version an?“

„Ich bitte darum. Schriftlich, wenn's geht. Ich brauch einen Bericht!“

„Mach ich, sobald ich Zeit hab. Der Stierschneider ist ohnehin an der Sache dran. Womöglich gibt es sogar eine Anzeige. Die Zustände dort sind einfach schauderhaft.“

„Was hat das mit deinen Ermittlungen zu tun?“, blaffte der Oberst.

„Erstens lebt die Pfarrersköchin in dem Heim und zweitens bin ich mir nicht sicher, ob nicht der Verein, diese Christliche Gemeinschaft, Dreck am Stecken hat. Womöglich gibt es da eine Verbindung zu unserem Mordfall“, gab Eigner bereitwillig Auskunft. „Ich wollte mir ohnehin schon einen Termin im Büro des Bischofs geben lassen.“

„Das ist in der Situation nicht gescheit“, entgegnete Müllner. „Überlass das lieber dem Kummer. Der hat das nötige Fingerspitzengefühl, du weißt ja, dass solche Sachen heikel sind.“

„Ich nicht, willst du damit sagen?“ Seit wann mischte sich der Oberst dermaßen in seine Ermittlungsarbeit ein? Eigner spürte ein Brennen im Magen.

Müllner ging nicht auf den Vorwurf ein. „Der Kummer ist übrigens auch skeptisch, was deine Recherchen in dem alten Missbrauchsfall betrifft. Die Sache ist abgeschlossen, meint er. Da wird nicht viel herauskommen.“

Woher wusste der Kremser Kollege das schon wieder? Hatte Dorothea sich bei ihm ausgeweint. Eigner spürte, wie sein Unmut wuchs.

„Die Angelegenheit ist damals auch innerkirchlich untersucht worden. Ohne Ergebnis. Der Kummer kann es dir genauer sagen."

Ach so war das. Eigner klemmte das Telefon zwischen Schulter und Ohr. Er brauchte die Hand zum Schalten. Natürlich war die Kirche nicht daran interessiert, dass er die Missbrauchsvorwürfe noch einmal ausgrub. Bis jetzt hatten die Geistlichen in der Wachau eine weiße Weste gehabt. Ein schwarzes Schaf in den eigenen Reihen schadete ihrem Renommee beträchtlich. Er verschwieg, dass es keinen Grund für solche Sorgen gab.

„Halt dich lieber an diesen Weißenböck. Der trinkt, haut seine Frau und ist ein Häferl. Würde mich nicht wundern, wenn der die eine oder andere Leiche im Keller hat. Bildlich gesprochen, meine ich." Der Oberst hüstelte. „Oder auch nicht", ergänzte er gleich darauf.

„Was wird das? Entziehst du mir jetzt die Leitung von dem Fall?", fragte der Major gereizt.

„Nicht doch. Ich will nur, dass du den Kummer mehr einbeziehst." Im Hintergrund waren Stimmen zu vernehmen. „Moment!" Müllners Stimme klang gedämpft, weil er die Finger über das Mikrofon gelegt hatte. „Also, wie gesagt. Ich warte auf den Bericht", wandte er sich nun wieder an Eigner. „Wenn was ist, ruf mich an!"

„Sicher", sagte der Major zu sich selbst, denn sein Chef hatte schon aufgelegt. Er schmiss das Telefon auf den Beifahrersitz. In ihm kochte es. Er würde sich ganz bestimmt nicht ins Handwerk pfuschen lassen! Und diesen leidigen Bericht – mit dem würde er sich Zeit lassen. „Diesen geschniegelten Nasenbären mit seinen Maßschuhen knöpf ich mir noch vor“, knurrte er. Was dachte sich dieser Frischling eigentlich? Glaubte er, dass ein bisserl Kaffeekochen beim FBI in Amerika jahrzehntelange Erfahrung als Kriminalbeamter ersetzte? Er sollte lieber schauen, dass er endlich die Todesursache herausfand.

Der Major atmete noch einmal kräftig aus, um sich zu beruhigen. Der Druck in seinem Magen war immer noch da. Er tastete nach dem Handy und blätterte im Telefonbuch des Geräts. Hanni hob gleich beim zweiten Läuten ab.

„Wie geht es dem Buben?“

„Er schläft“, sagte seine Schwester. „Wo bist du?“

„Unterwegs. Hat er noch Fieber?“

„Ja. Die Verena wollte ihn holen, aber ich hab gesagt, sie soll ihn besser noch ein, zwei Tage dalassen. Ich glaub sie war froh, dass sie sich keinen Pflegeurlaub nehmen muss.“

„Soll ich kommen?“, bot der Major an.

„Ich hör doch, dass du erledigt bist. Fahr lieber heim und schlaf dich aus.“

Hinter ihm heulte das Martinshorn auf. Im Rückspiegel sah er den Streifenwagen, der ihn gleich darauf überholte und an den Straßenrand winkte. Ein junger Kollege stieg aus dem Auto und kam breitbeinig auf ihn zu.

„Du, ich muss aufhören“, sagte Eigner zu seiner Schwester, während er das Fenster herunterkurbelte. „Guten Abend, was gibt’s?“ Er legte das Telefon auf den Beifahrersitz.

„Guten Abend.“ Der Kollege tippte mit dem Finger an seine Tellerkappe. „Die Papiere bitte!“

„Worum geht’s?“, fragte der Major und nestelte nach seiner Brieftasche.

„Telefonieren ist nur mit einer Freisprechanlage gestattet“, sagte der junge Mann förmlich und griff nach dem Dienstausweis, den Eigner ihm hinhielt.

„War dienstlich“, log der Major. „Der Freisprecher ist kaputt“, fügte er hinzu.

Der Kollege warf einen prüfenden Blick ins Wageninnere, enthielt sich aber jeden Kommentars. „Danke. Lassen Sie das besser reparieren!“, sagte er bemüht, gab dem Major den Ausweis zurück und salutierte.

„Sicher“, sagte Eigner, wohl wissend, dass er den Teufel tun würde. Lieber gar nicht telefonieren, als mit diesen Anlagen, bei denen es immer nur rauschte und knackste oder man die Hälfte erst gar nicht verstand. Er ließ den Motor an und fuhr zügig weiter. Bei der Kreuzung nahm er einen kleinen Umweg und stellte erleichtert fest, dass bei Cornelia Reiter Licht brannte. Das Gespräch mit ihr verschob er, und auch Pater Daniel würde er erst morgen aufsuchen. Seine Schwester hatte Recht. Er war erledigt und brauchte ein paar Stunden Ruhe. Der Infarkt hatte an seinen Kräften gezehrt. Früher hätte er sich ein paar Kaffee und vielleicht einen Aufputscher eingeworfen. Er seufzte. Wahrscheinlich gehörte er wirklich bald zum alten Eisen. Nicht umsonst standen solche wie Kummer schon in ihren Startlöchern bereit.

***

Das verlockende Glitzern des Flusses hatte ihn seine Pläne ändern lassen. Er hatte den Wagen auf einem Feldweg geparkt und war zum Wasser hinuntermarschiert. Auch wenn sein Körper müde war, wusste er, dass ihn seine Gedanken nicht zur Ruhe kommen lassen würden. Er hatte die Hundedecke aus dem Auto mitgebracht, breitete sie über einen Stein und setzte sich darauf. So majestätisch die Donau während des Tages wirkte, wenn sie blaugraugrün gemächlich durch das Tal zog, so geheimnisvoll erschien sie ihm bei Nacht, wenn sie sich träge in ihrem Bett räkelte. Ein eisiger Hauch, der ihn an den Kuss des Donauweibchens erinnerte, ließ ihn die Jacke enger ziehen. Dabei war er gar nicht richtig geküsst worden. Hanni hatte ihn rechtzeitig aus den Fluten gezogen. Drei Mal, sagt man, taucht ein Ertrinkender auf, bevor seine Seele endgültig der Nixe gehört. Seine Schwester hatte ihn schon beim zweiten Mal fest gepackt und nicht mehr losgelassen. Er wusste nicht, ob seine Erinnerung daran echt war oder die Bilder eine Folge wiederholter Berichte über den Vorfall waren.

Als er Michaela die Stelle gezeigt hatte, an der das Donauweibchen ihre klammen Finger nach ihm ausgestreckt hatte, hatte seine Frau ihn geküsst und sich an ihn geschmiegt. „Mein Glück, dass du ihr den Laufpass gegeben hast", hatte sie ihn geneckt und dann erneut geküsst. Es waren solche Szenen, die ihn seinen Verlust schmerzlich spüren ließen. Die anderen drängte er lieber beiseite. So wie die Wochenenden, wenn Michaela, von Medikamenten sediert, auf der Couch schlief, nicht einmal zu einem Spaziergang fähig war. Oder wenn sie trübsinnig vor sich hin stierte und weder auf seine Fragen noch auf die bemühten Scherze reagierte. In solchen Augenblicken war seine Angst groß gewesen, dass sie ihn endgültig ausgesperrt hatte, er nie wieder diese innige Verbundenheit spüren würde, die die besondere Qualität ihrer Beziehung bestimmt hatte.

Wenn er den Anblick seiner in sich selbst gefangenen Frau nicht länger ertragen konnte, war er mit dem

Auto ziellos durch die Gegend gefahren, hatte später begonnen, auf der Donauinsel zu joggen oder durch den Wienerwald zu streifen. Die Natur hatte schon immer beruhigend auf ihn gewirkt.

Er starrte auf das gleichmäßig fließende Grau, in dem der Vollmond waberte. In den Zweigen der Büsche, die das Ufer säumten, knackte es.

Anfangs war ihm ihre Traurigkeit nicht aufgefallen. Lustlosigkeit und Müdigkeit waren Symptome, über die im Herbst viele klagten. Er riet ihr, hinauszufahren, den Nebel im Wiener Becken hinter sich zu lassen, seine Eltern in der Wachau zu besuchen. Hier schien öfter die Sonne, wenn es in der Stadt trüb war.

Er griff nach einem Stein, wog ihn in der Hand, strich mit dem Daumen über die kalte, unregelmäßige Oberfläche und ließ ihn schließlich in den Fluss plumpsen. Bestimmt zog er Kreise, die man jedoch in der Dunkelheit nicht sah. Als Bub hatte er Kiesel über die Wasseroberfläche hüpfen lassen. Er hatte als Meister darin gegolten und sogar seine Schwester übertrumpft. Doch was waren diese kindischen Erfolge im Vergleich zu seinem Versagen? Er hatte seine Tochter im Stich gelassen. Verena war mit Michaelas Krankheit überfordert gewesen. So wie er selbst. Doch während sein Kind an ihrer Seite blieb und tapfer versuchte, sie mit kleinen Geschenken und Zeichnungen aufzumuntern oder mit Geschichten zu unterhalten, hatte er sich feige in seine Arbeit geflüchtet. Hatte sich eingeredet, es sei zum Wohl der Familie, denn einer müsse schließlich für ein Einkommen sorgen, Geld heranschaffen, damit die Arzt- und Medikamentenrechnungen bezahlt werden konnten.

Heute wusste er, dass seine Tochter ihn gebraucht hätte, dass er mit ihr über den Zustand Michaelas hätte reden müssen, vielleicht sogar Hilfe bei einem Psychologen suchen.

Als seine Frau ihm erzählte, wie sie als Kind ihren Vater tot in der Garage gefunden hatte, und der Anblick des Körpers, der an einem Seil baumelte, sie immer noch verfolgte, hatte er sie mitfühlend getröstet. Erst später hatten ihm die Ärzte erklärt, dass Depressionen erblich sein konnten. Noch immer ertappte er sich dabei, Verena bei jeder Begegnung mit Argusaugen zu betrachten, um zu prüfen, ob sie Anzeichen der Krankheit zeigte. Die bevorstehende Scheidung hatte seine alten Ängste geweckt, und dass ihn seine Tochter auf Abstand hielt, schürte seinen Argwohn erst recht. War nicht auch Michaela am Anfang seinen besorgten Fragen ausgewichen und hatte seine Befürchtungen abgetan?

Er sog den modrigen Geruch der Donau ein. Würde er es fertigbringen, die Prinzessin ein weiteres Mal herauszufordern? Michaela hatte es getan.

Ein tiefer Seufzer befreite sich aus Eigners Kehle. Noch immer fragte er sich manchmal, warum sie gerade diesen Weg gewählt hatte. Dass der Sprung von der Brücke im Spätherbst, bei Temperaturen knapp über null Grad, eine endgültige Entscheidung gewesen war, hatte er lange nicht wahrhaben wollen. Vielleicht war sie ausgerutscht, war ihr am Geländer übel geworden, oder sie hatte nur probieren wollen, wie es sich anfühlte, wenn sie auf dem kalten Metall balancierte, hatte er sich einzureden versucht. Akribisch hatte er die Stelle nach Hinweisen abgesucht, die seine Deutung unterstützten. War es ihr nicht in den Wochen davor deutlich besser gegangen? Sogar Ausflüge hatten sie gemacht und für Verena ein großes Geburtstagsfest ausgerichtet. Michaela hatte es genossen – so war es ihm wenigstens vorgekommen.

Auf der gegenüberliegenden Seite der Donau schlug die Kirchturmuhr zehn. Das Plätschern des Wassers mischte sich in die Geräusche der Nacht. Eine Fledermaus huschte über seinen Kopf und erinnerte ihn an seine Begegnung mit Conny am Fluss. Er wandte sich unwillkürlich um, doch bis auf eine Katze, die auf der Jagd war und im Unterholz verschwand, war er allein am Ufer. Er tastete nach der Decke, die von der Umgebungsfeuchte angezogen hatte. Dann stand er auf und zündete sich eine Zigarette an.

Da muss man sich halt zusammennehmen, hatte man hinter seinem Rücken getuschelt. Es gibt viele, die manchmal schlecht drauf sind. Wegen dem bisserl Schwermut darf man sich nicht gleich so gehen lassen, außerdem gibt es Medikamente, hatte man ihn belehrt. Dass die Tabletten Nebenwirkungen hatten, müde und dumpf im Kopf machten, manchmal Übelkeit erzeugten und einen zunehmen ließen, hatte niemanden interessiert. Das Verständnis für psychische Gebrechen war begrenzt. Wer außerhalb stand, hatte meist wenig Vorstellung davon, was es wirklich bedeutete, mit einem seelisch Kranken in der Familie zu leben.

Vielleicht hatte auch dieses Unverständnis mit dazu beigetragen, dass er sich in seine Arbeit vergraben hatte, nicht zur Kenntnis nehmen wollte, was er im Nachhinein nur allzu deutlich sah. Wieder dachte er an Conny, die mit so viel Ablehnung und Ignoranz zu kämpfen hatte. Leute wie sie brauchten besondere Unterstützung, das hatte Michaelas Krankheit ihn gelehrt.

Er inhalierte tief. Die leichte Benommenheit, die der erste Zug an der Zigarette verursacht hatte, war verschwunden. Auch wenn ihm der Glimmstängel eigentlich nicht schmeckte, rauchte er ihn dennoch konsequent bis zum Filter. Dann schnipste er den Stummel ins Wasser, nahm die Decke auf und stakste mit steifen Gliedern zu seinem Wagen zurück.

***

Der Vollmond störte die Nachtruhe des Majors. Er war schon zwei Mal auf dem Klo gewesen, hatte eine Zigarette geraucht und über seinen Fall gegrübelt, der ihn einfach nicht losließ. Kurz nach zwei war er endlich eingeschlafen. Das Heulen der Sirene riss ihn erneut aus dem Dämmerschlaf. Er drehte das Licht auf, es war zehn nach drei. Jackie hatte sich vor dem Lärm der Sirene unter den Lehnstuhl geflüchtet. Eigner sah nur ihre Schwanzspitze, die auf dem abgewetzten Teppich lag.

Wenig später hörte er eine Kakofonie mehrerer Folgetonhörner. Er sprang auf und eilte zum Fenster. Vier Einsatzfahrzeuge rasten mit Blaulicht die Bundesstraße entlang. Der Major schlüpfte in Hose und Anorak, steckte das Handy in die Tasche und lief aus dem Haus. Vielleicht konnte er vom Hügel aus sehen, was passiert war. Er mühte sich in Halbschuhen den Hang hinauf, glitt beinahe aus und stand schließlich schnaufend auf der Kuppe.

Der Feuerschein war weithin sichtbar. Wenn ihn nicht alles täuschte, sah er sogar Funken, die in den Himmel stoben. „Scheiße“, entfuhr es ihm.

Am Weg zurück nahm er die kürzeste Variante, rutschte teilweise auf dem Hosenboden hinunter. Daheim zog er sich rasch um, versuchte währenddessen, den verängstigten Hund zu beruhigen, und stieg dann in seinen Wagen.

Mehrmals musste er ausweichen, um Einsatzfahrzeuge vorbeizulassen. Vermutlich war Bezirksalarm ausgelöst worden, sodass sämtliche freiwillige Feuerwehren der umliegenden Ortschaften zur Unglücksstelle kamen. Wenig später bemerkte er, dass es offenbar Probleme mit dem Wasser gab, weil zwei der Fahrzeuge mit Blaulicht beim Treppelweg hielten. Das Hydrantennetz auf dem Land war deutlich schlechter ausgebaut als das in der Stadt, wie er wusste. Die Feuerwehr musste also entweder eine Leitung legen, durch die das Wasser bis zur Brandstelle gepumpt werden konnte, oder es wurde ein Pendelverkehr eingerichtet.

Eigner parkte sein Auto beim Friedhof. Auf der Mauer zuckte der Widerschein der Flammen. Der Brandgeruch war nun deutlich wahrzunehmen und kratzte in seinem Hals. Obwohl er nicht viel tun können würde, legte er die letzten Meter im Laufschritt zurück.

Das Haus stand im Vollbrand. Flammen loderten aus den Fensteröffnungen des ebenerdigen Gebäudes, das Gebälk ächzte, man hörte ein Knacken und Knistern, das ab und an von einem Heulen begleitet wurde. Funken und Glutfetzen tänzelten zur Straße und zum Obstgarten hin, der Wind trug beißende Rauchschwaden in Richtung Fluss.

Der Unglücksort selbst war weiträumig abgesperrt. Kollegen aus den umliegenden Wachstuben achteten darauf, dass die Schaulustigen den Sicherheitsabstand einhielten und die Feuerwehr nicht bei ihrer Arbeit behinderten. Trotz der frühen Stunde drängten sich viele Neugierige am Rand der Absperrung und genossen das Inferno sensationslüstern.

Rund um das Gebäude wimmelte es von Einsatzkräften. Die Koordination der verschiedenen Gruppen schien zu funktionieren. Jedenfalls hatte Eigner den Eindruck, dass die Männer genau wussten, was sie zu tun hatten. Ein dicker Wasserstrahl war auf die Flammen, die aus den Fenstern schlugen, gerichtet. Ein weiterer Schlauch spritzte auf das Dach. Ein Großteil der Feuerwehrmänner trug Atemschutzmasken. Umliegende Gebäude, auf die das Feuer hätte übergreifen können, gab es glücklicherweise keine.

Eigner kramte seinen Dienstausweis aus der Innentasche seiner Jacke. „Weiß man schon, was mit der Frau ist, die im Haus wohnt?", fragte er einen jungen Polizisten, der bei einem der Dienstfahrzeuge stand. Der Beamte zuckte die Achseln. „Keine Ahnung."

Er sah sich nach einer Ansprechperson um, die ihm vielleicht mehr sagen konnte. Mit seinem Dienstausweis hatte er keine Probleme, hinter die Absperrung zu gelangen. Der Major hörte, wie Befehle gegeben wurden, und entdeckte endlich den Kommandanten, der sich von den übrigen Männern durch seinen orangen Helm unterschied und der ihm vielleicht die gewünschte Auskunft geben konnte. „Was tun Sie da?", wurde er empfangen.

„Eigner, LKA", sagte er knapp und zeigte seinen Ausweis. „Ist die Frau, die im Haus wohnt, in Sicherheit?"

„Sind Sie sicher, dass jemand im Haus war?"

Eigner hob die Arme. „Wo sollte sie sonst um diese Zeit sein?"

„Wir tun unser Bestes. Aber jetzt können wir nicht hinein. Der Dachstuhl kracht jeden Augenblick herunter, da ist das Risiko zu groß", sagte der Feuerwehrmann. Er wandte sich um und ging mit raschen Schritten auf zwei Kollegen zu, um ihnen weitere Anweisungen zu geben.

Eigner hatte noch einige Zeit ausgeharrt und war dann kurz nach halb sechs zu seiner Schwester gefahren.

Hanni saß beim Frühstück. Sein Schwager befand sich angeblich am Unglücksort. Eigner hatte ihn dort allerdings nicht gesehen.

„Hast du eine Idee, wo sie sein könnte, falls sie nicht daheim war?“ Eigner rührte in seinem Kaffee. Auf den Milchstriezel, den ihm Hanni angeboten hatte, hatte er keinen Appetit.

„Sie strawanzt öfter einmal einfach nur so durch die Gegend, auch nachts. Aber eigentlich mehr in der wärmeren Jahreszeit. Ich hoffe auch, dass sie nicht daheim war, die Arme. Hoffentlich zahlt die Versicherung, sonst muss sie am Ende wirklich ins Heim.“ Hanni runzelte sorgenvoll die Stirn.

„Wer weiß hat sie überhaupt eine Versicherung. Außerdem könnte jemand den Brand gelegt haben.“

„Ich habs nicht sagen wollen, aber es ist mir auch schon durch den Kopf gegangen.“ Hanni schob ihren Teller zur Seite. „Mir vergeht glatt der Hunger, wenn ich mir das überleg.“

„Hat sie niemanden, wo sie hingeht, wenn etwas ist?“, hakte Eigner nach.

„Mir fällt keiner ein.“ Hanni zog fröstelnd ihre Strickweste enger.

„Vielleicht hat sie, als sie das Feuer gesehen hat, einen Schock gekriegt und sich versteckt?“

„In einer Hütte vielleicht, davon gibt es in den Weingärten genug“, spann Hanni den Gedanken weiter. „Weil selber wird sie wohl nicht ...“

Der Major musterte seine Schwester bestürzt. „Sich selber anzünden, aus Protest, so wie die in Tibet?“ Er trank einen großen Schluck von seinem Kaffee und wiegte dann zweifelnd den Kopf. „Ich weiß nicht. Aber Ruhe lässt es mir auch keine! Ich fahr noch einmal hinüber. Kommst mit?“

Hanni schüttelte den Kopf. „Ich kann den Vater doch nicht alleine lassen." Sie wickelte den Milchstriezel in eine Serviette. „Da, nimm das mit!"

Der Major stürzte den Rest seines Kaffees hinunter, steckte das Gebäckstück ein und stand auf.

„Ruf mich an, wenn du was weißt", rief ihm seine Schwester hinterher.

Es war schon nach acht, als der Einsatzleiter endlich „Brand aus" gab. Eigner war dazwischen nach Hause gefahren und mit dem Hund draußen gewesen. Er hatte überlegt, Jackie mitzunehmen, sich dann aber doch dagegen entschieden.

Vom Haus war nur noch eine rauchende Ruine geblieben. Wie ein verkohltes Gerippe lag der Dachstuhl auf den von Ruß geschwärzten Mauern, der Teil, unter dem sich das Wohnzimmer befunden hatte, war eingestürzt. Die Zahl der Schaulustigen war gewachsen. Sie standen in kleinen Gruppen vor dem Haus und kommentierten das Geschehen. Eigner hatte Stierschneider entdeckt, der in Zivil neben einem Feuerwehrauto stand. Die Frau an seiner Seite kam ihm bekannt vor. War das nicht die Reporterin, die er vor ein paar Tagen bei ihren Recherchen gestört hatte? Nun war auch sie auf ihn aufmerksam geworden. Gleich darauf duckte sie sich und tauchte in einer Gruppe neugieriger Gaffer unter.

Eigner hatte Stierschneider inzwischen erreicht.

„Sie haben sie schon gefunden", sagte dieser anstelle einer Begrüßung zum Major.

„Wo?"

Stierschneider nickte zu einem der Feuermehrmänner hin. „Red mit dem Michl. Vielleicht lassen sie dich ja hinein. Ich schau mir so was sicher nicht an."

„Sag, war da nicht grad neben dir diese Journalistin von der Wachau-Post?“

„Wo?“ Stierschneider drehte sich demonstrativ um. „Ich habe niemanden gesehen.“

Eigner maß den Kollegen mit einem wissenden Blick. Darum würde er sich später kümmern. Nun machte er sich auf Schlimmeres gefasst. Er ging auf den Feuerwehrmann zu und hielt ihm seinen Dienstausweis unter die Nase. „Bist du von der Spurensicherung? Ihr müsst noch ein bisserl warten“, sagte er.

„Wo ist die Frau?“

„Sie ist im Wohnzimmer gelegen.“

„War es Brandstiftung?“

„Das muss der Sachverständige sagen“, antwortete der Feuerwehrmann und sah sich nach einem Kollegen um.

„Was glaubst du?“, ließ der Major nicht locker.

„Wär möglich“, sagte der Feuerwehrmann emotionslos. „Schaut irgendwie danach aus.“

Eigner spürte, wie sich sein Magen zusammenkrampfte. Seine Tabletten lagen daheim in einer Schublade.

Es kam Eigner wie eine Ewigkeit vor, bis das Gebäude endlich freigegeben wurde. Er hatte die Zeit genutzt und herausgefunden, dass die Feuerwehr um zwei Minuten vor drei Uhr alarmiert worden war. Angerufen hatte ein Weinbauer, der mit Freunden in seinem Keller Geburtstag gefeiert hatte und auf dem Heimweg gewesen war. Ihm war ein Flackern aufgefallen. Das Haus musste also schon lichterloh gebrannt haben, als das Feuer entdeckt worden war. Er schüttelte die Gedanken an einen Vortrag ab, bei dem genau erklärt worden war, wie Brandopfer starben. Auch Scheiterhaufen und Hexenprozesse kamen ihm in den Sinn. Er hätte gern den Kopf in kaltes Wasser getaucht, um seiner regen Fantasie Herr zu werden, und rief sich zur Ordnung. Er wurde in der Gegenwart gebraucht.

Der Brandursachenermittler aus St. Pölten zog seinen papierenen Overall über und schlüpfte in Schutzgummistiefel, die mit Stahlkappen verstärkt waren. Eigner hatte Glück und konnte sich einen dieser Anzüge ausborgen. Seine Halbschuhe hatte er bereits daheim gegen alte Arbeitsschuhe getauscht. Die würde er allenfalls nachher wegwerfen, wenn sich der Brandgeruch zu sehr ins Leder fraß oder sie sonst irgendwie Schaden nahmen.

Ein Feuerwehrmann begleitete Eigner und den Ermittler. Man hatte potentielle Gefahrenstellen gesichert und eine Mauer provisorisch abgestützt. Eigner hatte für einen Moment Schwierigkeiten, sich zu orientieren. Nach der Katastrophe waren die Räume kaum mehr als solche zu erkennen. Vielmehr traf er auf ein stinkendes und stellenweise immer noch rauchendes Chaos. Er dachte an die Zeitungsstapel im Vorraum, die dem Feuer als willkommene Nahrung gedient haben mussten. Die weiße Feinstoffmaske, die er, so wie die anderen beiden, über die untere Gesichtshälfte gezogen hatte, verhinderte nicht, dass der stechende Geruch versengten Kunststoffs hindurchdrang.

Die Tote lag im Wohnzimmer. Sie erinnerte Eigner zunächst an eine verkohlte Schaufensterpuppe. Dann bemerkte er, dass sich die Haut an manchen Stellen vom Körper gelöst hatte. Darunter schimmerte es hellrosa. Ein schwacher Geruch nach Schweinsbraten drängte sich in seine Nase. Er spürte, wie ihn die Magensäure am Gaumen kitzelte. Reiß dich zusammen, befahl er sich, und konzentrierte sich auf das Bild, das sich ihm bot.

Die Frau lag vor den Überresten ihres Altars, vor dem sie beim Anblick ihrer Sammlung in Filmszenen geschwelgt haben mochte. Die schwarze Plastikpfütze, die der Sachverständige zwischen Schutt und Asche aufstöberte, identifizierte er als Überbleibsel eines Benzinkanisters. Klar war für ihn auch, dass der Brand vom Wohnzimmer ausgegangen war. Eigner sah keinen Anlass, ihm zu widersprechen.

Der Brandursachenermittler fotografierte die Leiche. Die Feuerwehr hatte den Körper nicht bewegt. Bei der Toten waren keine Anzeichen von Fluchtverhalten zu erkennen. War sie betäubt gewesen, als das Feuer ausgebrochen war? Ob Fremdverschulden auszuschließen war, würde die Obduktion klären. „Und natürlich die Recherchen der Kriminalpolizei", fügte der Fachmann mit einem mitleidigen Grinsen hinzu. Eigner bedankte sich und stieg in seinen Wagen. Er musste weg, bevor sich seine Wut in einem Rundumschlag entlud.

***

Stein hatten ihn die Kollegen in Wien genannt. Weil er wie ein Fels in der Brandung seinen Mann stand. Nichts und niemand konnte ihn erschüttern. Er selbst hatte das lange geglaubt – bis zu seinem Zusammenbruch. Der letzte Blick auf seine Frau hatte sich in sein Gedächtnis gebrannt. Wie oft war er schweißnass aus dem Schlaf gefahren, weil ihn der Anblick ihres leichenblassen Gesichts mit dem verwirrten Ausdruck in den gebrochenen Augen verfolgt hatte.

Nun würde ihn ein weiteres Gespenst jagen. Eine verkohlte Leiche, die ihn krächzend beschimpfte, weil er sie im Stich gelassen hatte. Der Major ging hart mit sich ins Gericht. Er bremste scharf, lenkte gegen, als der Wagen schlingerte. Der Hund auf der Rückbank winselte.

„Warum bin ich gestern nicht stehengeblieben?“, fragte er laut. Es quälte ihn, dass er sich mit dem Lichtschein hinter Connys Vorhängen zufriedengegeben hatte. Er hätte aussteigen und anklopfen sollen. Sich vergewissern, dass alles in Ordnung war.

Er scheuchte Jackie aus dem Wagen und warf die Autotür hinter sich zu. Das Tier schlich mit eingezogenem Schwanz zum Haus. Es spürte, dass es seinem Herrchen nicht gut ging.

Was, wenn Conny nicht allein gewesen war, als er sie in Sicherheit wähnte? Vielleicht hatte sie wenige Augenblicke zuvor ahnungslos ihrem Mörder die Tür geöffnet, ihm Tee oder Kaffee angeboten oder ihre Sammlung gezeigt?

Er trat gegen den Zaun, atmete aus, seine Nerven waren völlig überreizt. Noch stand gar nichts fest, versuchte er sich zu beruhigen. Er dachte an die Worte seiner Schwester. Daran, dass Cornelia als letzten Ausweg einen Selbstmord angekündigt hatte. Aber war Conny wirklich freiwillig auf eine solche Weise gestorben? Er lachte auf. Freiwillig, Freitod, frei sein. Das war doch alles Schwachsinn! Es hätte Alternativen gegeben. Dann fiel ihm dieser Spruch ein, über den, der nicht in Frieden leben konnte, weil es den Nachbarn nicht gefiel.

Er sperrte die Haustür auf, stieß sie mit dem Fuß gegen die Wand. Hatte Michaela sich frei gefühlt, als sie von der Brücke sprang? Verena war allein daheim gewesen, als die Polizisten die Todesnachricht überbrachten. Sie hatte ihn schluchzend angerufen, als er auf dem Weg nach Hause war.

Er hatte sich vom ersten Augenblick an schuldig gefühlt. Hätte er sich nicht von der alten Frau, die ihre Katze als entführt meldete, aufhalten lassen, wäre alles anders gekommen. Er wäre, wie vereinbart, da gewesen, hätte Michaela auf ihrem Spaziergang begleitet, sie vielleicht zum Abendessen ausgeführt. Er lachte bitter auf, tat sich immer noch schwer mit der Vorstellung, seine Frau könnte ihren Abschied penibel vorbereitet, nur auf einen günstigen Moment gewartet haben, um sich leise davonzumachen. Stattdessen wurde er das Gefühl nicht los, dass sie im Mantel auf ihn gewartet hatte, sein rechtzeitiges Auftauchen als eine Art Gottesurteil verstehen wollte und sein Versagen ihr Schicksal besiegelt hatte.

Er schmiss die Autoschlüssel auf den Tisch.

Dabei hatten sie Pläne gehabt, für später, wenn er in Pension war. Reisen wollten sie und endlich die Kreuzfahrt bis hinunter ins Donaudelta nachholen, die sie schon zu ihrer Silberhochzeit geplant hatten, als wieder einmal ein dringender Fall dazwischengekommen war. Warum war es gerade ihnen passiert? Einem Paar, das sich nach langen Ehejahren immer noch etwas zu sagen hatte, sich sogar liebte. Er dachte an die Weißenböcks. Es fiel ihm schwer, sich vorzustellen, dass einer wie Sepp seine Frau vermissen würde, wenn sie plötzlich starb.

Er zog die Jacke aus und ließ sie auf den Sessel fallen. Die Schuhe kickte er Richtung Ofen.

Er hatte lange mit sich gehadert, sich mit Selbstvorwürfen gequält. Im Grunde hatte er sich bis heute nicht verziehen, dass er Michaelas schmale Chance auf Rettung für einen verschwundenen Kater auf der Polizeiinspektion vertrödelt hatte. Verena hatte sich zurückgezogen, als sie herausfand, dass ihre Mutter gestorben war, weil er nicht rechtzeitig daheim gewesen war. Vorwürfe hatte sie ihm nur ein einziges Mal gemacht, damals nach dem Begräbnis. Sie hatte einiges getrunken gehabt. Dass er ein egoistisches Arschloch sei, hatte sie geschrien, und dass er Michaela nie wirklich verstanden habe. Ihre Worte hatten ihn tief getroffen, und statt seine Tochter in den Arm zu nehmen, hatte er sich lautstark gewehrt. Die Funkstille zwischen Verena und ihm hatte einige Wochen angedauert, danach war alles anders gewesen. Im Grunde redeten sie seither nur mehr das Notwendigste miteinander. Dabei hatte er sich vorgenommen, um die Zuneigung seiner Tochter zu kämpfen, komme da, was wolle. Gekommen waren aufzuklärende Fälle. Einer nach dem anderen hatte seine Aufmerksamkeit beansprucht und war eine willkommene Ablenkung gewesen. Die Aussöhnung mit Verena hatte er verschoben.

Er riss den Kühlschrank auf.

Der Infarkt hatte ihn schließlich in die Knie gezwungen. Als ob ihm eine gewaltige Faust das Herz zerdrückte, hatte es sich angefühlt. Er hatte vor Schmerz gestöhnt und war doch irgendwie erleichtert gewesen. Endlich erlöst – er erinnerte sich genau an diesen letzten Gedanken, mit dem er ins Dunkel gefallen war.

Das Gemüsefach war leer. Er knallte die Tür zu, sie widersetzte sich und sprang wieder auf. Heiße Wut brandete in ihm auf. Er schlug mit der flachen Hand zu, die Tür blieb einfach nicht geschlossen, schien ihn mit ihrem Widerstand zu verspotten.

„Erlöst!“ Er spuckte die Erinnerung an die Wand. Endlich erlöst – was für ein Hohn. Er war mit Schläuchen in fast allen Körperöffnungen im Krankenhaus aufgewacht, unfähig, sich zu bewegen. Verena war sehr blass gewesen, als sie an seinem Bett gesessen war. Damals wäre eine gute Gelegenheit gewesen, sich endlich mit ihr auszusprechen. Sie hatten die Gelegenheit verpasst. Er wusste, es war an ihm, endlich den ersten Schritt zu tun.

Bald danach hatte die Reha begonnen, mit Behandlungen, Vorträgen und viel frischer Luft. Besuche von Kollegen hatte er sich verbeten. Niemand sollte ihn in einem solchen Zustand sehen.

Er strich sich über die Brust. Die lange Narbe, die er bei Wetterumschwüngen spürte, war unter seinem Hemd verborgen.

„Sie müssen zur Ruhe kommen, Frieden schließen, akzeptieren", hatte die Kardiologin gesagt, der glasklar schien, dass die Ursache für Eigners Zusammenbruch nicht nur im Arbeitsstress, sondern vor allem in seinem Gemütszustand begründet lag.

„Als ob das so einfach ist!", hatte Eigner geantwortet.

„SIE müssen sich für das Leben entscheiden!", hatte die Ärztin gesagt. „Tabletten und Pillen sind nicht mehr als Krücken."

Der Major lehnte sich an den Kühlschrank. Sein Blick fiel auf die alte Kommode mit der Marmorplatte, die ihm Hanni überlassen hatte.

Er hatte gewählt, die Reha durchgezogen, eine Zeit lang versucht, mit Yoga und Tai Chi seine Mitte zu finden, kaum rotes Fleisch gegessen und auf seinen Cholesterinspiegel geachtet.

„Stein", sagte Eigner zum Hund, der sich neben den Türstock gelegt hatte und ihn unverwandt anschaute. „Eine Geröllhalde bin ich", fuhr der Major fort. „Unfähig, eine kranke Frau zu schützen." Dass Conny womöglich auch eine Zeugin gewesen war, die ihr Wissen zum Tod Pater Ralfs nun mit ins Grab nehmen würde, kam ihm als Nächstes in den Sinn. Am liebsten hätte er seine sieben Sachen gepackt und wäre auf und davon gefahren. Weit weg von all der Gewalt, die ihm keine Ruhe gönnte.

Er stieß sich vom Kühlschrank ab und ging zur Kommode. Dort blitzte die Flasche mit dem Marillenbrand auffordernd im Sonnenlicht. Jackie hatte den Kopf gehoben und winselte. Eigners Augen glitten über das Tier hinweg. „Du verstehst das nicht!"

Er griff nach einem Stamperl, schenkte es voll bis zum Rand und kippte es in einem trotzigen Zug hinunter. Der Hund war aufgestanden und drückte sich gegen seine Beine. Der Major schob ihn mit dem Fuß zur Seite. „Lass mich!" Er schenkte sich ein weiteres Stamperl ein und trank es aus.

Jackie jaulte.

Eigner packte die Flasche und schleuderte sie an die Wand. Glasscherben und Schnaps spritzten durch den Raum. Der Major hatte immer noch nicht genug. Er trat gegen den Lehnsessel, der Richtung Diwan kippte und schließlich polternd umfiel.

„Zeit des Friedens! Ich scheiß drauf", fluchte er. Dann schnappte er sich seine Jacke und verließ türenknallend das Haus. Jackie verkroch sich winselnd unter dem Tisch.

***

Es war schon später Nachmittag, als Eigner sich entschloss, doch nach Wien zu fahren. Davor rief er im Labor an. Er hatte Glück, Professor Ladislav Pribil war noch im Institut. „Grüß dich, Lazi, alter Leichenstierer. Wie haben wir's?"

Der Forensiker, mit dem er in vielen Mordermittlungen zusammengearbeitet hatte, freute sich offensichtlich, von Eigner zu hören. „Dich gibt's noch? Schön von dir zu hören!"

„Unkraut vergeht nicht!", witzelte der Major. „Was tut sich so?"

„Du, wie immer. Viel Arbeit, keine Leute und immer weniger Budget. Es ist ein Jammer, wenn einem die Ressourcen fehlen und man trotzdem gute Ergebnisse bringen soll. Schön langsam stell ich mir das Leben in Pension richtig angenehm vor, das hätte ich früher nie geglaubt." Pribil räusperte sich. „Aber du rufst sicher nicht an, damit ich dich ansudere. Bist du wieder im Dienst?"

Eigner schluckte. „Weißt du das denn nicht?"

„Was?", fragte Pribil irritiert.

„Ich leite die Ermittlungen in Klein Dürnspitz. Der tote Pfarrer, seine Knochen werden doch bei dir in der Anstalt untersucht", sagte Eigner und klang dabei ein wenig vorwurfsvoll.

„Bist du denn jetzt bei den Kremsern? Das ist mir neu", gab der Professor zurück. „Ich hab immer mit einem Leutnant Klammer oder so ähnlich zu tun. So ein junger Spund, der glaubt, dass er die G'scheitheit mit dem Löffel gefressen hat." Eigner grinste. Pribil nahm sich, wie immer, kein Blatt vor den Mund.

„Du meinst den Kummer, ja, die Kremser sind involviert, aber die Arbeit in Klein Dürnspitz selber, die mach ich", erklärte der Major. „Mit Unterstützung der örtlichen Kollegen."

„Was kann ich für dich tun? Mit der Todesursache kann ich leider immer noch nicht dienen. Dabei haben wir wirklich schon fast alles Mögliche untersucht. Und dieser Kramer oder Kammer, ich merk mir nicht einmal seinen blöden Namen, will mir jetzt seine amerikanischen Kontakte aufs Auge drücken, nur weil er irgendeinen Pimperlkurs beim FBI absolviert haben will. Wer weiß, ob das überhaupt stimmt. Ich sag es dir, der geht mir dermaßen auf den Sack. Aber offenbar hat er gute Verbindungen nach oben hin, sonst hätte man ihn bestimmt schon zurückgepfiffen", breitete sich der Professor aus.

„Ich brauch deine Hilfe, aber ich kann dich nicht offiziell befassen", sagte der Major, der gute Lust gehabt hätte, in die Schimpftiraden Pribils einzustimmen. „Du musst mir einen Vaterschaftstest machen."

Eigner spürte die Verblüffung, die im Schweigen am anderen Ende der Leitung lag. „In deinem Alter?", kam es tadelnd aus dem Lautsprecher.

Der muss reden, dachte der Major und sah dabei den schlaksigen Professor mit dem hageren Gesicht und den vollen Lippen, die an den Kussmund Mick Jaggers erinnerten, vor sich. Wann immer er Pribil bei offiziellen Anlässen getroffen hatte, war eine hübsche, deutlich jüngere Frau an dessen Seite gewesen. Mit den halblangen weißen Haaren, die er stets zu einem Pferdeschwanz gebunden trug, und der runden Kappe, die seine Glatze am Oberkopf verdeckte, wirkte er wie ein Künstler. Das war er auch, was seine Arbeit betraf – ein Kreativer mit Beamtenstatus. Niemand hatte sich gewundert, als der Professor mit fünfzig Vater geworden war.

„Nicht ich", wehrte Eigner ab. „Es geht um einen alten Mordfall, und egal, wo ich hingreife, rieselt mir alles davon, als ob ich einen Sandhaufen vor mir hätte. Ich komm mir vor wie ein Don Quichotte, den man in den Kampf gegen Windmühlen geschickt hat."

Das Schweigen seines Gesprächsteilnehmers dauerte lange. Ein wenig zu lange, wie der Major fand. Hatte der Oberst den Professor am Ende schon vorgewarnt? Blödsinn, rief er sich zur Ordnung. Das sind die ersten

Anzeichen von Verfolgungswahn. Die beiden hatten sich nie gut verstanden. „Lazi?“, fragte er.

„Ich bin schon noch da“, versicherte ihm Pribil. „Ich hab nur grad überlegt, wie ich es angehe. Es ist momentan ein wenig schwierig, aber irgendwie werde ich es einrichten können. Material hast du?“

Der Major beschrieb ihm die Proben und hoffte, dass sie ausreichten. „Der Abgleich mit der DNA vom Pfarrer dürfte dann ja kein Problem sein.“

Der Professor lachte. „Erinnert mich an alte Zeiten. Wann bist du in Wien?“

Der Abend war nett gewesen. Man hatte sich alte und neue Geschichten erzählt, der Professor hatte mit einigem aus der Gerüchteküche aufwarten können. Er hatte einen guten Freund im Büro des Ministers, der ihn hin und wieder mit Tratsch aus der Partei versorgte. Nachdem sich der Major und der Professor schon über so viele Jahre kannten, wusste Pribil, dass alles, was an dem Abend abgehandelt wurde, bei Eigner gut aufgehoben war.

Der Major hatte zwar einige Biere getrunken, war später aber auf Kaffee und Mineralwasser umgestiegen. Notfalls hätte er die Nacht wahrscheinlich in Verenas Wohnung verbringen können, er wollte es aber sicherheitshalber nicht darauf ankommen lassen. So stieg er, weit nach Mitternacht, in seinen Wagen und machte sich auf den Weg zurück nach Klein Dürnspitz. Er hatte das Fenster einen Spaltbreit geöffnet und ließ das Radio plärren, damit es ihn munter hielt. Das Scheppern seines Handys hätte der deshalb beinahe überhört. Er griff nach dem Telefon, nahm das Gespräch an und drehte die Musik leiser.

„Wo bist du?“, hörte er die Stimme seiner Schwester.

Schreck durchzuckte ihn. „Ist was passiert?“ Er dachte zuerst an den Vater und dann an den Buben.

„Nein, daheim ist alles in Ordnung“, beruhigte ihn Hanni. „Aber die Mitzi ist vollkommen aus dem Häuschen. War das wirklich notwendig, dass du den Sepp einsperren lässt?“

„Was?“

„Die Mitzi hat angerufen. Ich war dann bei ihr drüben. Sie hat ziemlich viel getrunken und ist verzweifelt, weil deine Kollegen den Sepp mit dem Polizeiauto abgeholt haben. Stell dir vor, sie haben ihn in Handschellen hinausgeführt und angeblich nach Stein gebracht. Um ein Haar hätten sie die Mitzi auch noch eingepackt, weil sie so randaliert hat. Wieso weißt du nichts davon?“

Das war eine gute Frage. Eigner biss wütend die Zähne zusammen. In seiner Brust stach es, er atmete flach.

„Pauli?“

„Hat Mitzi gesagt, warum sie ihn mitgenommen haben?“

„Ich glaub, wegen der Conny. Sicher war sie sich auch nicht. Wo bist du eigentlich?“

„Bald da. Soll ich zur Weißenböck fahren?“

„Nein, lass nur, sie schläft jetzt endlich. Ich hab ihr ein Schlafpulver gegeben. Den Doktor wollte ich nicht anrufen. Ich glaub eh nicht, dass du mitten in der Nacht noch was erreichst. Aber vielleicht kannst du morgen früh, gleich als erstes ...?“

„Mach ich!“, sagte Eigner. „Dem Buben geht es gut?“

„Besser. Aber er hat immer noch Fieber“, berichtete Hanni, die nun deutlich erleichtert klang.

Im Gegensatz zum Major, der zornig auf das Lenkrad schlug, nachdem er sich von seiner Schwester verabschiedet hatte. Was dachten sich diese Volltrottel eigentlich dabei, einen Haftbefehl zu vollstrecken und es nicht einmal der Mühe wert zu finden, ihn zu informieren? Wutentbrannt tippte er die Nummer der Polizeiinspektion in sein Handy, verwählte sich zweimal und musste dann den Wagen verreißen, weil sich die Leitplanke in seine Richtung bewegte. Schließlich hielt er mit heftig pochendem Herzschlag an einer Bushaltestelle und atmete tief durch, bevor er es erneut versuchte. Wie erwartet landete er bei den Kollegen in Mautern, die nichts von der Sache wussten. Auch der Nachtdienst in Stein konnte ihm nicht weiterhelfen. Aber immerhin bekam er bestätigt, dass Weißenböck in einer Zelle saß.

***

An der rechten Wand des schmalen Raums stand eine Stahlrohrpritsche. Die Matratze war mit einem sauberen Leintuch bezogen. Eine graue Anstaltsdecke lag gefaltet am Fußende der einfachen Bettstatt. Sepp Weißenböck zuckte zusammen, als die Metalltür ins Schloss fiel.

Das Fenster an der Schmalseite war vergittert, so wie man es in den Filmen immer sah. Eigentlich sollte er froh sein, dass er in einer sauberen Zelle gelandet war. Es hätte schlimmer kommen können, dachte er, als er sich an die Nacht in dem finsteren, stinkenden Kellerloch erinnerte. Damals war er wenigstens betrunken gewesen. Das hatte die Eindrücke gedämpft. Er schlurfte zum Fenster, das auf einen tristen, betonierten Innenhof hinausging. Ein blasser Vollmond lag wie ein vergessener Ball auf dem Dachfirst gegenüber. Sepp Weißenböck ließ sich auf die Pritsche fallen und lehnte den Oberkörper an die kalte Wand.

Dieser junge Polizist aus Krems mit der Hakennase war wie ein Bluthund. Er hatte ihn in die Enge gedrängt, ihm Sachen in den Mund gelegt, die er so weder gesagt noch gemeint hatte. Weißenböck fuhr sich mit beiden Händen übers Gesicht.

Anfangs hatte er sich noch Unterstützung vom Ernstl erhofft. Aber Inspektor Stierschneider hatte wohl vergessen, dass er nicht nur Polizist, sondern auch gelegentlicher Stammtischkumpane war. Die vielen Achterln, die man gemütlich miteinander getrunken hatte, schienen kein Gewicht zu haben. Ernstl, dieser Verräter, war seinem Blick ausgewichen, hatte auf den Boden oder zur Wand hin gestarrt, statt ihm aus der Misere zu helfen. Dabei wusste er, dass Worte nicht sein Metier waren, dass seine Stärken anderswo lagen.

Weißenböck streifte die Schuhe ab. Sie fielen mit einem dumpfen Plopp auf den grauen Boden.

Der Glatzkopf war nicht aufgetaucht. Bestimmt steckte er hinter der ganzen Sache. Er war es auch gewesen, der Ernstl befohlen hatte, ihn in den Gemeindekotter zu sperren. Dass Ernstl ein Wendehals war, hätte er sich eigentlich denken können. Richtete sich immer nach seinen Oberen, ließ keine Gelegenheit aus, denen in die Ärsche zu kriechen. Würde früher oder später bestimmt noch Karriere machen. Solche wie er schwammen immer obenauf.

Weißenböck ballte die Finger zur Faust. Er hätte gern etwas kaputt gemacht, gegen einen Kasten getreten, Geschirr zertrümmert, etwas gegen die Wand geschmissen. Mitzi hatte Glück. Sie war daheim im warmen Bett. Schlief wahrscheinlich selig. Dachte nicht an ihn, war nicht einmal auf den Posten gekommen, obwohl er fest mit ihr gerechnet hatte. Sie winselte immer wie ein Kätzchen, wenn seine Hand sie traf. Manchmal konnte er einfach nicht aufhören, weil er wollte, dass sie endlich still war. Doch stur wie sie war, hatte sie immer das letzte Wort – vielmehr – den letzten Laut gehabt.

Wo war er, der Glatzenbär? Hatte sich bestimmt bei seiner Schwester verkrochen oder beim Nothnagl, diesem korrupten Gemeinderat. Was wollte diese Fleischhaube mit dem lächerlichen Schnurrbart überhaupt in Klein Dürnspitz? Hätte in Wien bleiben sollen! Solche wie der wurden hier nicht gebraucht! Aber es war immer dasselbe. Zuerst das Maul weit aufreißen und dann den Schwanz einziehen, winselnd wieder zum Papi heimkriechen, weil man es draußen in der weiten Welt zu nichts gebracht hat. Waren Arschlöcher, alle miteinander! Weißenböck unterdrückte den Impuls, auf den Boden zu spucken. Seine Hände zitterten. Er gierte nach einem Schnaps.

Die Leuchtstoffröhre über dem Waschbecken flackerte und surrte. Er dachte an eine Fliege, die sich entschlossen gegen das Fensterglas wirft, vergeblich hofft, beim nächsten Mal in der Freiheit zu landen. Und an den Widerschein des Feuers. Die alte Hexe hatte gebrannt. Nichts als ein rauchender Haufen war geblieben, und selbst der würde bald vom Erdboden verschwunden sein. Er hatte kein Mitleid gespürt.

Weißenböck stierte an die Wand. Sie war frisch geweißt, frei von den Kritzeleien seiner Vorgänger, ohne vollbusige Pin-ups. Da war nichts, womit er sich ablenken konnte.

Die Behandlung war entwürdigend gewesen. Alles hatten sie ihm weggenommen. Die Schuhbänder, den Gürtel, die Uhr, die Halskette und sogar den Ehering.

Er legte sich auf die Pritsche, verschränkte die Arme hinter dem Kopf. An der Decke war ein bräunlicher Fleck, wie nach einem Wasserrohrbruch.

Wie einen Verbrecher hatten sie ihn behandelt. Er wechselte die Position, drehte sich an die Wand.

Wie lange durften sie ihn eigentlich hierbehalten? Würde sich Mitzi um einen Anwalt kümmern?

Er drehte sich erneut auf den Rücken. Sein Nacken schmerzte. Die flackernde Neonröhre ging ihm auf die Nerven. Seine Augen suchten vergeblich nach einem Lichtschalter.

Sie brauchen einen Sündenbock. Er dachte an das triumphierende Grinsen des Hakennasigen. Seine Gedanken drehten sich im Kreis. Er wird dich nicht gehen lassen. Wird keine Ruhe geben, bis er etwas gefunden hat. Einen Strick werden sie dir drehen, nach und nach werden sie die Schlinge um deinen Hals immer enger ziehen.

Er atmete schwer. Die Stimme in seinem Kopf wollte keine Ruhe geben. „Selbst wenn sie dich herauslassen, etwas bleibt immer hängen“, säuselte sie. „Beim Gebetspichler werden sie die Köpfe zusammenstecken, sich das Maul zerreißen und wegschauen, wenn du in die Gaststube kommst.“ Weißenböck legte seine Hände an die Schläfen und drückte zusammen, so fest er konnte.

Er keuchte, als er seine Finger endlich löste. Die Stimme war verstummt, zumindest für den Augenblick. Er warf sich auf der Pritsche hin und her, konnte weder Ruhe noch Schlaf finden.

„Sie werden dich hierbehalten, mit neuen Fragen quälen, bis du dich in ihren Fallstricken verfängst“, begann der Terror von neuem. Er fuhr hoch, verwirrt, war vielleicht doch kurz eingenickt gewesen?

Die Lampe über dem Waschbecken zuckte immer noch. Er schlüpfte aus dem Hemd, das schweißnass an seinem Körper klebte. Sein Blick fiel auf das Fenster.

Langsam stand er auf, schob die Schuhe zur Seite, nahm den Ärmel seines Hemds und schlang ihn um einen der Gitterstäbe. Mit Knoten hatte er wenig Erfahrung. Er tat sein Bestes, zog dann am Hemd, ein weiteres Mal, fester. Wird halten, dachte er, und wunderte sich über den Frieden, der ihn mit einem Mal erfüllte.

***

Der Wecker riss Eigner aus seinem unruhigen Schlaf. Er hatte geträumt, wusste aber nicht mehr was. Die Schmerzen hatten nachgelassen. Er war sich nicht sicher, ob sie vom Magen kamen oder doch mit seinem Herz zu tun hatten. Wenn es nicht besser wurde, musste er seine Internistin aufsuchen. Er widerstand dem heftigen Verlangen nach einem großen, doppelt gebrannten Marillenschnaps. Wie gern hätte er sich sinnlos betrunken und die kurze Zeitspanne genossen, in der ihm dann jedes noch so große Problem als unwichtige Kleinigkeit erschien. Wie es wohl Weißenböck ging? Auch der sehnte sich bestimmt nach etwas Hochprozentigem und musste sich stattdessen mit gesiebter Luft begnügen.

Eigner fuhr in seine Kleider, nahm sich gerade für eine Katzenwäsche Zeit und trank den Rest vom Tee, der von gestern noch in der Tasse war. Er wollte noch vor den Kollegen auf der Polizeiinspektion sein. Gleich nachdem er Stierschneider zur Rede gestellt hatte, würde er weiter nach Krems fahren, Kummer aufstöbern und dann klären, was hinter der Festnahme von Weißenböck steckte. Mit den Ergebnissen des Vaterschaftstest durfte er frühestens morgen rechnen, hatte Pribil gesagt.

Abteilungsinspektor Ernst Stierschneider saß an seinem Schreibtisch. Vor ihm stand ein großes Häferl Kaffee. Das Gebäck, das er sich zum Frühstück mitgebracht hatte, lag eingewickelt in ein braunes Papiersackerl neben dem Telefon. Dorothea sah von ihrer Tasse auf, als Eigner das Büro betrat. Dass die Kollegen schon im Büro waren, bestätigte seinen Verdacht, dass man ihn ausgebremst hatte. Im Zimmer roch es ärger nach Schweißfüßen als sonst. Der Major unterdrückte das Bedürfnis, gleich einmal alle Fenster aufzureißen.

„Ihr seids mir eine Erklärung schuldig", sagte er anstelle eines Grußes. Es war nicht zu überhören, dass er ziemlich grantig war.

„Wir haben schlechte Nachrichten", eröffnete ihm Stierschneider, ohne ihm in die Augen zu schauen. Vermied er Blickkontakt, weil ihn sein Gewissen plagte?

„Ich hab es schon gehört. Ihr habt den Weißenböck nach Stein gebracht. Auf die Idee, dass ihr mir das sagts, seids ihr wohl nicht gekommen?", begann der Major seinen Rüffel. „Was habts ihr euch ..."

„Der Weißenböck hat sich aufgehängt", unterbrach ihn Dorothea.

Eigner spürte einen heftigen Stich in der Magengrube. Er stöhnte unwillkürlich. „Was sagst du?"

Die Kollegin nickte nur bestätigend, ohne sich zu wiederholen.

„In der Früh. Dabei ist die Zelle eh überwacht gewesen. Er hat den Hemdsärmel genommen", sagte Stierschneider. „Wie hätten wir das auch ahnen sollen?" Sein Hundeblick stieß Eigner ab.

„Wozu war das eigentlich notwendig? Was habt ihr gegen ihn in der Hand gehabt?" Eigner atmete flach. Der Schmerz verging langsam. Er knöpfte seine Jacke auf und warf sie achtlos auf den Tisch.

„Der Kummer hat das angeordnet. Er hat gemeint, dass wir genug Indizien haben. Der Weißenböck hat sich mit Conny gestritten, sie haben sogar vor Zeugen gerauft, und außerdem gibt es Hinweise auf Brandstiftung! Der Weißenböck hat kein Alibi für die Zeit gehabt. Er hat behauptet, dass er in seinem Auto geschlafen hat, weil er zu viel gesoffen hat. Aber bezeugen konnte das niemand."

Dass Stierschneider sich gleich mit dem ersten Satz auf den Kollegen aus Krems hinausredete, widerte den Major noch mehr an. „Wieso hast du mich nicht verständigt?", blaffte er den Abteilungsinspektor an.

„Ich hab geglaubt, das macht der Kummer", sagte Stierschneider kleinlaut. Eigner war sich nicht sicher, ob an dem Kollegen nicht ein Schauspieler verloren gegangen war, denn so ganz nahm er ihm diese Zerknirschung nicht ab.

„Der Kummer hat gemeint, dass Verdunkelungs- und Fluchtgefahr besteht. Immerhin fährt der Weißenböck mit seinen Lastwagen regelmäßig in den Osten", mischte sich Inspektorin Dürr ein.

„Ist gefahren", sagte Stierschneider trocken und griff nach dem Papiersackerl, aus dem er raschelnd ein mit Salami gefülltes Wachauerlaberl wickelte.

„Jedenfalls hat Leutnant Kummer die Festnahme veranlasst", ergänzte Dorothea.

Ein Klopfen an der Tür unterbrach das Gespräch. „Das Haustor ist offen, guten Morgen allerseits", sagte Kummer, der mit forschem Schritt das Wachzimmer betrat. „Freut mich, dass schon alle versammelt sind", sagte er und streckte Eigner die Hand hin.

Der Major ignorierte den Gruß. „Was mischen Sie sich in meine Kompetenzen ein", fuhr er den Leutnant an. „Jetzt hamma den Salat!"

Kummer schob den Unterkiefer vor und maß Eigner abschätzig. „Ein Kaffee wäre fein. Da redet es sich gleich leichter." Er nickte auffordernd zu Dorothea hin.

Die Inspektorin machte keine Anstalten, dem Kollegen aus Krems das verlangte Getränk zu bringen. Schließlich erhob sich Stierschneider ächzend aus seinem Sessel und verschwand in der Teeküche.

„Auf die Erklärung bin ich jetzt aber gespannt!" Der Major hatte die Arme vor der Brust verschränkt und klopfte ungeduldig mit der Schuhspitze auf den Boden.

„Was wollen Sie eigentlich von mir? Es war höchste Zeit, dass Nägel mit Köpfen gemacht werden. Der Fall ist gelöst! Sie sollten mir dankbar sein!" Kummer hatte seinen hellen Kaschmirmantel aufgeknöpft und zog den Seidenschal vom Hals. Zum schnittigen Dreiteiler in Dunkelgrau trug er ein hellrosa Hemd.

Eigner glich zunehmend einem gereizten Stier. Es hätte Dorothea nicht gewundert, wenn dampfende Atemluft aus seinen Nasenlöchern geströmt wäre.

Stierschneider war inzwischen aus der Teeküche zurück und stellte ein Häferl mit aufgemaltem Stechpalmenzweig und eine Packung mit Haltbarmilch vor dem Leutnant ab. „Zucker ist aus", sagte er lakonisch und schlurfte zu seinem Platz zurück.

„Und das mit dem Selbstmord hätte Ihnen genauso gut passieren können, als Sie ihn in den Gemeindekotter gesteckt haben. Wenn sich einer wirklich umbringen will, dann tut er das auch. Glauben Sie mir." Der junge Kollege aus Krems hatte sich breitbeinig vor dem Major aufgepflanzt. Einen Augenblick lang hatte Dorothea das Gefühl, Eigner würde Kummer gleich eine herunterhauen.

„Da ging es um eine ganz andere Geschichte, und außerdem war er sturzbesoffen", klärte Eigner seinen Kollegen auf. Woher wusste Kummer von dem Vorfall?, fragte er sich und warf einen Blick in die Runde. Stierschneider hatte den Kopf eingezogen. Dorothea betrachtete eingehend ihre Fingernägel. „Aber das erklärt immer noch nicht, warum Sie sich in meinen Fall gemischt haben. Sie hätten sich lieber um Ihren eigenen Dreck kümmern sollen. Wissen wir endlich, wie der Pfarrer gestorben ist?“

„Hätten wir ein bisserl mehr Zeit gehabt, hätte Weißenböck uns das sicher genau erzählt“, gab Kummer giftig zurück. „Glauben Sie nicht, dass es mir nicht auch lieber wäre, wenn wir ein schönes unterschriebenes Geständnis auf dem Tisch hätten?“

„Ich verstehe immer noch nicht, wieso Sie in meinem Fall herumgepfuscht haben“, wiederholte der Major. Er hatte einen kleinen Schritt auf Kummer zugemacht, der sofort zurückgewichen war.

„Wie lange hätten wir denn noch warten sollen? Dass einer wie der Weißenböck keine weiße Weste hatte, wäre selbst einem Blinden aufgefallen! Sein Name steht am Tag vor dem Verschwinden des Pfarrers in dessen Notizbuch, er ist seinerzeit schon von den Behörden in die Mangel genommen worden, diese Cornelia Reiter hat vor Zeugen gesagt, dass Weißenböck sich am Pfarrer versündigt hat und dass es Handgreiflichkeiten zwischen dieser Reiter und dem Weißenböck gegeben hat, ist für Sie sicher auch nichts Neues“, zählte er auf. „Wer weiß, womöglich hat Weißenböck die Frau sogar umgebracht, weil sie ihm als Mitwisserin lästig war?“ Kummers Tonfall war schneidend geworden.

„Das sind noch lange keine Gründe für diese Eigenmächtigkeiten. Diesen Pallawatsch hast du ganz allein zu verantworten“, polterte Eigner. Dass er in eine vertrauliche Anrede verfallen war, merkte er offenbar gar nicht.

„Ich hätte ja angerufen, aber Sie waren nicht erreichbar!“

Eigner ging nicht auf die Rechtfertigung ein. „Mit so dürftigen Indizien hätte man nie und nimmer einen Richter überzeugt. Gib zu, du wolltest den armen Hund nur gehörig einschüchtern. In seinem Zustand hätte er wahrscheinlich irgendwann alles zugegeben. Ich glaub nämlich nicht, dass der Weißenböck den Pater Ralf auf dem Gewissen hat.“

Kummer grinste süffisant. „Das ist glücklicherweise keine Glaubensfrage“, dozierte er. „Der Selbstmord ist Schuldeingeständnis genug. Umsonst hat sich der Mann nicht das Leben genommen. Der hat schon gewusst, was auf ihn zukommt, wenn wir ihn erst richtig drannehmen.“ Der Leutnant schob sein Häferl zur Seite. Offenbar war ihm die Lust auf Kaffee nun doch vergangen. „Irgendwer muss der armen Frau die traurige Nachricht überbringen“, sagte er dann und sah abwartend in die Runde.

„Nachdem die Idee, ihn einzulochen, auf deinem Mist gewachsen ist, darfst du die Suppe ruhig selber auslöffeln!“ Eigner verließ türenknallend das Büro, kam jedoch gleich drauf noch einmal zurück und baute sich mit erhobenem Zeigefinger vor Kummer auf. „Und was die Cornelia Reiter angeht, darfst du dich darauf verlassen, dass ich mir das besonders genau anschaue! Diesmal werden wir gleich einen ordentlichen Forensiker zu Rate ziehen und nicht solche Dilettanten wie dich herumfuhrwerken lassen.“ Bevor der Leutnant zu einer Entgegnung ansetzen konnte, hatte Eigner den Raum bereits wieder verlassen und die Tür erneut energisch ins Schloss gezogen.

***

Die Schmerzen waren höllisch. Er hatte eine Tablette genommen und hoffte, dass sie bald wirkte.

„Ist es immer noch nicht besser?", fragte Hanni besorgt. Sie war schon in ihren Mantel geschlüpft und schien nun zu überlegen, ob sie wirklich aufbrechen sollte.

„Es dauert immer ein bisserl", stöhnte Eigner. „Mach dir keine Gedanken und fahr endlich!"

„Ich bleib nicht lang", sagte sie. „Bis der Vater von der Tagesstätte kommt, bin ich längst wieder da", fügte sie hinzu. „Brav sein!", erinnerte sie Simon, der sich mit den Kopfhörern seines Urgroßvaters einen Zeichentrickfilm ansah. Der Bub hatte keine Temperatur mehr, musste sich aber noch einen Tag schonen, hatte Hanni angeordnet. Damit es ihm leichterfiel, Ruhe zu geben, hatte sie ihm erlaubt, ein wenig fernzusehen.

Eigner hatte sich neben Simon, der mit einer Decke in einem Fauteuil knotzte, auf den Diwan im Wohnzimmer gelegt und die Beine angewinkelt. Er schloss die Augen und konzentrierte sich auf seine Atmung. Nach einer Weile wurde der Schmerz langsam schwächer. Das Ticken der Pendeluhr im Wohnzimmer wirkte entspannend. Seine Gedanken schweiften zu Sepp Weißenböck, der kalt und steif in einem Kühlfach in der Gerichtsmedizin lag. Woher nahmen die Kollegen die Gewissheit, dass Sepps Selbstmord als klares Schuldeingeständnis zu werten war? Wenn er wenigstens ein paar Zeilen hinterlassen hätte, sich zur Tat bekannt hätte ... Obwohl der Fall nach Kummers Ansicht abgeschlossen war, kam Eigner nicht zur Ruhe. Hatte Weißenböck wirklich etwas mit dem Tod Pater Ralfs zu tun gehabt? Nur weil sein Name im Notizbuch des Pfarrers gestanden hatte? Er war ja nicht der Einzige gewesen. Pater Ralf hatte in seinem kleinen Büchlein viele Termine notiert gehabt, darunter etliche, die erst in der Zeit nach seinem Verschwinden stattgefunden hätten. Vielleicht war es Zufall gewesen, dass Sepps Name just an diesem Tag vermerkt gewesen war? Andererseits hatte Weißenböck ja zugegeben, dass er eifersüchtig auf Ralf gewesen war und sich mit ihm geprügelt hatte. Aber reichte das für einen Mord?

Eigners Kehle brannte, als ihm die Magensäure aufstieß. Er wusste, dass es manchmal half, etwas zu trinken, konnte sich aber nicht zum Aufstehen aufraffen.

Wieso meinte Kummer, dass er nach mehr als zehn Jahren ein Mordgeständnis aus dem Mann pressen konnte? Die Kollegen hatten damals sicher auch alles Mögliche versucht und trotzdem keine stichhaltigen Beweise gefunden. Was hatte sich seither geändert?

Ob Mitzi etwas mit der Sache zu tun hatte? Womöglich hatte Sepp seine Frau nur schützen wollen? Eigner verwarf den Gedanken gleich wieder. So etwas passte nicht zu Weißenböck. Der war nicht aus solchem Holz geschnitzt.

Der Major rollte sich auf die andere Seite und schob den muffig riechenden Polster weg. Welche Rolle spielte Dorothea? War ihr ein Mord zuzutrauen? Hatte ihr der Pfarrer gedroht, als sie ihm eröffnet hatte, dass sie schwanger war? Dass sie impulsiv sein konnte, hatte der Major erlebt. Aber jahrelang ein solches Geheimnis mit sich herumtragen?

Er legte sich die Hand auf den Magen. Die Wärme tat ihm gut.

Conny kam ihm in den Sinn. War ihr ein Mord zuzutrauen? Sie hatte aggressiv werden können, wie er aus eigener Erfahrung wusste. Wenn man sie genug reizte, hatte sie sogar Leute attackiert, wie es bei Sepp

Weißenböck geschehen war. Mord war allerdings eine andere Kategorie, verwarf er seine Überlegung. Er blies die Atemluft langsam durch die gespitzten Lippen. Wenn es aber ein Unfall gewesen war? Conny den Pfarrer bei einem ihrer Anfälle gestoßen hatte? Er unglücklich gestürzt war? Eigner runzelte die Stirn. Aber wäre sie körperlich fähig gewesen, die Leiche unter die Erde zu bringen? Andererseits, wenn es auf dem Grundstück die Hütte gegeben hatte und ihr mehrere Tage für ihr Vorhaben zur Verfügung standen? Was hatte Hanni über die Löcher gesagt, die blieben, wenn man Baumwurzeln ausgrub?

Ein anderer Gedanke durchzuckte ihn. Er setzte sich benommen auf. Weißenböck könnte Conny beim Verscharren des Toten überrascht haben. Immerhin lag das Grab auf seinem Grundstück. Hatte er Conny erpresst? Aber womit? Oder vielleicht Mitzi? Hätte sie einen Vorteil aus Connys Schweigen gehabt? Sammelstücke aus Connys Fundus würden sie wohl kaum interessiert haben.

Er warf einen Blick zu Simon hinüber, der eingenickt war. Der Zahnarzt war eine weitere unbekannte Variable. Ein Vater, der den Missbrauch seiner Tochter rächt – das war doch ein klassisches Motiv!

Eigner legte seinen Kopf auf den angewinkelten Arm. Hatte Ralf der Kirche geschadet? Hatte er etwas gesagt oder getan, wodurch sich ein Kirchenoberer bedroht fühlte? Nur weil man nach außen hin Nächstenliebe predigte, hieß das noch lange nicht, dass man zu keinen schlechten Taten fähig war. Vor Eigners innerem Auge standen sich zwei Soutanenträger wie Samuraikämpfer gegenüber, maßen jeder die katzenhaften Bewegungen des anderen, umkreisten sich einige Male, duckten sich weg, um einem Hieb auszuweichen, bis schließlich einer der beiden zum tödlichen Streich ausholte. Es gab mafiöse Strukturen in der Kirche, das hatte erst kürzlich wieder eine Affäre im Vatikan gezeigt. Warum also nicht auch in der Wachau? Die Gemeinschaft in der Kartause roch geradezu danach. Er würde nachbohren. Nur weil ihn der Oberst zurückgepfiffen hatte, würde er noch lange nicht aufgeben! Womöglich biss er sich dabei die Zähne aus oder holte sich ein blaues Auge. Aber hatte ihn die Aussicht darauf schon jemals gebremst?

Er grunzte, spürte süßen Schlaf mit sanften Fingern nach ihm greifen. Er leistete keinen Widerstand, sank entspannt tiefer in die Dämmerung. Das Gedankenkarussell glitt in die Ferne und löste sich schließlich auf. Endlich herrschte Ruhe in seinem Kopf.

Er hatte keine Ahnung, wie lange er geschlafen hatte, als ihn der Satz auffahren ließ. Nicht zum ersten Mal hatte ihm sein Unterbewusstsein eine Botschaft geschickt. Das Gefühl, dass eine Stimme in seinem Innersten zu ihm sprach, war ihm vertraut. Der Schlüssel liegt bei der Pfarrersköchin, hallten die Worte in ihm wider.

Das Kind schlief immer noch.

Eigner stand auf und ging in die Küche. Nicht lange, hatte seine Schwester gesagt. Er konnte den Buben nicht allein lassen. Er holte sich ein Glas Wasser und setzte sich an den Küchentisch. Mali war Ralf über viele Jahre am nächsten gewesen. Sie musste etwas wissen, auch wenn es ihr selbst vielleicht gar nicht klar war. Gleich wenn Hanni wieder da war, würde er zur Kartause fahren, nahm er sich vor.

„Opa, mir ist fad“, sagte der Bub, der plötzlich in der Tür stand.

„Ist nichts mehr im Fernsehen?“, wunderte sich der Major.

Das Kind schüttelte den Kopf. „Spielen wir was?"

„Wenn du willst, lern ich dir Schnapsen. Das kannst auch mit dem Urli spielen. Aber da musst du aufpassen, der schwindelt immer so viel", antwortete Eigner, der froh war, dass er sich bis zu Hannis Rückkehr ablenken konnte.

***

Seine Schwester kam kurz vor vier. Ihre Augen waren gerötet, als ob sie geweint hätte. „Ganz friedlich ist sie eingeschlafen", sagte sie mit belegter Stimme und kramte in ihrer Weste nach einem Taschentuch.

„Das tut mir leid", sagte der Major und meinte es in mehrfacher Hinsicht. Damit war seine letzte Chance dahin, noch einmal mit Mali über Pater Ralf zu reden. „Sie hat lange genug gekämpft."

Hanni legte das Buch, das sie in der Hand gehalten hatte, auf den Tisch, band ihre Schürze um und strich sich die Haare aus dem Gesicht. „Sie ist gut aufgehoben, da wo sie jetzt ist. Außerdem hat sie ein langes und erfülltes Leben gehabt. Das ist auch nicht jedem vergönnt."

Simon kam aus dem Wohnzimmer und kletterte auf die Bank. „Was ist das?"

„Eine Heilige Bibel!" Hanni öffnete den Buchdeckel und zog ein Kuvert zwischen den Seiten hervor. „Da, ich glaub, der ist für dich."

Er nahm es zögernd entgegen. „Was ist das?"

„Lies selber." Sie schob ihm den grauen Umschlag hin.

„Ich hab Hunger", sagte das Kind.

„Ich mach dir was. Magst eine Grießnockerlsuppe oder lieber eine Semmel mit Marillenmarmelade?", fragte Hanni, während sich der Major mit dem Kuvert ins Wohnzimmer verzog.

Er drehte den Umschlag ein paar Mal zwischen den Fingern hin und her, bevor er nach den eng beschriebenen Seiten darin griff. Das Papier war alt und vergilbt, an den Ecken teilweise geknickt oder eingerissen. Es sah aus, als wären die Blätter oft zur Hand genommen und gelesen worden, wobei die hellen Flecken auf manchen Seiten von Tränen stammen konnten. Eine erste Seite war zerknittert, als ob sie zerknüllt und wieder glatt gestrichen worden wäre. Der Text war in Kurrentschrift verfasst worden. Die hatte der Major zwar vor vielen Jahren gelernt, dennoch musste er sich anstrengen, um die Worte zu entziffern. Die steilen *f*s und *t*s stachen ihm gleich als Erstes ins Auge. Eine Anrede fehlte. Wieso meinte Hanni, dass ihn das Schreiben etwas anging?

Er vertiefte sich in den Brief, der vor Rechtschreibfehlern strotzte, was ihm das Entziffern zusätzlich erschwerte.

Als er das Ende erreicht hatte, begann er noch einmal ganz langsam von vorne. Die Einleitung war ein wenig kompliziert. Mali ließ sich darüber aus, wie schwer es ihr falle, diese Zeilen zu verfassen, dass sie lange mit sich gehadert habe, ihr Gewissen in der Beichte zu erleichtern, es aber immer wieder verschoben habe.

Eigner hielt inne. Er sah Malis behinderten Neffen vor sich, wie er mit der Schaufel Asche auf den Weg streute. Sein Kopf mit der stacheligen Igelfrisur war über die kräftigen Hände mit den dicken Fingern gebeugt. Als er aufsah, hing ein verlorenes Grinsen in seinem rundlichen Gesicht.

Seinetwegen hatte sie so lange geschwiegen, schrieb die Pfarrersköchin. Sie hätte es nicht ertragen, wenn er in eine Anstalt gemusst hätte. Er sei so ein lieber Kerl, fleißig und hilfsbereit. Nur in der richtigen Umgebung könne er auch seinen Beitrag für die Gesellschaft leisten, so wie es Aufgabe eines jeden guten Christen sei.

Es fiel dem Major nicht schwer, sich in Malis Lage zu versetzen. Hanni hatte erzählt, dass sich die Pfarrersköchin Vorwürfe machte, weil nicht sie, sondern Christians Mutter bei dem Autounfall gestorben war, und dass sie sich deshalb besonders verantwortlich für das Kind gefühlt hatte. Dass sie es trotz der Behinderung behalten und aufgezogen hatte, sprach für ihren Charakter.

Nie hätte sie geglaubt, dass die Welt so schlecht sei. Doch der Vorfall habe ihr bewiesen, dass die Schwachen ganz besonderen Schutz brauchten. „Der Teufel kommt in vielen Verkleidungen und prüft uns", murmelte der Major. Er legte den Brief zur Seite und stierte aus dem Fenster, vor dem Schneeflocken wirbelten. Vor seinem inneren Auge liefen die Vorkommnisse jener Nacht, von der Malis Brief berichtete, wie ein Film ab.

Im Zimmer war es kalt, weil sie zum Schlafen gerne das Fenster offen ließ. Mali schob die Decke zur Seite. Sie tastete nach ihren Hausschuhen, zog die Weste über, die sie über die Sessellehne neben der Tür gehängt hatte. Die Türangeln quietschten ein wenig. Sie vergaß immer wieder, sie zu ölen. Ihre Finger lagen auf dem Handlauf, während sie sich schlaftrunken die Stufen hinuntertastete. Licht hatte sie keines aufgedreht.

Nachdem sie auf der Toilette gewesen war, ging sie in die Küche, um einen Schluck Wasser zu trinken. Als sie auf dem Rückweg an Christians Zimmer vorbeikam, fiel ihr der fahle Lichtstreifen auf dem gefliesten Vorzimmerboden auf. Die Tür stand einen Spalt breit offen. Sie betrat den Raum, um nach dem Rechten zu schauen. Der Vorhang war zur Seite gezogen. Christians Tuchent lag auf dem Boden. Das Bett war leer.

Der helle Vollmond, der dem Wetterhahn auf dem First des Kirchendachs Gesellschaft leistete, blendete sie. Fing es wieder an?, fragte sie sich. Dabei war nun schon fast ein halbes Jahr lang Ruhe gewesen. Sie hatte gehofft, dass es vorbei wäre. Hatte ihm ihre Elixiere eingeflößt, fleißig mit ihm gebetet und ihm gesegnetes Wasser aus Lourdes auf den Nachttisch gestellt. Hatte denn nichts davon geholfen?

Sie widerstand dem Wunsch, das Licht aufzudrehen und laut nach ihm zu rufen. Schlafwandler durfte man nicht erschrecken. Das hatte ihr der Abt erklärt. Allzu leicht bekämen sie einen Schock, wenn man sie grob aus ihrem Zustand riss.

Sie ging zurück in den Vorraum und horchte angestrengt ins Dunkel, vernahm ein Knacken, das von der Dachbodenstiege her kam? Irgendwo raschelte es. Mali hielt den Atem an. Es dauerte eine Weile, bis sie das Pochen, das sie so deutlich spürte, als ihren eigenen Herzschlag erkannte.

Sie drückte prüfend die Klinke des Haustors nieder. Es war verschlossen. Erleichtert atmete sie auf. Er musste irgendwo im Haus sein, war hoffentlich aus keinem der Fenster im oberen Stock geklettert. Auch der Balkon kam ihr in den Sinn.

Sie nahm sich zuerst die Räume des unteren Stockwerks vor. Die Küche war verwaist, auch in der angrenzenden Speis und im geräumigen Esszimmer war er nicht. Sie tapste zur Kanzlei des Pfarrers, öffnete sacht die Tür. Es roch nach Leder, Holzpolitur und kaltem Rauch. Ralf gönnte sich ab und zu eine Pfeife, wie sie wusste. Von Christian war jedoch keine Spur zu entdecken.

Das Schlafzimmer des Pfarrers war oben, im ersten Stock. Sie war sich nicht sicher, ob er überhaupt nach Hause gekommen war. Er tauchte gelegentlich erst in den frühen Morgenstunden auf, wenn sie bereits wieder auf den Beinen war. Zu einer Erklärung ließ er sich nie herab. Manchmal spottete er über ihren mürrischen Gesichtsausdruck und behauptete, dass sie ärger als eine Ehefrau sei.

Mali genierte sich, als sie das Ohr an seine Schlafzimmertür legte. Wenn er sie dabei überraschte? Es gehört sich nicht, dachte sie. Am Ende glaubt er noch, dass ich hinter ihm her spioniere. Sie wartete noch eine kleine Weile vor der Tür. Alles blieb still.

Die Balkontür war verriegelt. Sogar die Balken waren zu. Sie sah sich suchend um. Wo mochte Christian stecken?

Ihr Blick fiel auf die Dachbodenstiege. Er würde doch nicht? Da war nichts außer der Bibliothek, die sich Pater Ambrosius, Ralfs Vorgänger, eingerichtet hatte. Ein Gelehrter, der sich zu Höherem berufen gefühlt hatte, oft schlecht gelaunt war, weil er den mühseligen Alltag eines Dorfpfarrers nicht ertrug, erinnerte sie sich. Damals hatte sie es oft bereut, als junge Frau die Stelle bei ihm angenommen zu haben.

Sie mochte die Bibliothek nicht. Hatte das Zimmer nie leiden können. Ihr grauste vor dem modrigen Geruch der alten Bücher, dem Staub, den vielen Spinnen. Vielleicht auch vor den Ausdünstungen Ambrosius', die ihr noch immer in die Nase stiegen, wenn sie diesen Raum betrat.

Sie war über die hölzernen Stufen nach oben gegangen. Hatte die vierte und die siebente, von denen sie wusste, dass sie knarrten, ausgelassen. Am oberen Treppenabsatz blieb sie stehen. Das leise Wispern, kam es vom Wind? In der Ritze unter der Tür schien sich etwas zu bewegen. Sie dachte an Feuer, blähte die Nasenflügel, roch aber keinen Rauch. Entschlossen streckte sie die Hand nach der Schnalle aus.

Die Tür schwang auf. Nach einer Schrecksekunde spiegelte sich Bestürzung in Pater Ralfs Miene. Auch sie brauchte einen Augenblick, bevor sie die Situation vollständig erfasste. Ralf stand mit gerafftem Nachthemd in der Mitte des Raums. Er machte keine Anstalten, sich zu bedecken. Auf dem Betschemel vor ihm kniete Christian. Die beringte Hand des Pfarrers lag auf seinem Hinterkopf.

Die Kerzenflammen auf dem dreiarmigen Leuchter zuckten, als sie sich wie eine Furie auf den Priester stürzte.

Eigner strich sich über die Augen. Hinter seiner Stirn pochte es. Er legte das handgeschriebene Geständnis vor sich auf den Wohnzimmertisch und strich die Zettel glatt. Dass Hanni in der Zwischenzeit hereingeschaut hatte, sich aber nicht bemerkbar gemacht hatte, als sie ihren Bruder so in Gedanken vertieft sah, war ihm entgangen.

Der Schock musste groß gewesen sein, dachte Eigner. Kein Wunder, dass sie sich nur undeutlich erinnerte, wie es genau passiert war. Der Korkenzieher musste auf dem Tisch gelegen sein, wo auch die halbvolle Weinflasche stand. Sie hatte zugestochen, ihm die metallene Spindel in den Leib gerammt.

Vielleicht hatte er gestöhnt, sie abgewehrt, zu flüchten versucht? Sie wusste es nicht, war erst wieder zu sich gekommen, als Ralf auf der Stiege zusammenbrach.

Nur ein paar Blutstropfen auf dem Nachthemd hatten von ihrem Angriff gezeugt. Nie hätte sie geglaubt, dass die Verletzung so schwer war, als sie ihn da liegen sah. Sonst hätte sie womöglich anders gehandelt, einen Arzt gerufen oder die Rettung verständigt.

Stattdessen war sie, nachdem sie Christian ins Bett geschickt hatte, in der Küche rastlos auf und ab marschiert. Was sollte sie tun? Die Polizei alarmieren? Anzeige erstatten? Jemanden von der Christlichen Gemeinschaft ins Vertrauen ziehen?

Tränen rannen ihr übers Gesicht, während sich ihre Finger wütend zu Fäusten ballten. Sie würde nicht darüber sprechen können. Es war unvorstellbar, unglaubwürdig. Man würde behaupten, sie habe sich alles nur eingebildet.

Sie dachte an Christian. Es half nichts, sie musste den Pfarrer zur Rede stellen, ihm drohen und sich, wenn auch das nichts nutzte, eine neue Stelle suchen. Hier konnte sie nicht bleiben. Um keinen Preis!

Beherzt raffte sie sich auf, war überzeugt, dass Ralf inzwischen zu sich gekommen war. Womöglich hatte er sich in sein Schlafzimmer zurückgezogen, war ins Bett gekrochen und betete, dass sie den Vorfall vergaß.

Doch der Pfarrer lag nach wie vor auf der Stiege. Seine Hand hing durch die Sprossen des Geländers. Der Blutfleck auf dem Nachthemd schien ihr ein wenig größer geworden. Der Korkenzieher steckte immer noch in seinem Fleisch.

Schon als sie sich neben ihn kniete, wusste sie, dass er tot war. Trotzdem tastete sie nach seinem Puls. Wenig später hatte sie endgültige Gewissheit.

Eigner wusste, dass manche Menschen unter Stress und in Krisensituationen wie Maschinen funktionierten. Es erstaunte ihn daher nicht, wie Mali nach der Tat systematisch sämtliche Spuren verwischt hatte, um zu verhindern, dass sie im Gefängnis landete und Christian in ein Heim abgeschoben wurde.

Sie schrieb, dass sie sich an die Obstbäume erinnerte, bei deren Entwurzelung Christian am Vortag geholfen hatte. Mit seiner Hilfe packte sie die Leiche des Pfarrers am frühen Morgen in den Kofferraum des alten Wagens, mit dem sie immer zum Einkaufen fuhr. Als die anderen auf das Feld kamen, war alles längst erledigt gewesen. Ralf war zur letzten Ruhe gebettet worden. Bald würde Gras über das Grab gewachsen sein und die ersten Marillenblüten das satte Grün sprenkeln. Den Korkenzieher hatte sie in hohem Bogen in den Fluss geworfen. Er trudelte eine Weile in den Wellen, bevor sie ihn endgültig aus den Augen verlor. Sie würde so bald keinen Frieden finden. Das war ihr schon damals klar gewesen.

Sie war zurückgefahren und hatte das Kirchensilber zusammengerafft, das später als gestohlen galt. Versteckt hatte sie es am Abend in einem Sarkophag in der Krypta der Kirche. Der Grabdeckel war schwer gewesen. Christian hatte seine ganze Kraft aufbringen müssen, um ihn ein Stück zu verrücken.

Nachdem die falschen Fährten gelegt worden waren, galt es nur noch zu warten, bis jemand nach dem Pfarrer fragte. Ab da nahmen die Dinge von selbst ihren Lauf.

Eigner seufzte noch einmal tief auf. Es war müßig, damit zu hadern, dass er den Brief erst jetzt erhalten hatte. Weißenböck und Conny waren tot. Daran änderte Malis verspätetes Geständnis nichts mehr. Er ächzte, als er sich erhob und nach dem Handy tastete. Er musste Müllner informieren, sich einen Termin geben lassen, denn er wollte persönlich mit seinem Chef reden.

Er wartete darauf, dass ein Gefühl der Erleichterung aufkam, weil der Fall nun wirklich gelöst war. Doch alles, was er spürte, war das dringende Verlangen nach einer Zigarette.

***

„Geht das wirklich nicht in deinen Schädel? Ich sag es dir jetzt ein letztes Mal. Der Fall ist abgeschlossen, und die Angelegenheit liegt nicht in unserer Zuständigkeit!" Oberst Müllner schob das vergilbte Geständnis Malis zur Seite. Wie immer war er tadellos gekleidet. Sein dunkles Haar war nach hinten gekämmt und mit Gel in Form gehalten. Er wirkte voller Elan und kam Eigner wie eine jüngere Ausgabe seines Schwagers Roman vor. Der Unterschied war nur, dass der Oberst ein bisserl mehr im Hirn hatte, strategisch geschickter war und ihm als sein Vorgesetzter etwas anschaffen durfte.

„Trotzdem kann man diesen Beweis nicht ignorieren. Der Brief belegt eindeutig, dass Weißenböck unschuldig war. Er hat den Pfarrer nicht umgebracht." Der Major hatte die Stimme erhoben. Die Gleichgültigkeit seines Vorgesetzten brachte ihn in Rage.

„Eigner, bitte", sagte Müllner mit Nachdruck. „Wer redet denn von ignorieren? Selbstverständlich werde ich dieses Schreiben an die Kremser weiterleiten, aber die und nicht wir entscheiden, was damit passiert."

Eigner überlegte, ob er sich sicherheitshalber eine Kopie machen sollte.

Der Oberst betrachtete ihn nachdenklich. „Wieso bist du denn auf einmal so nachsichtig mit einem, der

Frau und Kinder verprügelt, das ist doch sonst nicht deine Art!“ Müllners stahlblaue Augen stachen wie Eiskristalle aus seinem sonnengebräunten Gesicht. Er war Ende vierzig und beinahe auf dem Höhepunkt seiner Karriere. Eigner wusste, dass sein Chef froh war, die Sache endlich vom Tisch zu haben. Mit Fällen wie diesen war keine Reputation zu gewinnen. Ganz im Gegenteil, man musste aufpassen, dass man sich nicht die Finger verbrannte oder jemandem aus der Politik oder der Kirchenhierarchie auf die Zehen trat. Denn das konnte das eigene Fortkommen erheblich behindern.

„Weil er mit dem Tod des Pfarrers nichts zu tun hat“, wiederholte Eigner eigensinnig. „Wieso sollen seine Frau und die Kinder mit der Schande leben müssen, einen Mörder in der Familie zu haben? Wir sind dazu da, dass die Schuldigen ausgeforscht werden.“

„Die Pfarrersköchin ist tot, man kann sie nicht mehr einvernehmen.“ Müllner hatte einen Blick auf seine schmale Patek Philippe-Uhr geworfen. „Dieses Geschreibsel stammt von einer verwirrten, alten Frau. Wer weiß, ob sie sich nicht etwas zusammenfantasiert hat? Hat sie nicht starkes Morphium bekommen?“

„Dieses Geständnis hat sie schon früher verfasst“, widersprach Eigner. „Außerdem ist da noch das Kirchensilber in der Krypta.“

Der Oberst seufzte. „Die Frau war eine religiöse Fanatikerin. Die würde man heutzutage einem Gutachter vorführen, bevor man ihre Geschichte ernst nimmt. Verstehst du, worauf ich hinaus will?“

Eigner schnaubte verächtlich. „Und deswegen kommt ein Unschuldiger zum Handkuss?“

„Ich schicke den Brief nach Krems.“ Müllner packte Malis Aufzeichnungen ungeduldig und sperrte sie in eine Lade des Rollcontainers unter seinem modernen Schreibtisch. „Und du hältst dich dabei heraus! Das ist eine Weisung! Ich habe nämlich viel Überredungskunst gebraucht, den Kummer von einer Disziplinaranzeige abzubringen. Was hast du dir dabei gedacht, dem Kollegen vor Zeugen zu drohen und seine Arbeit dermaßen herabzuwürdigen?“

„Pff“, antwortete Eigner. „Wenn einer die Wahrheit nicht verträgt ...“

„So.“ Müllner erhob sich. „Ich hab gleich einen Termin“, versuchte er das Gespräch zu beenden.

„Was ist mit den Weißenböcks?“, insistierte Eigner.

„Himmelherrgott noch einmal, was willst du eigentlich von mir?“, fuhr der Oberst gereizt auf.

„Dass du deine Verbindungen spielen lässt, damit die Frau wenigstens eine Entschädigung, meinetwegen kann man es auch Unterstützung nennen, kriegt!“ Die Stimme des Majors, der ebenfalls aufgestanden war, war ruhig und sachlich geblieben.

„Wenn die Anspruchsvoraussetzungen da sind, bekommt sie sowieso was“, versuchte sein Vorgesetzter sich abzuputzen. „Aber vorher ist zu klären, warum diese Cornelia Reiter in ihrem Haus verbrannt ist. Womöglich hat Weißenböck da seine Finger im Spiel gehabt.“

„Ich hoffe doch, dass die Sache genau untersucht wird. Vielleicht sollte sich der Pribil die Leiche anschauen?“, schlug der Major vor.

Müllner musterte ihn abschätzig. „Was interessierst du dich eigentlich so für die Weißenböck? Gefällt sie dir?“

Der Major ging nicht auf die Provokation ein. Mitzi Weißenböck war seiner Ansicht nach kein besonders sympathischer oder liebenswerter Mensch, aber er sah es als seine Pflicht an, dazu beizutragen, dass sie zumindest finanziell nicht komplett den Boden unter den Füßen verlor, wenn er schon den Selbstmord ihres Mannes nicht hatte verhindern können. „Ich bin mir sicher, du kennst genug Leute und kannst was für die Familie tun“, insistierte er und hatte keinerlei Bedenken dabei, seinen Chef mit seiner Forderung unter Druck zu setzen. Denn immerhin hatte auch Müllner gedrängt, Weißenböck als potentiellen Täter härter anzufassen. Wer weiß, was er mit Kummer gemauschelt hatte.

„Wenn es dich beruhigt, gut. Ich werde mit dem Bischof reden, vielleicht kann die Kirche helfen“, gab der Oberst endlich nach.

Eigner ließ es fürs Erste dabei bewenden. Er würde seine Schwester bitten, ihn auf dem Laufenden zu halten. Falls sich Mitzis Lage nicht in absehbarer Zeit verbesserte, würde er stärkere Geschütze auffahren. Mit der Aussicht auf eine baldige Pensionierung und ohne Karriereambitionen sah er wirklich keinen Grund mehr, warum er den Mund halten sollte.

Der Oberst wandte sich zum Gehen und knöpfte sein Sakko zu. „Und so ein großer Verlust ist ihr Mann für sie auch wieder nicht. Wahrscheinlich ist sie sogar froh, dass sie nun endlich ihre Ruhe vor ihm hat.“

Eigner hörte nicht die Spur von Sarkasmus aus den Worten seines Vorgesetzten und verkniff sich eine Entgegnung. Es war ihm unangenehm, dass er schon dasselbe gedacht hatte.

„Ach übrigens“, sagte Müllner mit einem breiten Lächeln, „es freut dich bestimmt zu hören, dass die Kirche eine Kommission für dieses Altersheim eingesetzt hat. Falls es Missstände gibt, werden die aufgedeckt und ausgemerzt. Diesen Erfolg kannst du dir jedenfalls zurechnen.“

„Wer's glaubt", murmelte Eigner. Wieso sollte eine Krähe der anderen ein Auge aushacken?

„Wie?"

„Passt schon", winkte Eigner ab.

Der Oberst riss schwungvoll die Tür auf. Kummer, der offenbar gerade hatte anklopfen wollen, zuckte erschrocken zusammen. „Schon da?", begrüßte Müllner den jungen Kollegen. „Dann gehen wir es an!"

Wie Vater und Sohn, dachte Eigner, der den beiden nachsah, bis sie um die Ecke gebogen waren.

***

Eine Woche später

Die Anteilnahme war groß, die Bänke der Pfarrkirche waren bis auf den letzten Platz besetzt und auch im Mittelgang und bei den Seitenaltären drängten sich Leute. Hanni war mit dem Major und Simon die ausgetretenen Steinstufen zur Chorempore hinaufgestiegen, wo gerade der Gesangsverein neben der Orgel Aufstellung nahm. Während Hanni sich zu den Altstimmen gesellte, gingen Eigner und das Kind nach vor zur Brüstung. Von dort aus hatte man den besten Blick auf das geschnitzte Chorgestühl. Das gesamte Presbyterium war mit Blumen geschmückt, als wäre der Sommer in die Kirche eingezogen. Auf dem Volksaltar stand ein mächtiger Adventkranz. Den schlichten Holzsarg auf dem Katafalk zierte ein Bukett aus weißen Lilien und dunkelroten Rosen.

Nachdem seine Überreste endlich freigegeben worden waren, hatte Pater Daniel entschieden, dass es eine würdige Abschiedsfeier für den verstorbenen Priester geben sollte. Menschen brauchen Rituale, hatte er gesagt. Sie sollten sich bei einem festlichen Begräbnis von ihrem ehemaligen Pfarrer verabschieden können. Insgeheim hoffte Pater Daniel bestimmt auch, dass man mit einem offiziellen Akt noch vor Weihnachten einen Schlussstrich unter die leidige Angelegenheit ziehen konnte. Womöglich hatte sogar der Bischof persönlich diesen Schritt angeregt. Eigner hätte das nicht gewundert.

Vom Missbrauch, den Mali in ihrem Brief angedeutet hatte, wussten die Klein Dürnspitzer offenbar noch nichts. Sonst wären vermutlich nicht so viele Leute gekommen, folgerte Eigner. Außerdem wäre getratscht worden! Wer weiß, wie lange Müllner es hinauszögerte, Malis Geständnis nach Krems weiterzuleiten, und selbst wenn es dort ankam, war ungewiss, was damit passierte. Würde man Sepp Weißenböck rehabilitieren? Eigner dachte an Christian. Sexueller Missbrauch hatte Folgen. Brauchte der junge Mann eine Therapie? Gab es überhaupt Angebote für Behinderte? Der Major hatte keine Ahnung. Er würde sich bei einem Sozialarbeiter erkundigen, den er von früher kannte. Auf jeden Fall musste man darauf achten, dass Malis Neffen keine weitere Gewalt widerfuhr. Vielleicht ließ sich die Kommission, die eingesetzt werden sollte, dafür nutzen? Einen Versuch war es wert.

Rechts neben dem Volksaltar hatte man ein großformatiges Foto Pater Ralfs aufgestellt. Während der Major das Bild betrachtete, bekam er plötzlich Gusto auf Kaffee. Er wandte den Blick von George Clooneys Doppelgänger ab und ließ ihn über die Köpfe der Menschen im Kirchenschiff schweifen. Frauen waren eindeutig in der Mehrzahl. Im Gegensatz zu sonstigen Begräbnissen, an denen vor allem ältere Einwohner des Orts teilnahmen, waren heute viele Jugendliche, die Ralf gar nicht gekannt haben konnten, und deren Eltern gekommen.

Eigner hatte Ralfs Bruder, Pater Josef, vorne neben den Honoratioren der Gemeinde entdeckt, und auch Schwester Angela war gekommen. Von Nothnagl wusste der Major, dass der Bischof einen Vertreter geschickt hatte. Das musste der beleibte Alte mit der grauen Löwenmähne neben den Nonnen sein.

Der Organist legte die Finger auf die Tasten, um den Einzug des Pfarrers und der Ministranten musikalisch zu begleiten. Noch immer drängten Besucher nach, stellten sich auf die Zehenspitzen und versuchten einen Blick auf den Sarg zu erhaschen.

Als der Pfarrer den Trauergottesdienst mit der Vergebungsbitte begann, waren Eigners Gedanken längst zu den letzten Tagen und Wochen gedriftet. Zufrieden war er nicht. Triumph über einen erfolgreich gelösten Fall fühlte sich anders an. Noch immer lastete es schwer auf ihm, dass er nicht rechtzeitig auf Connys Nöte reagiert hatte. Inzwischen hatte er auf eigene Faust Nachforschungen angestellt und herausgefunden, dass ein Gerichtstermin angesetzt war. Der sollte klären, ob Conny einen Sachwalter brauchte. Dass die Angst, ihre Selbstständigkeit zu verlieren, zu der Kurzschlusshandlung geführt haben mochte, war nachvollziehbar. Dennoch tat sich Eigner schwer mit dieser Einsicht und wartete gespannt auf das endgültige Untersuchungsergebnis. Auch dass Sepp Weißenböcks Selbstmord zu verhindern gewesen wäre, rumorte immer wieder in seinem Kopf.

Andererseits hätte alles noch schlimmer kommen können. Mali hätte ihr Geheimnis mit ins Grab nehmen können, und er hätte mit dem Unbehagen weiterleben müssen, dass man den Falschen eingesperrt hatte. Dass er den Kirchenoberen nicht beigekommen war, wurmte Eigner besonders. Er war sich sicher, dass einzelne Dreck am Stecken hatten, aber man hatte ihn erfolgreich gegen Gummiwände rennen lassen und jedes Anzeichen einer Ahnung sofort mit Nebelwerfern verdeckt. Ein guter Bischof ließ sich eben nicht ins Handwerk pfuschen, behielt den Überblick und ahndete Fehlverhalten, wenn es denn welches war, nach eigenen Regeln. Eigner würde sich daran gewöhnen müssen, dass die katholische Kirche im ländlichen Niederösterreich immer noch ein gewichtiges Wort mitredete. So aufgeklärt konnten die Zeiten gar nicht sein, dass sich so schnell etwas daran änderte. Vielleicht war es auch gut so, wenn es Einrichtungen gab, die Menschen Halt und Orientierung boten. Gerade in diesen Zeiten – wie seine Schwester erst kürzlich gesagt hatte.

Er sah nach unten, wo der Volksschuldirektor eben die Verdienste des Verstorbenen in salbungsvolle Worte kleidete. Nach ihm übernahm der Feuerwehrkommandant den Platz vor dem Sarg. Er hielt sich kurz, so wie Pater Josef, der seinen Bruder in sehr persönlichen Worten würdigte.

Eigner sah, dass Simon sich zu langweilen begann. Er fand, dass der Bub lange genug ausgeharrt hatte, und bedeutete seiner Schwester, dass er und das Kind nicht länger bleiben würden. Die Verabschiedung in der Kirche war ohnehin bald zu Ende, und zum Friedhof hatte er den Trauerzug von Anfang an nicht begleiten wollen.

Beim Kirchenwirt stieß er beinahe mit Inspektorin Dürr zusammen, die anscheinend auch genug von der kirchlichen Feier hatte. Sie hatte ihre Tochter Lea dabei und war, ihrer dunklen Kleidung nach zu schließen, ebenfalls beim Begräbnis gewesen. Leas Haar war zu einem Zopf geflochten, der unter einer pinken Strickhaube hervorlugte.

Der Major murmelte eine Entschuldigung. Irgendetwas im Blick der Inspektorin ließ ihn innehalten. „Wir sollten miteinander reden", sagte er auf gut Glück.

„Ganz meine Meinung", erwiderte sie. „Warum nicht gleich? Hast du Zeit?"

Das Gastzimmer war überheizt. Es roch nach Frittierfett, kaltem Rauch und Glühwein. Das Klappern der Töpfe in der Küche wurde vom Lärm eines Mixers unterbrochen. Offenbar rechnete man mit regem Andrang nach dem Begräbnis.

An der Theke standen zwei Männer im Sonntagsgewand und tranken weiße Spritzer. Sie wandten sich um, als der Major mit der Inspektorin und den beiden Kindern die Stube betrat.

„Wollts ihr schon was essen?", fragte der Wirt, der hinter der Schank in der Zeitung geblättert hatte.

„Einen Kaffee", antwortete Eigner mit einem fragenden Blick auf seine Kollegin.

„Der Tisch drüben ist frei." Der Wirt deutete Richtung Fenster. „Zwei Verlängerte?"

Sie bestellten Cola und Frankfurter für die Kinder und schickten sie ins Extrazimmer, wo ein Fernseher stand. Der Major und die Inspektorin nahmen am Fenstertisch Platz. Er war weit genug von der Theke entfernt, sodass man sich in Ruhe unterhalten konnte. Außerdem lief das Radio dezent im Hintergrund und sorgte neben dem Küchenlärm für eine Geräuschkulisse, die ein wenig Privatsphäre bot. Trotzdem war es schwierig, einen Anfang zu finden, und so schwiegen sie sich für ein paar Minuten verlegen an.

Seit Eigner von Professor Pribil die Nachricht erhalten hatte, dass Leas und Ralfs DNA nicht übereinstimmten, eine Vaterschaft somit ausgeschlossen war, hatte er die Angelegenheit mit der Inspektorin klären wollen.

Denn im Grunde mochte er Dorothea und hielt sie für eine gute Polizistin. Es war ihm deshalb wichtig, dass diese Sache nicht länger zwischen ihnen stand. „Es tut mir leid, dass ich dir damals im Auto so zugesetzt habe", begann er mit seiner Entschuldigung.

Sie rührte noch immer in ihrem Caffè Latte herum, obwohl sich der Zucker längst aufgelöst haben musste. Der Löffel klapperte gegen den Tassenrand.

„Wenn ich nicht das Gefühl hätte, dass man dir vertrauen kann, würde ich ...", begann sie umständlich.

Der Major ließ ihr Zeit, sich zu sammeln und Mut zu fassen.

„Weißt du, der Pater Ralf hat ein großes Herz gehabt." Inspektorin Dürr zog den Löffel aus der Tasse und legte ihn achtlos auf das Tablett. Ihre Finger trommelten unruhig auf die helle Tischdecke. „Er hat immer gesagt, dass Gott jeden Menschen liebt, egal, was er für eine Hautfarbe hat, wie er ausschaut und ob er sich zum gleichen Geschlecht hingezogen fühlt." Sie warf einen prüfenden Blick auf den Major. „Ich hab schon im Gymnasium gewusst, dass ich anders bin", fuhr Dorothea fort. „Aber auf dem Land ist das alles nicht so einfach." Sie wischte eine Fluse von ihrer Weste.

„Willst du mir sagen, dass du auf Frauen ...", Eigner suchte nach einem passenden Wort.

„Lesbisch sagt man dazu." Ihr Ton war provokant. Sie suchte Anzeichen von Irritation oder Ablehnung in seiner Miene.

„Das geht niemanden etwas an! Und mir persönlich ist es wurscht! Der Charakter zählt!" Der Major dachte an seinen ehemaligen Kollegen Roland, von dem er erst nach ein paar Jahren guter Zusammenarbeit erfahren hatte, dass er mit einem Mann zusammen war. Der Kollegialität hatte das keinen Abbruch getan, auch wenn er anfangs irritiert zusammengezuckt war, wenn sie sich zufällig berührten.

Inspektorin Dürr schien erleichtert. Ihre Haltung entspannte sich ein wenig. Doch sie schien noch nicht alles gesagt zu haben, was ihr auf dem Herzen lag. „Wenn dann aber ein intensiver Kinderwunsch dazukommt, wird es heikel."

Eigner setzte zu einem Kommentar an. Sie hob die Hand zum Zeichen, dass er sie nicht unterbrechen sollte. „Pater Ralf war der Einzige, der das verstanden hat. Er hat mich unterstützt und mir zugeredet. Ich hatte damals eine Freundin in Wien. Wir wollten für immer zusammenbleiben, so wie man sich das im jugendlichen Überschwang wünscht. Und wir wollten gemeinsam ein Kind. Zuerst haben wir über einen Samenspender in unserem Umfeld nachgedacht, letztendlich ist es aber eine Kinderwunschklinik im Ausland geworden. Nicht wichtig", sie machte eine wegwerfende Handbewegung. „Lea ist das Ergebnis, und ich möchte sie um nichts in der Welt missen. Verstehst du?"

Der Major nickte und kippte seinen doppelten Espresso in einem Zug hinunter. „Und deine Beziehung?"

„Die hat nicht einmal die Schwangerschaft überdauert. Plötzlich hat meine Holde Muffensausen gekriegt. Als der Bauch gewachsen ist, ist sie draufgekommen, dass Elternschaft doch ein bisserl viel Verantwortung ist, und dann war sie weg, von einem Tag auf den anderen. Hat ihre Koffer gepackt und ist in eine WG in Paris gezogen. Weil sie meinte, sich nur dort als Künstlerin selbst verwirklichen zu können." Dorotheas beißende Abhandlung brachte Eigner zum Grinsen.

„Du hast Recht. Inzwischen kann ich auch darüber lachen. Aber damals war mir ganz anders zumute."

„Und du hast dich bei Pater Ralf ausgeheult, warst mit deinem dicken Bauch oft bei ihm“, reimte sich der Major den Rest der Geschichte zusammen. „Das ist natürlich nicht unbemerkt geblieben, und schon hat es in der Gerüchteküche zu brodeln begonnen.“

Inspektorin Dürr nickte. „Genau!“

„Deswegen warst du also so schroff, als ich dir mit meinem Verdacht gekommen bin.“ Eigner öffnete das Zellophan des Kekses, das zum Kaffee serviert worden war. Schön langsam bekam er Hunger.

„Was meinst du, was passiert, wenn sich so was in dem kleinen Ort herumspricht. Auch wenn mir keiner etwas direkt ins Gesicht sagt, hinter meinem Rücken ist lange genug getratscht worden, und ehrlich gesagt brauch ich davon keine Neuauflage. Es ist schon als Alleinerzieherin schwer ...“ Sie unterbrach sich, weil sich die Kinder dem Tisch näherten.

„Die wollen Skifahren schauen“, beschwerte sich das Mädchen und verzog verächtlich das Gesicht.

„Wer?“

„Die Männer, die gerade gekommen sind.“

Erst jetzt registrierte Eigner, dass nach und nach Gäste ins Lokal kamen. Die Trauerfeier in der Kirche war wohl zu Ende, viele würden dem Sarg aber bis zum Friedhof das letzte Geleit geben, war er überzeugt.

„Riesentorlauf“, erklärte Simon. „Opa, schauen wir uns das an?“

„Gleich“, winkte der Major ab. „Geh du voraus, ich komm dann nach!“ Der Bub rannte ins Extrazimmer zurück.

„Wir fahren dann“, sagte Inspektorin Dürr zu ihrer Tochter. „Musst du noch einmal aufs Klo?“ Lea nickte und verschwand Richtung Schank.

„Und, wie geht's auf dem Posten?", erkundigte sich Eigner.

„Der Ernstl hat sich als Kommandant beworben." Sie verdrehte die Augen. „Wenn er es wird, stell ich vielleicht gleich ein Versetzungsansuchen." Dürr lächelte, um dem kritischen Unterton ihrer Worte die Spitze zu nehmen. „Außer du bewirbst dich. Du wärst sicher ein guter Chef."

Eigner grinste geschmeichelt. Seine Dienstzuteilung war zwar befristet gewesen, aber wer wusste schon, was die Zukunft bringen würde? Die Stelle im Innenministerium war jedenfalls keine Perspektive für ihn. Er hatte sich entschieden, in der Gegend zu bleiben. In der warmen Jahreszeit war es hier besonders schön. Er hatte sich ausgemalt, wie er mit Simon in der Donau plantschen würde. Ihm die Stellen im Wasser zeigen würde, wo er als Kind mit Hanni baden gewesen war. Vielleicht würde er auch ein Schlauchboot kaufen, mit dem sie sich stromabwärts treiben lassen konnten, oder eine Luftmatratze – vorausgesetzt, der Kleine war ein guter Schwimmer. Wegen eines Jobs im Bezirk machte er sich keine Sorgen. Bei dem Personalmangel würde sich früher oder später bestimmt eine passende Stelle für ihn finden. „Schau ma!", sagte er und zwinkerte seiner Kollegin zu.

„Genau. Schau ma", wiederholte Dorothea, dann winkte sie dem Kellner. „Zahlen!"

„Lass, ihr seids eingeladen." Der Major zog ein paar Scheine und eine Handvoll Kleingeld aus seiner Hosentasche. „Du, was ich dich noch fragen wollte: Gibt es schon einen Endbericht zu dem Brand?"

„Bei der Conny?"

Eigner nickte.

„Man hat keine Hinweise auf Fremdverschulden gefunden", sagte Inspektorin Dürr. „Sogar den Professor Pribil in Wien haben sie beigezogen. Der hat die Obduktionsergebnisse nachgeprüft, damit wirklich alles seine Ordnung hat. Kennst du den Pribil? Das ist echt ein Kapazunder."

Eigner musste unwillkürlich grinsen. Pribil würde sich bestimmt geschmeichelt fühlen, wenn er wüsste, dass eine so attraktive Kollegin für ihn schwärmte. „Den Professor. Sicher. Wer kennt den nicht?" Dass er mit ihm befreundet war, behielt er jedoch für sich. „Das mit der Conny tut mir leid. Das hätte anders laufen können."

„Hinterher ist man oft g'scheiter", nickte Dorothea.

„Und der Weißenböck? Glaubt ihr immer noch, dass er den Pfarrer auf dem Gewissen hat?"

„Weißt du was anderes?", fragte sie interessiert.

Der Major schüttelte den Kopf. Er hätte Dorothea gern von Malis Brief erzählt. Aber nachdem er das Schreiben dem Oberst überlassen hatte, keine Kopie davon besaß und es selbst seiner Schwester nicht gezeigt hatte, konnte er seine Geschichte nicht einmal beweisen. Man würde sehen, ob und wann die Wahrheit ans Licht kam.

„Ist was?", fragte die Inspektorin, die Eigners Mienenspiel nicht zu deuten vermochte.

„Alles bestens!", sagte er knapp und stand auf, um ihr in den Mantel zu helfen. „Danke", sagte er, als sie sich zum Abschied die Hände schüttelten. „Dein Geheimnis ist bei mir gut aufgehoben." Er klopfte sich theatralisch auf die Brust.

„Ich dank dir auch", sagte sie mit einem besonders herzlichen Lächeln.

„Mama!", rief Lea ungeduldig hopsend von der Tür her.

Nach ein paar Schritten drehte sich Dorothea noch einmal zu ihm um. „Sag Eigner, stimmt das, dass der Papst in die Wachau kommt?"

Eigner hatte die Beine auf den Wohnzimmertisch gelegt und zappte durch die Fernsehkanäle. Sein Vater schnarchte leise im Fauteuil, Hanni war in der Küche beschäftigt. Der Major stellte den Ton lauter, als die Sendung mit den Landesnachrichten begann. Der Bericht über den Sensationsfund kam gleich nach den Schlagzeilen. Nach einem Schwenk über den Hauptplatz war die Klein Dürnspitzer Kirche im Bild, dann das schmiedeeiserne Gitter, das das alte Holztor zur Krypta sicherte. Die wundertätige Madonna stand auf einem Sockel, daneben schaute Pater Daniel ernst in die Kamera und pries die wunderbaren Wege des Herrn, die bei Renovierungsarbeiten zufällig zur Entdeckung der lang vermissten Statue geführt hatten. Wie die Skulptur in die Krypta gelangt war, sei noch Gegenstand von Erhebungen, erklärte die Stimme des Redakteurs aus dem Off. Aber man vermute, dass der Fund mit einem Einbruch, der schon mehr als ein Jahrzehnt zurückliege, zusammenhänge. Wahrscheinlich waren die Täter seinerzeit bei ihrem Vorhaben gestört worden und hatten sich ihrer Beute in der Gruft entledigt.

Der Major hatte sich nach vorn gebeugt und zupfte an seinem Schnurrbart. Die Worte des Sachverständigen, der sich zum Zustand der Heiligenfigur äußerte, drangen nicht mehr zu ihm durch. Renovierungsarbeiten, zufällig gefunden – pochte es in seinem Kopf. Er wusste, dass es wenig Sinn hatte, sich zu ärgern. Sepp Weißenböck war einfach der idealere Sündenbock, und wieso sollte man das Ansehen der Kirche beschmutzen, wenn es eine Alternative gab?

„Essen ist fertig!“, rief Hanni aus der Küche.

Eigner war aufgestanden. Der Appetit auf das Nachtmahl war ihm vergangen. „Ich geh noch eine Runde mit dem Hund“, sagte er zu seiner Schwester und griff nach der Leine.

Kühle Nachtluft empfing ihn vor dem Haus. Es roch ein wenig nach Donau. Er legte den Kopf in den Nacken und betrachtete den Sternenhimmel. Dann machte er sich auf den Weg hinunter zum Fluss.

Glossar

Abwaschwasser
Spülwasser
abpaschen
davonlaufen
abstrampeln
sich anstrengen, dahinterklemmen
Akten schupfen
Bürokram erledigen
anschaffen
befehlen
Baum aufstellen
dagegen sein
Blader
dicker Mensch
Budl
Tresen
Bummerl
Schlechtpunkte für eine verlorene Partie beim Kartenspiel
Dirndl
Mädchen
Dirndlschnaps
Schnaps aus den Früchten der Kornelkirsche
einen Huscher haben
verrückt sein
ein Häferl sein
jähzornig sein
Eitzerl
ein bisschen, ein wenig
fescher Kampl
attraktiver Mann
Flohtackn
Flohbeutel; abfällige Bezeichnung für Hunde
Funsn
liederliche weibliche Person
Fuzerl
kleines Stück
Gemeindekotter
kommunales Gefängnis
Gfrast
heimtückischer Mensch
granteln
übellaunig sein
G'spritzter
Weinschorle
Gspusi
Techtelmechtel
Häfen
Gefängnis
Hackeln fliegen tief
untergriffig sein
hatschen
humpeln
hauen
verprügeln
Herrgottsfrüh
sehr früh am Morgen
herumscharwenzeln
sich anbiedern
herumfuhrwerken
arbeiten
hinüberspechteln
hinüberspähen
Hiesiger
Einheimischer
Jessas
Jesus – Ausruf des Entsetzens
jemandem erklären, wo der Bartl den Most holt
zeigen, wo der Hammer hängt
Jungspund
junge, unerfahrene Person
Kalmuck-Janker
traditionelle Wachauer Tracht

keppeln
schimpfen
Klumpert
Krimskrams, unnützes Zeug
knotzen
lässig sitzen
Kredenz
Küchenkasten
Lache
Pfütze
Landkiberin
Landpolizistin
Lamperl
Lamm
Leberkäse
Fleischkäse
Leichenstierer
Pathologe
Lercherlschas
Kleinigkeit, Lappalie
Marille
Aprikose
mauscheln
mit Blick auf eigene Vorteile aushandeln
Palatschinken
Pfannkuchen
Pallawatsch
Durcheinander, Schlamassel
Pappn
Mund
Patschen
Hausschuhe
patschert
ungeschickt
picken
kleben
Pik
heimlicher Groll
Rauchkuchl
Rauchküche, Rauchstube
Reha
Rehabilitation
Reindl
Topf
Rüffel bekommen
getadelt, zurechtgewiesen werden
Schnuppertag
Probetag
Weiberer
Schürzenjäger
sekkieren
ärgern, belästigen
speiben
kotzen
strawanzen
umherstreifen
Trara machen
großes Aufsehen machen
Tuttelsheriff
abwertend für: Polizistin
Quargel
Sauermilchkäse mit Rotschmiere, vergleichbar mit Handkäse, Harzer Käse
U-Hakerl
Klammern für Tacker
Urli
Urgroßvater
verplempern
sich mit etwas Sinnlosem beschäftigen
Vorhaus
Hausflur
wääh
igitt
Watschn
Ohrfeige
Weidling
Schüssel
Wunderwuzzi
Tausendsassa, Alleskönner
Zausel
ungepflegte, kauzige Person
zwider
unangenehm

Lisa Lercher
Mord im besten Alter
Kriminalroman
208 Seiten, € 9.95
HAYMON taschenbuch 149
ISBN 978-3-85218-949-9

In der Idylle von „Haus Waldesruh" soll sich Maja von den Folgen eines Unfalls erholen. Doch schon bald häufen sich mysteriöse Sterbefälle, Wertsachen verschwinden spurlos und das Personal geht auch nicht gerade zimperlich mit den Bewohnern um. Maja befürchtet Schlimmes: Werden hier alte Leute systematisch zu Tode gepflegt?

Lisa Lercher legt endlich wieder einen ihrer beliebten Krimis vor – ein brisantes gesellschaftspolitisches Dauerthema, gewürzt mit stimmigen Bildern und trockenem Humor.